BONHEURS DÉROBÉS

est le quatre cent trente-troisième livre publié par Les éditions JCL inc.

Catalogage avant publication de Bibliothèque et Archives nationales du Québec et Bibliothèque et Archives Canada

Gagnon-Thibaudeau, Marthe, 1929-1999

Bonheurs dérobés

(Collection Second souffle)

Éd. originale: 1999.

ISBN 978-2-89431-433-3

I. Titre. II. Collection: Collection Second souffle.

PS8563.A337B66 2010 C843'.54 C2010-940373-8
PS9563.A337B66 2010

Édition originale: mars 2010

Bonheurs dérobés

Collection
Second
Souffle

Les éditions JCL inc.
930, rue Jacques-Cartier Est, Chicoutimi (Québec) G7H 7K9
Tél. : (418) 696-0536 – Téléc. : (418) 696-3132 – www.jcl.qc.ca
ISBN 978-2-89431-433-3

MARTHE GAGNON-THIBAUDEAU

Bonheurs dérobés

Roman

LES ÉDITIONS JCL

De la même auteure:

ÉDITIONS ORIGINALES:

Bonheurs dérobés, roman, Éditions JCL, 1999, 315 p.

Le Bal de coton, roman, Éditions JCL, 1998, 544 p.

Le Commun des mortels, roman, Éditions JCL, 1997, 328 p.

La Porte interdite, roman, Éditions JCL, 1996, 351 p.

Au fil des jours, roman, Éditions JCL, 1995, 421 p.

La Boiteuse, roman, Éditions JCL, 1994, 652 p.

Nostalgie, roman, Éditions JCL, 1993, 305 p.

Lady Cupidon, roman, Éditions JCL, 1991, 356 p.

Le Mouton noir de la famille, roman, Éditions JCL, 1990, 501 p.

Chapputo, roman, Éditions JCL, 1989, 375 p.

Pure laine, pur coton, roman, Éditions JCL, 1988, 526 p.

Sous la griffe du SIDA, roman, Éditions JCL, 1987, 363 p.

Collection Second Souffle:

ÉDITIONS SEMI-POCHE:

Le Bal de coton, roman, Éditions JCL, 2010, 440 p.

La Boiteuse, roman, Éditions JCL, 2009, 548 p.

Au fil des jours, roman, Éditions JCL, 2009, 338 p.

Pure laine, pur coton, roman, Éditions JCL, 2008, 396 p.

Le Mouton noir de la famille, roman, Éditions JCL, 2008, 408 p.

Nous reconnaissons l'aide financière du gouvernement du Canada par l'entremise du Programme d'aide au développement de l'industrie de l'édition (PADIÉ) pour nos activités d'édition. Nous bénéficions également du soutien de la SODEC et, enfin, nous tenons à remercier le Conseil des Arts du Canada pour l'aide accordée à notre programme de publication.

Gouvernement du Québec – Programme de crédit d'impôt pour l'édition de livres – Gestion SODEC

À monsieur Raymond,
mon professeur.

PREMIÈRE PARTIE

Chapitre 1

Gemma, troublée, s'inquiétait de l'attitude de son mari. Depuis quelques jours il était silencieux, taciturne. Parfois elle le surprenait perdu dans ses pensées et il ne semblait pas disposé à lui faire des confidences.

En épouse docile, elle attendait, l'œil à l'affût. Elle finirait bien par percer le mystère qui planait dans l'air et découvrir ce qui l'obsédait.

Ce soir-là, il s'évertuait à tailler des manches de hache. Toute son attention était centrée sur ses mouvements, histoire de faire dévier l'attention des siens. Il savait pertinemment bien que, bientôt, il devrait s'expliquer.

Gemma avait donné naissance à quatre fils dont un seul devait survivre, les autres ayant succombé à un mal inconnu dès leur naissance. Lors de sa dernière grossesse, la future mère, éplorée, fit de nombreuses neuvaines, suppliant le Seigneur qui écouta enfin sa prière. Voilà que naquit cet enfant énergique, costaud, doté d'une force herculéenne qui seyait fort bien à sa haute stature. Telle était l'idole de papa.

Un de ces bons matins, le père décida d'acheter la terre attenante à la sienne, qui, elle, faisait partie de la municipalité voisine. Il fit déménager la maison héritée de son paternel. Hautement, il crânait: « Moi le maître de céans, je suis riche, ma propriété chevauche deux municipalités! »

Malicieux, il décida de verser la moitié de la dîme à chacun des curés des deux paroisses, ce qui lui valait la visite annuelle des deux prélats. Ça l'amusait de clamer bien haut que ce ne serait pas avec sa quote-part de paiement que les saints hommes pourraient se payer de nouvelles redingotes.

Seule Gemma connaissait la raison véritable d'une telle initiative: leur fils unique aurait ainsi accès à l'école de Saint-Junon, qui se trouvait à deux pas de leur home.

À l'école de l'autre rang, le jeune homme avait déjà atteint le sommet des classes disponibles. Son certificat du ministère de l'Instruction publique avait été encadré et ornait le mur du salon. Gemma remerciait le ciel, surtout que Dieu, par surcroît, avait doté ce fils d'une excellente santé. «Mon Goliath», l'appelait-elle avec orgueil. Mais malgré cette santé robuste et cette puissance musculaire stupéfiante, Odilon fils était reconnu pour sa nature douce et tendre.

— Tu es si beau, mon garçon! Un vrai dieu! s'extasiait la mère.

— Je dirais plutôt qu'il est un ogre. Regarde-le s'empiffrer! protestait le père, l'œil brillant de fierté.

À la suite d'un bon repas et, comme à son habitude, après quelques taquineries affectueuses à l'endroit de son fils, il prit la théière, emplit sa tasse, toussota et déclara:

— Bon... J'ai encore rien dit, mais j'ai un projet en tête. C'est au sujet de ton diplôme. Moi, je n'ai jamais su écrire, mais toi, tu dois aller plus loin, ne pas te contenter de ce que tu sais déjà. Tu as un oncle en ville...

Gemma sursauta.

— Sainte-Misère! Tu deviens fou ou quoi? C'est pour tramer dans notre dos que tu es descendu au village la semaine dernière? Oublie tes manigances, Odilon Dastous. Oublie ça jusque dans tes pensées. Jamais mon fils ne partira de la maison, jamais!

— Je ne veux pas que mon gars passe le reste de sa vie à compter sur les dix cents des manches de hache vendus, blasphème! Il a une chance de sortir de la misère noire, il faut qu'il la prenne.

Gemma pleura, le jeune Odilon fit un geste pour sortir de table, mais son père s'y opposa.

— Tu n'es plus un enfant, Odilon. Reste ici, écoute, donne ton opinion. Si je te disais que les deux curés sont d'accord...

— Par tous les saints du ciel, papa, qu'est-ce que tu racontes?

— Mon frère est prêt à t'accueillir chez eux, à te loger,

à s'occuper de toi. Tu pourrais, j'sais pas, moi, devenir agronome, curé, docteur peut-être, mais devenir quelqu'un, revenir ici avec fierté et gagner ta vie honorablement; pas à bûcher, à t'éreinter et à dormir sur une paillasse bourrée de feuilles d'épis de blé d'Inde jusqu'à ce que mort s'ensuive!

— Mais, papa, l'argent?

Odilon baissa la tête, hésita un instant et dit simplement:

— C'est arrangé, ça aussi.

Gemma était debout. Elle ferma les yeux, huma une grande bouffée d'air et jeta:

— Odilon, sors, va faire une marche. Si tu m'entends crier, bouche-toi les oreilles. Va!

— Maman...

— Va! Va!

Elle hurlait presque. Le père restait impassible. Le jeune homme à la carrure si impressionnante avait maintenant l'air d'un petit chien battu, misérable et indécis. Gemma ouvrit la porte et cria:

— Sors! File!

Il rasa le mur, faillit s'accrocher les pieds. Dès qu'il eut franchi le seuil, Gemma, furieuse, claqua la porte, ce qui fit trembler les vitres dans le vieux cadrage fatigué.

Odilon tressaillit, sauta du perron, et ses longues jambes se mirent à trotter sur le macadam. Une sensation étrange l'envahit, une crainte sournoise s'implanta dans ses pensées. Il n'aurait pu la définir clairement, mais il avait l'impression qu'il s'écartait d'une chose terrible, d'un drame épouvantable. L'atmosphère s'alourdissait, le temps était sombre, c'était lugubre. Il se sentait prisonnier, enchaîné par sa peine. Il marchait, indifférent à tout, sauf à ce poids sur son âme qui l'écrasait impitoyablement. La sueur perlait à ses tempes. Jamais encore il n'avait senti un tel tumulte lui dévaster les sens. L'univers protégé de l'enfant aimé et choyé, son monde à lui, le seul qu'il connaissait, semblait menacé, laissant surgir de ténébreux présages. Il s'arrêta, s'appuya contre un arbre. Il s'efforçait de réfléchir, mais le tumulte persistait. Était-ce la colère de sa mère? Les mots prononcés par son père? Il devait admettre que l'idée de partir, d'aller vers la ville, ne l'avait pas effrayé; peut-être même qu'il s'en était réjoui, que l'idée lui plaisait. Il leva la tête, promena son regard sur ce qui l'entourait; ces champs immenses, cette douce quiétude, les charmes de ces lieux tant aimés... Tout s'était subitement estompé.

Il eut froid, très froid. Il déroula les manches de sa chemise à carreaux, en releva le col. La voûte céleste s'assombrissait de plus en plus, d'épais nuages se formaient. «Il va pleuvoir», pensa-t-il. De fait, le tonnerre se mit à vrombir, une lueur orangée traversa le ciel et zigzagua dans le lointain. De grosses gouttes d'eau se mirent à tomber. Tout était silence. Un silence effarant qu'on voudrait faire taire, parce que menaçant. Il ressentait une gêne à l'idée de devoir revenir affronter ses parents qui se disputaient à cause de lui précisément. Oui, quelque chose s'était brisé. Il fit volte-face, prit le chemin du retour. La pluie tombait dru, froide, l'inondait, mais rien ne pouvait le faire se presser. Pourtant, quand il vit sa mère le front collé à la vitre de la fenêtre, il fonça. Elle avait ouvert la porte et était disparue. Par contre, son père, assis dans la berceuse, l'invita à s'asseoir.

— Il faut qu'on parle, toi et moi. Tu as quatorze ans maintenant, mon gars.

— Je sais, papa.

— Tu es presque un homme.

— Oui.

— Tu as l'air drôlement ébranlé. C'est à cause de notre prise de bec, des gros mots? Ça peut arriver, tu sais, qu'on soit en désaccord, ta mère et moi. Mais je pense qu'elle a compris. Fais-toi pas de peine. On veut ton bien, rien de plus. Moi, je voudrais te savoir heureux, capable d'avoir une famille sans tirer le diable par la queue. C'est fou ce que la misère peut briser un homme. On ne vit pas, on vivote.

— Je ne me suis jamais plaint, je n'ai jamais envié personne. J'étais heureux, moi, ici, avec vous deux.

— Mais... rien n'a changé!

— Oui, papa, quelque chose, là, en moi, je ne sais pas quoi ni comment t'expliquer.

— Essaye, fiston, il ne faut pas refouler ses peines.

— C'est pas ça, c'est autre chose.

— Peut-être que tu es simplement en train de devenir un adulte. Passer de l'enfance à l'âge adulte, s'approcher peu à peu de la maturité, ça ne s'explique pas tout le temps avec des mots, avec des phrases toutes faites. Ça n'empêche pas qu'on le ressent très fort au fond de soi.

— Qu'est-ce que c'est, exactement, votre idée de m'inciter à partir pour la ville?

— Demain, descends donc au presbytère parler à notre curé. Il saura mieux t'expliquer et te faire comprendre. Je n'ai pas l'âme en fête, tu sais, à l'idée de te voir aller là-bas. Nous vivons pour toi, ta mère et moi. C'est un dur coup, mais un jour tu reviendras, je n'ai aucun doute là-dessus. Mon vieux père aurait tant voulu nous donner la chance de faire des grandes études. Au jour d'aujourd'hui, c'est une nécessité qu'on ne peut pas refuser. Ta maîtresse d'école est d'accord, tu as les capacités qu'il faut; c'est elle d'ailleurs qui, la première, l'a suggéré au curé. Quand celui-ci m'en a parlé au confessionnal, je lui ai demandé, avec tout le respect que je lui devais, s'il n'était pas par hasard tombé sur la tête. J'étais en furie! Mais au presbytère, ce fut différent; c'est là que j'ai compris.

Le père était maintenant assis sur le bord de sa chaise, les coudes plantés sur les genoux. Il regardait son fils droit dans les yeux:

— Tit-gars, t'as rien d'un bûcheron, malgré ta force et ta taille. Tes capacités sont là, dans ta tête, dans ton cerveau, tu es un tendre, pas un dur. Crois-moi, Tit-gars, tu as une bonne tête.

— Qui va arroser les fleurs et le potager de maman?

— Eh, voyons, tu seras ici pendant les vacances d'été, les fleurs ne poussent pas sur la neige! Tu t'occuperas de tes examens l'hiver et des plantes l'été. Peut-être qu'un jour, ta mère et moi, on ira vivre en ville avec toi.

Une lueur semblait s'être allumée dans les prunelles du garçon.

— Odilon, mon fils, tu es un bon gars, reprit le père. Ne cherche pas à trop découvrir, donne-toi du temps, ta décision sera aussi la nôtre. Ça, je te le promets. Je l'ai dit à ta mère; c'est toi qui décideras. D'abord tu t'informes, tu réfléchis. Tu décides après, seulement après. Ta vie t'appartient. Nous, tes parents, on ne peut que te guider. Va embrasser ta mère, change de vêtements pour ne pas attraper une grippe; tu as sûrement hâte d'être seul pour mettre de l'ordre dans tes pensées. Va, va, mon gars.

— Merci, papa.

Odilon se rendit à la chambre de sa mère. Il se pencha sur elle.

— Je t'aime, maman, murmura-t-il.

Il lui donna un baiser sur le front et s'éloigna.

Les yeux de la mère se mouillèrent. C'était la première fois qu'il prononçait ces mots, mais récemment, si Gemma les lui disait, il prenait un petit air gêné qui la charmait. Oui, elle devait l'admettre, il avait grandi, son bébé.

***

Couché sur le dos, les yeux grands ouverts dans l'obscurité de cette nuit noire, indifférent à la pluie qui tambourinait sur la toiture de tôle, Odilon laissait errer ses pensées. Il essayait de s'imaginer cette grande ville avec la foule qui se presse dans la rue, l'oncle qui l'attendait, celui dont on n'avait jamais dit trop de bien parce qu'il avait quitté le domaine familial. Il imaginait les écoles gigantesques où l'on enseignait les matières les plus passionnantes. Agronomie, chimie, médecine, théologie... Le tout s'engouffrait dans son rêve flou, s'entremêlait, se confondait. Il n'en aurait plus aucun souvenir à son réveil.

Tôt le lendemain, lorsqu'il descendit, il surprit ses parents en grande conversation.

— Tu as bien dormi?

— Oui, papa. Si vous n'avez pas besoin de moi, je vais aller voir monsieur le curé après le déjeuner.

— Voilà qui est bien. Va, prends tout ton temps.

— La ville, papa, vous connaissez?

— Oui. C'est surtout très bruyant. Des tramways, des calèches, des cages électriques pour grimper les étages dans les grands magasins. Je te le dis, un brouhaha épouvantable!

— On peut se perdre dans un endroit comme ça!

— Ah! Ça prend de bons nerfs, c'est certain. Il y a du travail, il y a des riches, mais aussi des pauvres. Fais bonne provision d'air pur. Là-bas, c'est plutôt rare.

— On dit, avança timidement Gemma qui n'avait pas encore exprimé sa pensée, que les pauvres là-bas le sont plus qu'ici depuis le fameux krach.

— Qu'est-ce que c'est, le krach?

— C'est pas clair, j'ai cru comprendre que les gens riches ont tous, tout d'un coup, perdu leur fortune.

— Pourquoi souris-tu, bonhomme?

— Nous, ici, on est peut-être moins pauvres qu'on pense.

— Explique-toi.

— Ce n'est pas en ville qu'on pourrait faire pousser les légumes, élever des poules et respirer à pleins poumons.

— Tu vois, tu vois ce que je veux dire, Gemma? Ce garçon-là a de la jugeote. Je l'ai toujours su!

— L'étude, ça ne te fait pas peur? Tu aimes ça étudier? demanda Gemma.

— Oui, maman. C'est facile. Je lis, je ferme les yeux, je mémorise, je vérifie et c'est imprimé là.

D'un geste de la main, il désigna sa tête.

— Tu as de la chance.

— Toi, papa, tu n'apprenais pas?

— Moi! Non, mon garçon. Peut-être que j'aurais pu. Mais j'ai juste appris à signer mon nom. Mon père, je ne l'ai jamais vu autrement qu'entre deux vins. Ma mère était malade. On mangeait des patates, des patates, encore des patates. Une année, on a eu une invasion de bêtes à patate qui ont bouffé la récolte. C'est là que mon frère a levé les pattes et est parti pour la ville. De temps en temps, il nous faisait parvenir un peu d'argent, ce qui nous a permis de ne pas crever de faim.

— Pourquoi ne pas avoir vendu la ferme?

— Il n'y avait pas beaucoup de monde, en ce temps-là, qui avait les moyens d'acheter une ferme. À qui on aurait vendu? Je me le demande bien. Et pour aller où ensuite? Vers la misère noire? Ou il aurait fallu demander l'aide des curés? Mon Dieu, rien que d'y songer, quelle honte! À la mort de mes parents, j'ai déménagé notre maison ici. J'ai voulu fuir ce trou noir. De ce côté-ci, il y avait une meilleure école, je pensais à ton avenir. Mon gars, si je peux te donner un conseil, ne touche jamais au whisky. Tout aurait été différent si mon père n'avait pas tant bu. Le whisky, c'est une invention du diable!

— Voyons, son père, ne raconte pas ces atrocités à ton garçon, dit Gemma. Il pourrait croire que tu cherches à l'influencer sur la décision qu'il a à prendre, ce qui n'est pas ton intention.

— Qu'il soit informé! Tu as été une bonne mère, notre gars est un solide gaillard qui a la tête plantée à la bonne place, et le cœur bien accroché. Attendons... Sa décision sera la bonne. Tu sais, mon garçon, moi, ton père, je te fais confiance!

***

Contrairement à ce que les parents d'Odilon croyaient, les événements se déroulèrent avec une rapidité extraordinaire. En effet, grâce à l'abbé Proulx, qui consacrait sa vie à diriger les adolescents vers ce qui leur convenait le mieux, et à cause de cet oncle qui avait offert généreusement l'hébergement, la sécurité et la tendresse, les portes d'un avenir plein de promesses s'ouvraient pour Odilon.

En bonne mère prévenante, Gemma prépara méticuleusement l'exode de son fils. Elle alla même jusqu'à lui tricoter un bon chandail de laine qui ne manquerait pas de le garder au chaud pendant les journées les plus glaciales de l'hiver. Son sacrifice était grand, sa résignation dépassait largement ce dont elle se croyait capable de supporter. Il partirait. Mais il reviendrait, son Odilon.

Le père cachait sa peine derrière des propos anodins qu'il cherchait à rendre drôles. Les fleurs étaient belles, le potager, généreux. La saison avait été magnifique, la récolte était à la mesure des espoirs les plus fous. On en profiterait pour cueillir avec joie une grande variété de légumes que le neveu se ferait un plaisir d'offrir à son oncle.

C'était le dernier soir qu'Odilon passerait à la maison. Il se sentait anxieux et triste, car il devinait que ses parents, malgré leurs efforts surhumains pour dissimuler leur peine, allaient avoir besoin de beaucoup de courage et de détermination dans les semaines à venir. Jusqu'au plus profond de son âme, il réalisait soudainement l'étendue de leur chagrin, l'importance de leur sacrifice.

—Je vais à côté faire mes adieux à Gérard, annonça-t-il, façon de s'octroyer un répit. Je ne tarderai pas.

Comme toujours, affable, généreux et plein de sensibilité, son compagnon de classe l'accueillit à bras ouverts.

—Viens, Odilon, suggéra-t-il en lui mettant la main sur l'épaule. Allons marcher un peu.

Ils firent une longue promenade, mains croisées derrière le dos. Des silences révélateurs entrecoupaient leur conversation. Odilon se racontait.

— Maudit chanceux!

— Tu trouves?

—Je donnerais la lune pour être à ta place.

—Tu sais, je dois avouer que l'inconnu me fait peur.

—Arrête ça, Odilon. Tu as une chance unique. Après tout, tu seras chez un membre de ta famille. Les prêtres, c'est pas des fous. Penses-tu que monsieur le curé s'arrangerait pour te conduire en enfer?

Une fois encore, la pluie se mit à tomber, fine, insistante, les obligeant à revenir sur leurs pas.

—Veux-tu me faire une faveur, Odilon? Écris-moi une lettre. Au moins une. J'aimerais ça, recevoir une lettre adressée à mon nom. C'est jamais arrivé.

—Je te le promets.

Ils échangèrent une poignée de main, puis subitement Odilon attira son compagnon et lui fit l'accolade de l'amitié. Ils se regardèrent et, en silence, se séparèrent.

Toute la nuit, la pluie ne cessa de marteler la toiture et d'arroser copieusement le paysage qu'Odilon était sur le point de quitter pour de bon.

Dès dix heures le lendemain matin, l'abbé Proulx était devant la porte.

—Est-ce que mon passager est prêt? lança-t-il avec bonne humeur, histoire d'alléger un peu le lourd chagrin qu'il devinait derrière la façade que les parents s'étaient fabriquée.

Gemma leur remit un sac de provisions qui aurait suffi à nourrir une armée. Son fils hocha la tête et lui fit un sourire affectueux.

—Une heure de route, maman, dit-il, ce n'est pas la fin du monde…

Ils s'éloignèrent enfin. Le père était là, muet; Gemma, stoïque, gardait la tête haute. La pluie avait eu la dignité de cesser.

Odilon jeta un dernier regard vers ses parents debout sur le perron. Oh! merveille, un arc-en-ciel s'était formé. Ses rayons irisés couronnèrent un instant ceux qui refoulaient leur peine. Puis Odilon vit sa mère qui, du coin de son tablier, essuyait une larme.

Il frissonna. Ses appréhensions, une fois encore, le terrorisaient.

Le prêtre eut la délicatesse de ne rien dire, de respecter le silence de son jeune passager. Rien ne pouvait convenir mieux à la gravité du moment.

— Tu n'as pas oublié ton dernier bulletin? demanda-t-il après plusieurs minutes.

— Non.

— Maintenant, il faut que je t'explique bien. N'oublie surtout pas que ta neuvième année est importante pour tes études supérieures. Les frères des écoles chrétiennes donnent dix bourses annuellement en se basant sur les aptitudes des candidats et ce n'est pas remboursable. Si tu parvenais à en obtenir une, mon gars, tu aurais déjà un pied à l'université. À travers ce que tu apprendras, tu vas découvrir ce qui te convient le plus et, lorsque ton choix sera fait, tu pourras en discuter avec tes enseignants. Les possibilités sont nombreuses.

Chaque fois qu'une automobile venait en sens inverse, Odilon se collait contre le prêtre; il redoutait une collision en raison de la vitesse que l'on se permettait sur les routes pavées.

— Regarde devant toi, la belle structure d'acier. C'est le pont Lachapelle qui unit les deux rives. Autrefois on traversait ici sur la glace, l'hiver, et en chaloupe, l'été. Ce pont, mon garçon, c'est le dessin d'un architecte, érigé par un ingénieur. Un jour tu devrais aller voir le pont de Québec, c'est une des merveilles du monde, un vrai chef-d'œuvre.

— Je sais, un pont cantilever, je l'ai vu dans les livres.

— Tu lis beaucoup?

— Oui, j'aime ça.

Odilon ouvrait grand les yeux.

— Mais comme ça bouge! s'écria-t-il. Il y en a du monde!

— Tu n'as rien vu, jeune homme, attends de voir le centre-ville; un véritable essaim d'abeilles! Ici, sur le coin, il y a une conserverie si grande qu'elle pourrait desservir tout le pays. Tiens-toi bien, ça va fourmiller autour de nous.

On filait maintenant sur le boulevard Décarie. Le prêtre était ravi de l'émerveillement de l'enfant. Son enthousiasme l'épatait.

— Il nous faudra trouver l'endroit où habite ton oncle, sinon tu coucheras au presbytère.

La voiture s'engouffra dans un tunnel qui reliait la rive du canal Lachine à la côte Saint-Paul. L'ardeur d'Odilon tiédit un peu.

— C'est vrai que c'est étouffant, marmonna-t-il.

— Tiens, le tramway, ce sera là ton futur moyen de transport. Ne t'en fais pas, ça s'apprend vite.

Odilon en avait entendu parler. On disait des tramways qu'ils étaient un moyen de transport tout à fait sécuritaire. « Les petits chars », comme on les appelait. Et dire qu'il n'avait jamais eu l'occasion ni la chance de voir « les gros chars », c'est-à-dire les trains, qui pourtant se rendaient dans sa région, les Laurentides.

— C'est laid, puis c'est beau, laissa-t-il tomber. Je ne sais pas trop. Je n'arrive pas à me faire une idée. Il y a peu de verdure en tout cas. Des trottoirs craquelés, des enfants dans les rues…

Se parlait-il à lui-même ou cherchait-il à échanger avec son protecteur? La simplicité et la candeur du garçon laissaient entrevoir sa capacité d'assimilation. Il s'adapterait à tous ces changements.

Comme elle était vieille, cette maison, collée à toutes les autres! La porte d'entrée se trouvait presque sur le trottoir. Une vitre était fêlée.

Odilon regarda en face le canal, l'écluse, des eaux qui bouillonnaient.

— On dirait qu'on manque d'espace.

— Mais toi, tu ne manques pas de courage, j'en suis convaincu, assura le prêtre. Ça ira, crois-moi, Odilon. Tu as l'étoffe qu'il faut pour devenir un homme. Tes parents seront fiers de toi. Tu peux sonner à la porte.

— Sonner?

— Tiens, regarde, tu tournes comme ça, et le tour est joué.

— C'est comme dans les livres.

Un rideau fut légèrement écarté, un grand sourire apparut, la porte s'ouvrit. Tante Lucette prit le jeune homme dans ses bras.

— Entrez, monsieur l'abbé, s'empressa-t-elle de dire dans sa joie. Vous mangerez bien avec nous?

— Que non! Votre belle-sœur a vu à ce qu'on se gave en chemin! On va entrer les bagages.

On déposa tout l'avoir d'Odilon dans le salon. L'abbé Proulx fit ses recommandations et quitta aussitôt en promettant de revenir.

— Ton oncle sera ici pour le souper. Ainsi tu viens vivre avec nous? C'est bien, c'est très bien. Il y a très longtemps qu'on ne s'est pas vus. Tu as encore grandi, ton oncle va être fier de toi. Veux-tu un bon chocolat chaud, hein, en attendant?

Tante Lucette parlait sans cesse. Odilon n'avait pas à chercher ses mots. Il se contentait de sourire. L'accueil n'aurait pu être plus chaleureux. D'ores et déjà, le garçon le sentait, on l'aimerait. Il se détendait derrière son chocolat fumant qu'il goûtait pour la première fois. Il eut une pensée pour sa mère.

L'oncle Vladimir n'avait pu attendre. Impatient de revoir son neveu, il rentra avant l'heure du dîner. La porte arrière s'ouvrit avec fracas. Il entra, s'arrêta sur le seuil, se frottait les mains. Étonné, Odilon s'était subitement levé. Vladimir assena un coup de poing amical à l'épaule de son neveu qui faillit tomber à la renverse.

— Regardez-moi ça, la belle jeunesse! lança l'homme. Sacrement! Tu pourrais être mon fils, et t'es déjà plus grand que moi! Mon petit snoreau! Tu as des muscles? Sinon, crains rien, on va t'en faire. Demain, demain tu te mets au travail. Alfred est malade, une grippe du maudit. Tu vas le remplacer.

— Mais, mon oncle, je ne sais rien faire d'autre que semer ou fendre le bois!

Vladimir éclata de rire.

— Tu entends ça, sa mère? Tu n'as pas besoin de savoir pour faire mon métier, mon gars, tu n'as besoin que de tes muscles et de tes jarrets. Pas nécessaire d'être un génie pour transporter des caisses de bière du truck à l'entrepôt des clients. Et ça paye! Un bon quatre piastres par semaine, ce sera ça de pris, tu garderas ton argent pour acheter tes billets de petits chars.

— Mais, l'école?

— Ce n'est pas pour longtemps, Alfred va reprendre son boulot. Lucette, passe-lui une paire de mes bleus, ma salopette va lui faire. Dans le bas, ça va avoir l'air à mer haute, mais c'est pas grave!

Le reste du discours se perdit dans la verdure fraîche que Gemma avait généreusement remise à son fils et que tante Lucette servait maintenant avec un grand sourire.

— Passe-moi le sel. Sacrement que c'est bon.

Vladimir mastiquait avec énergie et ne cessait de répéter sa joie de voir son neveu qui venait habiter chez lui.

— Ouais! dit-il encore en se claquant dans les mains. C'est sûr que tu vas vite te familiariser avec la vie d'ici. Je gagerais n'importe quoi.

Chapitre 2

Gemma était triste. Dès que son fils fut parti, ses yeux rieurs s'étaient éteints. Elle comprenait mal que l'avenir de son enfant ne dépendait plus d'elle. Elle craignait qu'au fond de son âme son mari cultive l'orgueil et la témérité. Ses grandes idées, sa façon idéaliste de voir l'avenir la rendaient sceptique.

Demain il partirait pour ce voyage de chasse annuel avec Paul Paradis, le père de Gérard. Ils iraient dans la forêt, chasseraient, reviendraient probablement avec du gibier qui ajouterait un peu de variété au menu quotidien.

Paradis avait une peur morbide des armes à feu, mais il possédait un vieux fusil de chasse hérité de son père, qu'Odilon utilisait pour abattre les bêtes. On se partageait les tâches, si bien que, avec les années, Paul était devenu maître dans l'art de dépecer l'animal abattu. Le bonheur, pour eux, était de ne pas revenir bredouilles. Le premier jour, on se gavait du foie qu'on apprêtait de toutes les façons. On suspendait l'animal abattu au bâtiment, afin de laisser mûrir la viande. Comme le fils d'Odilon était parti à Montréal, la part des Paradis serait plus généreuse.

Gemma, cette année-là, partageait ses prières entre la demande à Dieu d'épargner les hommes partis à la chasse et son fils là-bas, si loin et si seul, menacé lui aussi, croyait-elle, par la meute humaine. Oui, ce jour-là, pour une fois qu'elle était seule, elle pourrait laisser éclater sa peine, s'essuyer les yeux en toute liberté, ne pas lutter contre son tumulte intérieur. C'est vers Dieu qu'elle tournait son cœur. Elle parlait à l'Éternel en termes sévères, c'est à Lui qu'elle faisait des reproches. Toute la journée elle serait maussade, s'apitoierait sur son malheur! L'hiver serait long! Noël serait triste! La vie était subitement devenue morose. Pourtant on attendait d'elle qu'elle soit souriante, qu'elle se sente comblée par ce que son mari désignait sous le vocable de miracle.

La misère? Elle la connaissait. La pauvreté était là pour tous. Selon les enseignements de sa religion, essayer d'y échapper, c'était tenter le destin, ce qui démontrait un manque de courage, de foi en Dieu. Car le Seigneur, en bon Père, a mis tout ce qu'il faut dans la nature, au service des humains. Jamais encore les chasseurs n'étaient rentrés bredouilles! Ils revenaient gonflés d'orgueil et de gibier pour l'hiver.

Ce manque de soumission qui grondait en son âme faisait peur à Gemma. Elle pria encore plus que d'habitude. Elle prit aussi la résolution d'en parler à son confesseur.

Gemma faisait les cent pas, allait d'une fenêtre à l'autre. Le silence ambiant la bouleversait.

Elle crevait d'ennui! Comme l'absence de son enfant la faisait souffrir!

***

Le soir venu, couché sur le canapé du salon, Odilon sentait en lui tout l'aplomb nécessaire pour aller de l'avant. Il se savait aimé, l'accueil avait été chaleureux, la transition bien douce, la gaieté et la spontanéité de ses hôtes tamisaient son chagrin d'être éloigné de ses parents. Il sentait déjà, peu à peu, ses craintes s'estomper.

Il s'endormit dans le calme. Sa première nuit fut sans rêve.

Quand l'oncle lui remit les quelques dollars gagnés grâce à ses biceps qu'il avait mis à l'épreuve, Odilon ouvrit de grands yeux. Son premier salaire! Qu'il en aurait à raconter à Gérard! Et à son père donc! Il serait fier de lui.

Septembre, synonyme de la grande rentrée scolaire, était devenu synonyme du plus grand changement dans la vie d'Odilon.

Le fils d'un voisin, livreur de pain pour le boulanger, offrit à Odilon de faire avec eux le parcours vers le collège, gratuitement, à condition d'être prêt à sept heures du matin. Odilon s'empressa d'accepter. Encore une fois, un autre problème se réglait pratiquement de lui-même. Là encore il saurait se rendre utile. Non seulement sa nature douce l'aidait-elle à se faire aimer, mais son empressement à rendre service lui permettait d'aplanir les obstacles avec plus d'aisance qu'il ne l'aurait cru.

L'abbé Proulx revint le visiter. Odilon lui remit une lettre pour sa mère, à qui il parlait de ses joies, mais taisait son ennui. Ce n'est pas sans fierté qu'il plia un dollar et l'inséra dans l'enveloppe.

— Vous embrasserez maman bien fort, lança-t-il avec enthousiasme. Oh! pardon, monsieur l'abbé.

— Coquin, fit le prêtre en souriant.

***

La première année s'écoula sans trop d'anicroches. Le plus pénible fut de devoir passer les fêtes de Noël loin de ses parents. Odilon rêva au sapin que sa mère décorait de fleurs de papier, aux trois oranges qui trônaient dans des nids naturels abandonnés par les oiseaux à la fin de l'automne et que ses parents détachaient des arbres avec délicatesse. Odilon, même à cette distance, avait l'impression de humer la chaudronnée de ragoût qui attendait au centre de la table après la messe de minuit. Tout ça lui avait cruellement manqué. Mais il avait tenu bon, avec fierté et courage.

Pendant les vacances de Noël, il avait accepté de seconder son oncle au travail, ce qui avait ajouté des sous dans ses goussets.

La plus belle surprise avait eu lieu au jour de l'An. Oncle et tante avaient fait les frais de préparer tout un banquet. Le menu était digne des palais les plus fins: une dinde dorée, farcie de riz et de fines herbes, des hors-d'œuvre variés, des chocolats à satiété, des petits fours roulés dans la noix de coco, parés d'une demi-cerise, et un verre à patte rempli de vin blanc.

— C'est tout un festin, tante Lucette, s'exclama Odilon. Il ne manque que les patates pilées!

— Des patates? Nom de Dieu! s'écria l'oncle Vladimir. Jamais ici, pas dans ma maison! Non, monsieur! Pas de patates chez nous!

Odilon comprit qu'il venait de faire une gaffe. Il se souvenait tout à coup que son père lui avait déjà parlé de l'horreur que son oncle éprouvait pour les pommes de terre.

— Je m'excuse, mon oncle, fit Odilon, piteux.

— Tu ne pouvais pas deviner. Vas-y, mange avec appétit, fais-toi des forces, mon grand.

Odilon se sentit coupable. Il se traitait d'imbécile et se demandait pourquoi il n'avait pas pris le temps de réfléchir avant d'ouvrir la bouche.

L'oncle Vladimir poursuivit:

— Hé, mon garçon, tu as le droit d'aimer les patates. Moi, je les déteste, mais ne sois pas triste, ne boude pas le repas de ta tante. J'ai même choisi la plus grosse volaille du boucher. Je ne pourrais pas tout bouffer ça seul.

L'incident était clos. Le bonheur et la gaieté avaient repris le dessus.

La tâche d'alimenter la fournaise dans le couloir incombait à Odilon. Cette fournaise était une véritable saloperie, mais personne ne contestait son utilité pendant la saison froide. Tous étaient conscients que le charbon dispensait de l'obligation de se lever en pleine nuit pour attiser la flamme, alors que chez Odilon, là-bas, à la campagne, il fallait souvent remplacer la bûche consumée. En somme, songeait le garçon, tout différait en apparence, mais tout revenait au même dans la façon de vivre. « La seule chose qui compte, c'est la paix du cœur. » Ces mots, il les avait écrits à sa mère qui les avait découpés et affichés sur une porte d'armoire de la cuisine, afin de pouvoir les relire à satiété. « Tu restes bon, mon enfant, songeait-elle avec tendresse, même là-bas. Dieu te bénisse, mon enfant. »

Jamais avril ne parut si long à Gemma. Les belles chaleurs du printemps arrivèrent plus tôt qu'à l'accoutumée, et, malgré le temps hâtif, elle prit sur elle de faire ses semences.

— Il est bien trop tôt, protestait son mari. Tes graines vont geler! Réfléchis un peu.

Mais elle ne voulut rien entendre. Quand Odilon reviendrait, les pousses auraient déjà pointé.

— Au sujet d'Odilon…, poursuivit-elle, pensive.

— Quoi, sa mère?

— On lui dit tout?

— Tu fais allusion à son ami, à Gérard?

— Oui, qu'en penses-tu?

— La vérité est toujours préférable. Il va le prendre mal, mais il faut faire face à la vie qui, elle, n'est pas toujours douce.

— Gérard a été son seul ami d'enfance.

— On a pas à lui en parler dès le premier jour…

— Rien qu'à penser que ça aurait pu nous arriver de perdre notre enfant, le nôtre, notre fils, j'ai le frisson.

— Notre voisin aussi n'en avait qu'un.

— Ce n'est pas une consolation!

— Seigneur… On devrait trouver des sujets de conversation moins tristes.

Gérard, chaque matin, allait vers la poste. Ce n'est que le jour où il fut victime d'un accident de la route que l'on sut pourquoi il faisait ce trajet avec tant d'assiduité. Il attendait fébrilement une lettre d'Odilon. Il la tenait d'ailleurs dans ses mains au moment de sa mort. Cette pensée tourmentait Gemma. Cette coïncidence la troublait plus qu'elle ne voulait bien se l'avouer.

— D'accord, laissa-t-elle tomber après un moment. Mais promets-moi de le lui apprendre toi-même. Moi, je n'en aurai pas le courage.

— Cré sa mère, tu ne changeras jamais.

Lorsque son père lui annonça la triste nouvelle, Odilon baissa les yeux, serra les mâchoires, ne parvint pas à émettre un seul son. Sa peine était trop grande, sa révolte le paralysait. Il sortit, s'appuya contre la clôture, plia l'échine, passa une main sur sa nuque, ferma les yeux et aspira tout l'air qu'il put.

Sa mère l'observait de la fenêtre. Elle fit un mouvement vers la sortie.

— Non, Gemma, dit le père doucement. Laisse-le seul, laisse-le digérer son chagrin. Viens t'asseoir près de moi, qu'il ne se sente pas observé.

Les yeux bouffis par les larmes, Odilon se rendit chez le voisin visiter les parents de son ami.

— Madame… pardon! Pardonnez-moi.

Il se jeta dans ses bras, en pleurs. Elle tapota son dos, mêla sa peine à la sienne et dit simplement:

— Dieu a ses droits sur chacun de nous. Vous n'avez été que l'instrument de sa volonté, ne vous le reprochez pas.

Sans un mot il s'éloigna, erra sur la route où lui et Gérard avaient eu leur dernière rencontre. Il ne rentra que très tard, ce soir-là. Ses parents étaient déjà au lit. Sous la porte de leur chambre, il vit la lumière qu'on éteignait. Son père et sa mère avaient attendu qu'il revienne. C'était sa première grande peine, son premier grand drame, sa première grande indignation devant l'apparente absurdité de la vie. Il se sentait soudain seul, désemparé, incapable de comprendre. Un instant, il eut le désir de frapper à la porte de ses parents, de courir vers eux, de se faire cajoler, consoler. Hélas, ce n'était pas ce que l'on enseignait aux enfants. L'acceptation de la souffrance faisait partie intégrante de l'éducation. Ils devaient apprendre à y faire face, car elle seule mûrissait le caractère, donnait à l'âme la force nécessaire pour pouvoir affronter la vie. Ces propos de son confesseur rejoignaient les paroles de la mère de son ami pourtant cruellement meurtrie par la perte de son fils. Dieu le voulait-il vraiment ainsi? Faisait-il de nous un instrument de ses malheurs? Dieu n'était-il donc pas qu'amour? Et lui, Odilon, tout jeune homme qu'il était, pouvait-il soulever ces questions sans crainte de troubler sa propre conscience et celle des autres? «C'est de la lâcheté, se dit-il soudainement, de l'hypocrisie. On joue les surhumains, on utilise le nom de Dieu pour expliquer la mort brutale. C'est plus noble et plus facile de croire en la fatalité que de prendre sa part de responsabilité!»

Il était amer, la révolte bouillonnait en son âme, la vie lui paraissait injuste, futile.

Quelques jours plus tard, alors qu'il se trouvait seul avec sa mère, il s'étonna de ce qu'elle aborde le sujet:

—Je peux difficilement imaginer ce que fait, pour toi, le décès de ton ami, murmura-t-elle.

— Oui, maman, c'est difficile. Très.

—Veux-tu qu'on en parle?

—Aujourd'hui, non. Mais le jour où je l'ai appris, j'aurais peut-être dû. J'avais l'impression que là, en dedans, tout se déchirait.

—Je sais, j'ai bien compris tout cela. Je l'ai senti, je l'ai vu. Mais, tu sais, on nous enseigne de laisser s'estomper d'abord la grande peine. On dit que l'épreuve forme le caractère.

— Pourquoi? On interdit la tendresse et la compréhension dans la peine? Est-ce à dire qu'un témoignage d'amour pourrait corrompre l'être humain?

Gemma baissa les yeux, médita un instant et enchaîna:

— Ton cœur est tendre et pur, mon enfant.

Le père entra. Il regarda sa femme, puis son fils. Il comprit, à leur expression, qu'il arrivait au mauvais moment. Il voulut faire demi-tour et rebrousser chemin.

— Papa.

— Oui, fiston.

— J'aimerais avoir ton opinion. Selon toi, est-ce que Dieu contrôle vraiment la destinée de chacun?

— On dit qu'Il est le maître absolu de la vie.

— Et de la mort?

— Vaudrait mieux poser la question au curé.

— Même quand on est devenu adulte, on n'a donc pas notre destin en main propre?

— Si jamais ça devait t'arriver, petit, ce serait si pénible, si lourd, qu'alors l'intervention de Dieu te paraîtrait souhaitable et douce.

— Autrement dit, qu'à mon tour, comme tout être humain, je me tournerais moi aussi vers… l'intervention divine?

— Tu me fais dire des choses!

— Je ne deviendrai jamais un curé ni un directeur spirituel! Je ne vois pas comment je pourrais aider les autres, alors que moi-même j'ai du mal à intégrer toutes ces idées qui me paraissent contradictoires.

Le ton était péremptoire. Le père et la mère échangèrent un regard, mais ne firent aucun commentaire.

Ce soir-là, Gemma récita son chapelet. Elle partageait l'opinion de son fils, mais, en même temps, elle s'inquiétait à la pensée que l'éloignement de son milieu familial et l'influence malsaine de la ville fassent de lui un libertin.

Le lendemain, au déjeuner, un sentiment de gêne flottait dans l'air. Le sujet abordé la veille avait ébranlé les consciences. C'étaient là des propos qu'on ne tenait ordinairement pas en famille. Seule l'Église détenait les réponses en ce qui concernait ces questions existentielles profondes. Toutefois, ce qui réconfortait le père d'Odilon, c'était la pensée que des religieux enseignaient à son fils et qu'ils l'aideraient à traverser sa grande peine sans révolte.

— Dis, fiston, fit-il dans l'intention de meubler ce silence inconfortable, cet examen qui te causait tant d'inquiétude pour la fin de l'année, ça s'est bien passé en fin de compte?

—Je ne sais pas, papa. On n'a pas encore obtenu les résultats. Des centaines d'enfants de la région de Montréal ont aussi eu à le faire. C'est très long avant que toutes ces copies finissent par être corrigées.

—Hein! Toute la région? Et tu dis espérer être classé gagnant?

—Il y aura dix gagnants. Pourquoi je ne serais pas du nombre?

—Parce que, parce que... Je ne sais pas, mais j'ai peur que tu sois déçu. Rêve pas trop à ça.

Odilon sourit. Après un instant d'hésitation, il fit un clin d'œil à sa mère et répondit:

—Peut-être bien que, pour une fois, le bon Dieu aurait décidé d'être de mon côté!

—Tête de Dastous! Vaniteux! dit son père en éclatant de rire.

—Parle-nous de tante Lucette, reprit Gemma. Elle est gentille?

—Comme toi, maman. Souriante et toujours joyeuse. C'est vrai elle me fait beaucoup penser à toi.

—Et ton oncle Vladimir?

—Ah, mon oncle... Il aime tout...

—Sauf les patates!

—Oui. Tu as bien raison. Sauf les patates. Il est comique, vaillant, pas sévère du tout.

—Pas sévère? Parce que moi, je serais sévère?

—Oh! Papa.

Quelqu'un frappait à la porte. Gemma alla ouvrir, trop heureuse de cette intervention.

—Tiens, dit Odilon à mi-voix. Papa, le bon Dieu t'envoie son représentant sur terre.

Odilon et son père se levèrent avec empressement. L'abbé Proulx entra.

—Prenez place, l'invita Gemma. Je vous verse tout de suite un café.

Après les quelques phrases d'usage, le prêtre se tourna vers Odilon.

—Dis-moi donc, jeune homme, fit-il en plissant les yeux. As-tu déjà eu l'occasion d'étudier l'histoire?

—Non, jamais.

— Mais… Dans ce cas… Cette réponse à la dernière question de l'examen, d'où la détenais-tu?

— La dernière question? Ah oui, au sujet de Jules César. J'avais lu ça quelque part. Je vous ai parlé souvent de mes lectures, n'est-ce pas? Ici, la maîtresse d'école possède des volumes de son grand-père qui avait été notaire. Elle me laissait choisir dans sa bibliothèque toute pleine. C'est pas mêlant, un mur complet de sa maison est tapissé de livres.

— Et tu t'es souvenu! Bravo! Ça m'impressionne. Le cours classique demande beaucoup d'aptitudes et de qualifications.

— Quelque chose ne va pas? demanda Odilon en fronçant les sourcils. Est-ce au sujet du concours?

Le père intervint:

— Vous savez, monsieur l'abbé, Odilon comprendrait s'il ne gagnait pas…

— Dis-moi, reprit le curé sans se préoccuper de la remarque. Avant qu'on poursuive cette conversation… Tu es encore jeune, Odilon, pour prendre de grandes décisions qui vont orienter ton avenir, mais, par hasard, aurais-tu parfois rêvé de prendre la soutane?

— Ah! non! Ça, jamais!

— Parce que, si jamais ça faisait partie de tes plans, tu serais obligé de compléter des études classiques. Tu sembles vraiment très doué. Tu aimes ce qui est grand, beau, noble…

— Non, vraiment. Il n'y a aucune chance. S'il y a une chose dont je suis absolument certain, c'est celle-là.

— Bon… Un instant je m'étais demandé… J'avais cru…

Gemma servit le café. Son mari semblait troublé, gêné. Lui, habituellement si désinvolte et sûr de ses moyens, devenait humble et troublé en présence de l'homme de robe.

— Je ne vous suis pas très bien, dit le père d'Odilon. Mais, serait-ce une question d'argent, monsieur l'abbé?

— Non, monsieur Dastous. Pas du tout. En fait, puisque votre fils logera chez votre frère, il n'y a pas de problème. Non, pour être tout à fait franc, je suis venu vous annoncer que votre fils a obtenu le maximum. Il s'est classé au concours! Vous pouvez être fier de votre enfant, il figure au nombre des dix lauréats et aura une bourse d'études!

Odilon se leva, donna la main à son fils. Gemma se signa.

— Tu recevras les coupons de la main du supérieur du

Mont Saint-Louis, le plus prestigieux collège scientifique qui soit. Ces coupons couvriront tes frais de scolarité de douze dollars par mois, et ce, jusqu'à la fin de tes études.

— Grâce soit au ciel!

Le jeune homme sourit et posa la main sur le bras de sa mère.

— C'est une marotte dans la famille: Dieu est l'artisan du bonheur et c'est le ciel qui reçoit les louanges dans les occasions heureuses.

— Voilà comment pensent les âmes vraiment chrétiennes. Dieu te comble, mon fils, sois digne de ses bienfaits.

Fort de cette bénédiction et de l'assurance de pouvoir poursuivre ses études, Odilon savoura la joie profonde de son premier succès. Mais, hélas, il ne pourrait partager ce bonheur avec son grand ami Gérard. Un instant, la tristesse envahit son âme.

Le prêtre l'observait, mine de rien. Il approuvait secrètement le comportement mature de ce garçon qui ne s'emballait pas à outrance, demeurait prudent, pesait le pour et le contre des choses, ne se gargarisait pas avec ses succès et restait conscient de ses obligations. L'abbé Proulx était convaincu qu'Odilon réussirait.

Dorénavant, il n'y avait plus aucun obstacle. Pour le prêtre, c'était une première occasion de se réjouir réellement de la confiance qu'il avait mise en ce jeune homme. Dorénavant, il n'aurait plus qu'à l'observer à distance, à guider son protégé de temps à autre, lorsqu'il en manifesterait le besoin. Hors de tout doute possible, le prêtre savait qu'il avait misé juste: Odilon serait un jour un chaînon de son œuvre et il en tirerait gloire et bonheur. Car, en son for intérieur, monsieur le curé croyait pouvoir amadouer le garçon et le voir devenir, un jour, un représentant de Dieu.

Alors que chacun était plongé dans ses pensées, au milieu d'un silence difficile à rompre, le prêtre se leva, remercia Gemma pour son bon café et jeta simplement:

— Je dois partir, maintenant. Mais réjouissons-nous. Nous avons tous le droit aujourd'hui d'avoir le cœur à la fête. Et toi, bonhomme, sois prêt le jour du départ. Non! ne vous dérangez pas, je file.

Mais on s'était levé. Gemma fit une prière:

— Monsieur l'abbé, donnez-nous la bénédiction divine, priez Dieu de nous aider, tous et chacun de nous.

Odilon et ses parents s'agenouillèrent.

Après sa bénédiction, l'abbé Proulx partit de son pas toujours pressé.

Gemma sortit une tarte aux fraises et la plaça au centre de la table avec une pleine théière fumante. Le père, assis dans la berçante, les bras appuyés sur les accoudoirs, faisait craquer ses jointures, manie qu'il avait quand il était bouleversé.

Sa fierté était flattée, mais il ne savait pas l'exprimer, les mots lui manquaient. Il n'était pas enclin à laisser transparaître ses émotions profondes. Un homme se doit d'abord et avant tout d'être fort. Dans le malheur, ça peut aller, mais devant la joie, celle qui émeut, celle qui prend racine dans l'âme, ça, c'est plus difficile à affronter.

Le silence avait permis à Odilon de savourer la joie qu'il ressentait, de se composer un visage. Le glouglou du liquide brun que l'on versait dans les tasses les ramena tous au moment présent.

Bientôt la conversation reprit, joyeuse. Odilon raconta ses histoires farfelues, parla de sa vie, là-bas, à Montréal.

— Je n'oublierai jamais la première fois que j'ai pris le tramway. J'étais assis près de la fenêtre. Il est arrivé une grosse femme, haute comme trois pommes, le manteau attaché avec une épingle à ressort. Elle mâchait de la gomme et je n'apercevais qu'une dent, une espèce de croc. Comme j'avais appris ici, je me suis levé pour lui céder ma place. « T'es pas sérieux, jeune homme, tu me donnes ton siège? » qu'elle a dit. Je lui ai souri. « Eh ben! Tu m'en bouches un coin! Un gentleman qui me donne sa place! J'aurais jamais cru ça possible. Merci, mon gars. » Elle s'est glissée derrière moi, s'est assise. Ses pieds ne touchaient pas le sol. Elle tenait un sac de jute qui glissait de ses genoux et qu'elle ramenait sans cesse. Tout un numéro, la dame! Quand elle est descendue, j'ai eu droit à un beau sourire édenté. L'éclat de rire qui secouait les jeunes autour de moi était beaucoup moins drôle.

— Tu n'avais pas à être gêné pour avoir agi en homme civilisé.

— Ce n'est plus la mode. Quand on est tassés comme des sardines, ça dérange tout le monde. J'ai vite compris. Tout le monde se garroche, on réussit à se tenir debout grâce à une courroie fixée au plafond.

— Je peux imaginer, dit le père, ce que ça représente d'être bousculé comme ça après une journée d'ouvrage!

Après le goûter succulent et une bonne tasse de thé, Odilon aida sa mère avec des écheveaux de laine qu'elle voulait enrouler. Il tendait les bras. Pour lui, c'étaient des minutes d'exquise intimité, ces propos anodins et pleins de gaieté affectueuse.

— C'est l'hiver que c'est moins drôle, aux heures de pointe, quand il fait un froid de canard.

— Tu n'es pas malheureux, dis-moi?

— Non, maman, je suis si content d'étudier! Mais il n'y a pas là-bas que des pauvres, tu sais. Des étudiants arrivent au collège conduits par des chauffeurs privés. J'ai un voisin de pupitre dont le père est propriétaire d'une usine d'allumettes. Une famille riche à craquer. Il me prête certains livres que je n'ai pas les moyens d'acheter. En retour, je prends à son intention des notes pertinentes, j'abrège le plus gros des sujets. Ça lui économise bien du temps d'analyse, puisqu'il se contente d'étudier mes résumés.

— Tu as de la chance. Tu es à ton aise dans tout ça?

— Oui. Surtout les mathématiques. Je les comprends, j'aime résoudre les problèmes.

— Tu comptes quoi, au juste?

— Oh! ça, ça ne s'explique pas. Des formules compliquées, autant de raisonnement que de calcul. Mon professeur m'a dit une fois que je devrais me tourner vers le génie.

— Le génie? Pour faire quoi, au juste, ça mène où?

— Les ingénieurs, ils construisent.

— Quoi?

— Tout! Des ponts, des aéroports, des routes, des structures d'acier, de la machinerie lourde.

— Pense donc!

— Maman, si j'obtiens mon diplôme collégial, je rentrerai à l'université en deuxième année. Comprends-tu ça? La chimie, la physique, l'électricité, l'hydraulique, et quoi encore... Je ne fais qu'effleurer les sujets et je crève d'envie d'en savoir plus. J'aimerais devenir un scientifique, percer le secret des sciences les moins explorées. Depuis l'atome qui est la plus petite particule de la matière qui puisse exister à l'état libre et se subdivise en protons et électrons. Les sciences qui captent l'esprit, fascinent l'intelligence, elles sont là, tangibles, mais si pleines d'inconnu. C'est le rêve de tout savant d'étudier ces phénomènes extraordinaires. Tu sais, maman, tout ce qui existe est une source de vibrations, et ces vibrations sont la vie elle-même.

Extasiée, Gemma regardait son fils dont les yeux brillaient. Elle oubliait l'écheveau de laine qu'il tenait, était éblouie de ses dires auxquels elle ne comprenait rien. Ah! mais absolument rien!

— Tu vas rire de moi, Odilon... Je pense parfois aussi à ces choses, mais de façon plus terre à terre. Quand je sème et que je vois pointer, sortir de terre et grandir les plants qui vont donner des fruits ou des légumes, chaque fois je pense aux miracles de la nature.

— Alors, tu me comprends, tu sais ce que je ressens.

— Oui, Odilon, et je suis fière de toi, mon fils. Ton père tire vanité de ta réussite, même s'il ne s'explique pas ton enthousiasme pour l'école. Pour lui, la réalité est dans le bois, sous l'écorce des arbres. Selon lui, abattre un orme ou un chêne, c'est manquer de respect à la nature.

— C'est vrai, il a raison, ces arbres sont de plus en plus rares, vivent très vieux, mûrissent lentement et longuement pour fournir un bois dur, d'excellente qualité.

Il y avait tant de choses à se raconter. On faisait du coq à l'âne, le seul plaisir de bavarder suffisait. Tout à coup, il y eut un silence bref, puis Odilon enchaîna:

— C'est vrai, tu sais, maman. Réussir au Mont Saint-Louis signifie que je pourrais entrer à l'université directement en deuxième année, sans avoir à faire la première.

Gemma, éblouie, oubliait de rouler sa laine. Les propos de son fils la fascinaient, elle était émerveillée. Son fils, son propre fils! Tout ça représentait pour elle rien de moins qu'un miracle.

— Tu n'as pas eu de préparation à tout ça et pourtant...

— Tu sais, maman, l'école ici était bien, très bien. Aussi j'ai eu la chance de passer beaucoup de temps dans des bouquins. Je passais mon heure de dîner dans des livres de grand savoir. Je ne comprenais pas tout, je n'assimilais pas tout, mais au moins je me familiarisais avec l'inconnu. C'est un énorme éventail, la science, tu sais. On glane ici et là; bientôt le tout forme un amalgame dans lequel on va puiser. Il y a ce qu'on retient consciemment, il y a ce qui sommeille en soi, et l'ensemble pourrait bien être ce qu'on appelle la formation. Le bassin des connaissances est très grand!

— C'est fascinant de t'entendre, ça me réjouit; surtout que là-bas on te guide. Dis-moi… Pourquoi les chiffres ont-ils ta préférence?

— C'est qu'ils sont vrais, déterminés, positifs. Ils dominent dans tout ce qui est tangible, on les trouve partout: l'algèbre, la trigonométrie, la géométrie analytique, le calcul intégral, différentiel. Ils résolvent tous les problèmes, rejoignent même l'astronomie, la biologie, la morale… et le laboratoire. Tu sais, maman, il ne faut pas perdre de vue non plus que chacun de nous, à l'échelle de sa personnalité, joue un rôle dans la nature, qui, elle, est grandiose et nous accueille tous dans son sein.

Odilon discourait sur tout: les fameux tramways si bruyants qu'il empruntait matin et soir. « Reculez en avant, avancez en arrière », s'écriait le conducteur qui actionnait avec le pied une sonnette pour faire fuir les piétons qui encombraient les rails; la course folle pour ne pas rater la correspondance, les billets à vingt-cinq cents pour quatorze, le prix spécial pour les étudiants, mais à condition qu'ils n'oublient pas leur carte d'abonnement à la maison… Bref, Odilon aimait parler d'une foule de détails qui accaparent la vie de tout citadin. Et sa mère prenait tout autant de plaisir à l'écouter.

— À en croire ce que tu racontes, on dirait qu'il n'y a pas de place ni de temps, là-bas, pour faire des péchés, dit-elle.

— Pourtant, les vendeurs de bière ne me semblent pas à plaindre!

La conversation allait en tous sens, déviait vers des propos disparates, parfois très anodins et parsemés de rires. C'était une façon, pour Gemma, d'éviter un sujet qui la troublait. Elle préférait de beaucoup goûter au maximum la présence de son fils qui la quitterait bientôt pour une autre période de dix interminables mois.

Les semaines s'écoulèrent très vite, et le jour de ce départ arriva. La veille, le père remit à son fils vingt-cinq dollars.

— Tiens, mon gars.

— Non, papa, gardez cet argent. Je m'en tire bien avec ce que je gagne là-bas.

— Tu as encore grandi, tu ressembles à un boucher avec tes manches trop courtes, et tes souliers parlent de ta misère. Prends cet argent, Odilon, fais ce que je te dis. C'est peu, mais on est contents de faire notre petite part.

— Ce serait l'explication de la pancarte posée sur la clôture : « Manches de hache et de marteau à vendre. »

— Oui, vente directe aux clients. Directement, de main à main, c'est plus payant!

— Je vous rendrai tout ça, papa, un de ces bons matins.

— On est si fiers de toi!

— Ton père est gonflé d'orgueil!

— Orgueil bien légitime, souligna le fils, l'œil moqueur.

— Dis donc, toi? Vaniteux!

— Ah! maman! Disons alors que papa est gonflé de fierté.

Gemma essuya une larme, elle s'efforçait de refouler sa peine.

***

Une fois de plus, on s'était embrassés et fait des adieux émouvants. L'automobile fit marche arrière dans l'allée, tourna, prit la route. Gemma resta là à la regarder disparaître. Elle descendit les marches, coupa les quelques fleurs qui survivaient, les plaça dans un vase qu'elle déposa avec coquetterie au centre de la table.

Sa pensée était loin, elle songeait aux mots qu'avait utilisés Odilon, dont elle n'avait retenu qu'un seul, celui qu'elle connaissait : l'arithmétique. Elle, si simple, ne pouvait comprendre la nécessité de savoir toutes ces choses. Le latin, passe encore, c'était le langage de l'Église, peut-être que Jésus de Nazareth parlait latin. Mais tout le reste, était-ce nécessaire? Et l'université, ce serait autre chose! Encore beaucoup d'autres matières nouvelles à étudier, à comprendre. L'âme de son fils était-elle assez forte pour tout assimiler?

Le jour était sombre, humide et chaud. Gemma s'essuya le visage, regarda le ciel. Les cumulus allaient d'un blanc laiteux au gris terne. La nature elle-même se joignait à sa tristesse. Oui, il serait long, cet hiver qui, avant longtemps, se cantonnerait lentement dans la région.

Elle sortit le jeu de cartes qu'elle avait dédaigné tout l'été et entreprit de faire son jeu de patience pour tuer la monotonie de l'heure.

L'automne avait ajouté de sa palette de couleurs dans les arbres. On aurait encore un certain répit, puis viendrait le voyage de chasse, ce qui était la dernière activité excitante avant les grands froids. Suivrait le frimas des nuits plus fraîches, puis la blancheur donnerait à la terre l'apparence d'un linceul. Pour la dernière fois de la saison, Gemma faisait briller les fenêtres, les oiseaux migrateurs partiraient bientôt.

Oui, il serait long, très long cet hiver qui s'approchait à grands pas!

Chapitre 3

Lentement, mais tout aussi sûrement que depuis la nuit des temps, les jours, les semaines et les mois s'égrenèrent. L'hiver fit place au printemps, puis à l'été. Il fallait admirer l'entêtement de la nature!

La chaleur persista. Ceux qui faisaient la récolte s'épongeaient le front. On suppliait le Seigneur de donner de la pluie. À un moment donné, on crut bon de faire entrer les animaux de la ferme dans les bâtiments pour les protéger de la chaleur torride qui sévissait. L'herbe jaunie et rare ne leur fournissait pas les éléments nécessaires et une suffisante nourriture. L'eau qu'on leur servait s'évaporait. Les bêtes souffraient.

Alors qu'elles se déplaçaient péniblement, sous leurs pas, le sol desséché formait une spirale de poussière qui s'élevait. C'était la désolation. Ça durait ainsi depuis plus de quinze jours. Les inquiétudes allaient grandissantes.

On s'était réuni à l'église, on avait fait des prières, supplié Dieu d'avoir pitié. Les puits se desséchaient, le niveau des rivières atteignait des seuils critiques. La vie elle-même semblait ralentir. Tous étaient épuisés. Un soir, après le repas, une ondée de cinq minutes bien comptées était tombée. Tous s'étaient précipités dehors pour profiter de cette trop brève accalmie. À peine l'averse terminée, il n'y avait plus eu de traces de son passage. Le danger de sécheresse persistait, toujours plus menaçant.

La nuit qui suivit fut dévastatrice. Un incendie de forêt

éclata, des flambées soudaines surgissaient çà et là pour se rejoindre par endroits, courant partout, léchant tout sur leur passage, s'attaquant aux quelques fermes qui se trouvaient dans leur rayon. Les flammes grimpaient directement vers le ciel, vives, crépitaient, grondaient, tourbillonnaient, illuminant ainsi la voûte céleste.

Un citoyen des environs qui se trouvait assis sur sa galerie vit venir cette flamme qui rayonnait au sommet des arbres. Il comprit que le danger se précipitait chez lui. Il se mit à hurler, n'eut que le temps de traverser la rue en courant, se jeta dans le profond fossé déjà desséché et, sous son regard horrifié, il vit les flammes lécher sa maison où dormaient les membres de sa famille. Il voulut fuir, se précipiter, mais la densité de la chaleur l'obligea à se terrer, effrayé, à vivre son calvaire, impuissant. D'elles-mêmes les flammes suivaient une trajectoire que pourtant pas un souffle de vent ne poussait. Elles avançaient, implacables, sans la moindre pitié, accomplissaient un travail de destruction apocalyptique. Elles dévoraient tout et filaient loin, toujours plus loin.

Puis vint un moment où le feu régressa, car, à cet endroit, beaucoup d'arbres avaient été abattus par des fermiers. Mais ce ne fut qu'un court répit. Là encore, les jeunes pousses étaient bouffées par l'élément destructeur, qui, dans sa rage démentielle, avançait avec encore plus de férocité. Le grondement était infernal, le spectacle, lugubre.

Pour ajouter à l'horreur, des éclairs fendirent soudain l'horizon. Puis un retentissant coup de tonnerre éclata. Bientôt, une pluie torrentielle se mit à tomber.

L'homme qui s'était tapi dans le fossé, replié sur lui-même, s'était couvert les yeux de ses bras. Lorsqu'il sentit cette fraîcheur subite, il se leva, sortit de sa cache et se mit à hurler comme un possédé.

On le trouva beaucoup plus tard, les yeux hagards, les cheveux et les sourcils grillés, inconscient de ce qui se passait. Derrière son regard, tout s'était éteint, c'était la nuit.

Quatre fermes avaient été rasées par les flammes. Un triste bilan, treize vies englouties dans ce saccage, dont Gemma et Odilon Dastous.

***

On finissait de dîner. Lucette lavait la vaisselle. Odilon faisait le pitre. Il mimait son professeur, le frère Lucien.

Après avoir bien lissé ses cheveux, tiré sur les manches de son pull pour qu'elles couvrent ses mains, il déclina d'une voix nasillarde:

— Mes petits enfants, moi, vot' professeurrr. Je suis le frère Lucien qui ressemble à un pingouin avec ma longue robe noire, mes épaules tombantes.

Voilà Odilon qui se roule, se dandine, gambade, exagère les poses, encouragé par l'oncle Vladimir qui rit aux éclats. Tout à coup, la sonnerie de la porte d'entrée se fit entendre.

— J'y vais, attendez-moi pour continuer, dit tante Lucette.

Elle trotta vers la porte avant, ouvrit.

— Eh! Quelle belle visite! s'exclama-t-elle. Entrez donc, monsieur l'abbé.

Voulant être bien entendue, elle continua:

— Je vous amène un visiteur qui ne prisera peut-être pas nos discours...

Odilon s'arrêta net. Il avait l'air plutôt ridicule avec ses manches étirées, les talons bien collés et les pieds ouverts vers l'extérieur. Le prêtre ne dit rien. Il avait un visage des mauvais jours.

Vladimir se leva, tendit la main.

— Seigneur! Avez-vous rencontré le diable, monsieur l'abbé?

— Presque...

— Une bien mauvaise nouvelle, alors?

— Oui.

Odilon tira une chaise qu'il offrit au visiteur, prit place sur l'autre. Lucette s'assit à son tour. Tous se taisaient et regardaient le prêtre, intrigué, mais aussi extrêmement inquiets.

— Je ne sais pas si je veux entendre ce que vous avez à dire, avoua Odilon d'une voix blanche, car je crois que je suis concerné.

Il avait prononcé ces mots à cause de l'embarras qui se lisait sur le visage du prêtre.

— Mon cher enfant, tu auras à me pardonner... Vous aussi, monsieur Dastous, et madame. Si vous saviez... À la vérité, je dois remplir la pire mission qui me fût jamais confiée de ma vie.

— Papa!

Le prêtre baissa les yeux.

— C'est ça? reprit Odilon avec des traits décomposés.

Le curé hocha tristement la tête.

— Il est arrivé quelque chose de très grave?

— À ta mère aussi, mon garçon, j'en ai bien peur.

— Quoi, quoi! Parlez, bon sang!

— Un cataclysme. Un véritable cataclysme!

— Un quoi? s'enquit l'oncle Vladimir.

— Mais, parlez, bon Dieu! cria le jeune homme.

Odilon était debout, pâle comme un suaire.

— Un incendie de forêt, treize pertes de vie, dont vos parents.

Pas un geste, pas un mouvement, pas un mot; que des yeux exorbités, des visages figés par l'horreur. Odilon plaça les mains grandes ouvertes sur la table, chercha à recouvrer ses esprits.

Son oncle se leva, l'attira à lui, le serra dans ses bras.

— Tu seras dorénavant notre fils, mon petit. Je serai ton père, nous t'aimerons, nous t'aimons déjà!

Odilon, raide comme une barre de fer, ne bronchait pas. Il était positivement pétrifié.

— Dieu..., commença l'abbé Proulx.

— Non, non, monsieur l'abbé, je vous en supplie! Ne dites rien de plus...

Et Odilon partit en courant vers le salon, ferma la porte, se laissa tomber sur le canapé et garda les yeux secs, fixés au plafond.

— Excusez-le, monsieur l'abbé, sa peine est immense. Merci d'avoir eu la délicatesse d'être venu nous prévenir. Je m'occupe d'Odilon, nous allons nous rendre là-bas remplir notre devoir.

— J'ai vu à ce qu'on vous réserve une chambre au presbytère. Des secours de toutes sortes sont organisés. Les funérailles seront collectives. C'est un grand deuil.

Le prêtre raconta sobrement comment s'était déroulée cette nuit d'enfer. Il répondit avec sollicitude à toutes les questions de la tante et de l'oncle. Et, lorsqu'il fut bien certain qu'il ne pouvait, pour l'instant, rien faire de plus pour Odilon, il prit congé.

Dès que le prêtre se fut éloigné, Lucette sortit par la porte arrière et alla acheter le journal. Elle le remit à son mari dès son retour, en lui disant d'une voix compatissante :

— Tiens, Vladimir, je sais que tu veux en savoir plus.

Là, à la une, s'étalait la terrible catastrophe. Vladimir lisait, le cœur meurtri.

— Comment se fait-il, comment expliquer tant de victimes? demanda son épouse.

— Un feu de forêt, ça ne pardonne pas. Il y a un seul survivant, il est hospitalisé, car il est en état de choc. Paraît-il que les flammes se voyaient à des milles à la ronde. C'est arrivé malencontreusement au beau milieu de la nuit, et ce, sans avoir crié gare!

On parlait à voix basse, tel que souvent on le fait inconsciemment dans des circonstances aussi pénibles.

Sur le canapé, Odilon fut saisi par une pensée effroyable. Il se leva d'un bond, faillit retomber, s'appuya sur une chaise, puis, se tenant contre le mur, marcha vers la cuisine.

Vladimir leva la tête.

— Viens t'asseoir, fiston.

Odilon resta collé à la muraille, essaya de parler, mais ne parvenait pas à articuler le moindre mot.

— Viens, fiston. Allez, viens!

L'oncle se leva, entraîna son neveu jusqu'à la table.

— Viens. Et lis ça. Vaut mieux que tu saches tout!

Vladimir prit un flacon de cognac qu'il gardait pour les grandes occasions. Il en remplit un verre, obligea le garçon à le boire pendant qu'il lisait.

Sa lecture terminée, il dit tout à coup, complètement anéanti:

— Ça veut dire… ils ont brûlé… Ils ne sont plus, je ne les verrai plus… jamais… jamais plus…?

Il se leva et, légèrement ivre, regagna le salon et se laissa choir sur le canapé, brisé de fatigue et d'émotion.

Il s'endormit presque aussitôt.

Vladimir vint s'asseoir près de lui, l'observa tout en repassant dans sa tête les événements de la veille tels qu'il les connaissait.

Le sommeil d'Odilon était très agité. Il sursautait sans cesse. Dès qu'il fut réveillé, son oncle suggéra qu'il se prépare pour le départ. Odilon ne comprit pas tout de suite.

— On va là-bas, répondit l'oncle.

— Non, c'est trop lugubre. Aller aux funérailles des ossements de ses parents! Je ne veux même pas y penser.

— N'oublie pas, fiston, que j'ai moi aussi perdu deux membres de ma famille dans cette tragédie, un frère et une belle-sœur.

Odilon baissa la tête.

Une heure plus tard, ils étaient en route. On ne trouvait rien à se dire. Comme promis, une chambre leur avait été réservée au presbytère par le protecteur du garçon. Odilon refusa de se rendre jusqu'au bout, c'est-à-dire d'emprunter la route qui menait chez lui. Il avait encore moins envie de se retrouver à l'endroit où les familles des victimes pleuraient leur chagrin.

Ce n'est qu'au moment où le glas appela les paroissiens qu'il se rendit à l'église. Une foule impressionnante s'y était agglutinée. Même le gouvernement y était représenté. Les deux allées centrales de la nef étaient réservées aux dignitaires et aux familles immédiates des cinq adultes et des huit enfants. Odilon prit place à l'arrière de l'église. Quand les catafalques passèrent à sa hauteur, il sortit et retourna au presbytère.

L'abbé Proulx l'y attendait. Le regard sec, la tête haute, Odilon lui tint les propos qui l'avaient hanté durant le service funéraire.

— Si je le peux, puis-je vous demander de voir à ce que l'emplacement de la ferme soit vendu? Mon père avait fait de moi son héritier, il me l'a souvent répété. Avec l'argent que ça pourrait rapporter, je vous rembourserai les frais que je vous ai occasionnés.

— Odilon, mon fils, tu as tout d'un homme mûr. Et plus encore!

— Je vous demande de m'excuser.

Odilon retourna à la chambre. Il lui fallait se ressaisir, il avait besoin d'être seul. Il cacherait la peine qui l'étouffait et surmonterait la sensation terrible qui l'avait assailli à l'église. Même le père de son ami Gérard avait péri dans l'incendie. Odilon ne pouvait en supporter davantage. Si bien que, pendant la cérémonie religieuse, au milieu de tous ces objets de culte, un grand remous agita son âme sans doute aidé par ce chant lugubre qui s'élevait au-dessus des larmoiements des parents des victimes. Il pensa à son père, ce vaillant homme qu'il revoyait encore occupé à tailler des manches de hache afin de pouvoir se procurer du pain, à cette mère douce qui avait mis au monde tant d'enfants que Dieu lui avait repris en les ramenant à Lui.

Et voilà que dans sa grande foi elle Lui avait aussi sacrifié son dernier fils en lui suggérant de prendre l'habit!

— Maintenant ils ne sont plus. Pourquoi? Tout ça est inhumain, injuste!

Il ferma les yeux, refoula ses larmes, qui voulaient marquer ce désespoir. Quelque chose en son âme s'était brisé. Odilon avait perdu toute foi en Dieu.

L'oncle Vladimir revint, deux heures plus tard. Ils se regardèrent sans oser rompre le silence. Odilon enfila son veston. Il n'avait qu'un seul désir: fuir ces lieux maudits.

Ils roulaient depuis longtemps quand Vladimir dit:

— Je suis allé là-bas, je n'ai rien vu. Rien. Il ne reste plus rien. Même la cheminée a fondu. C'est impensable, tout ça! Le feu a tout ravagé, et il s'est arrêté à l'école, grâce à un terrain vacant qui a servi de tampon.

— En face de l'école, il y a une grosse maison en brique jaune avec une galerie blanche, fit Odilon.

— La résidence du notaire? Elle a été épargnée. Le feu n'étant pas vraiment poussé par le vent, il n'a pas traversé la route. Une lisière de roche et de sable a préservé ce côté-là. Et la pluie torrentielle est arrivée juste à temps. Seigneur! Ça fait beaucoup de monde cruellement éprouvé! Quand je pense à mon pauvre frère et ta mère qui se faisaient un devoir de garder la ferme des vieux! Par contre, mon gars, j'ai trouvé quelque chose que tu vas reconnaître.

— Quoi?

Vladimir mit la main dans sa poche, sortit un objet:

— Prends.

Odilon tendit sa main ouverte. Son oncle y déposa le chapelet de Gemma. Les grains de verre noirs étaient usés pour avoir été si souvent égrenés, et la croix était polie pour avoir été si souvent baisée.

Odilon gardait les yeux rivés sur l'objet pieux. Dans le creux de sa main se forma une image inspirée de vieux souvenirs: sa mère, assise dans le fauteuil berçant, les bras croisés, sur le côté de son ventre les grains du chapelet qui trottaient au fil de sa prière.

Sa mère, par ce chapelet, revivait un peu.

Ce jour-là, il ne vit pas le pont de Cartierville, le trafic fou, la foule qui se bousculait. Il vivait sa peine.

Chapitre 4

Cette fois le hasard fut plus que favorable; il se fit généreux.

Le gouvernement avait décidé du besoin de construire un sanatorium, car la tuberculose était un mal qui se répandait de plus en plus. La calamité survenue à Saint-Junon avait attiré l'attention des autorités. L'endroit satisfaisait les besoins, car l'air du nord de Montréal était pur et l'espace était grand. On acheta là quatre fermes pour la somme de neuf cents dollars, et Odilon en toucha plus du double, car sa terre rejoignait deux paroisses, ce qui permettrait de construire un tronçon de route qui traverserait les lieux.

Il serait imposant, cet énorme édifice, avec ses longues galeries grillagées. Les malades feraient leur cure de repos à l'air de la campagne. L'endroit serait entouré d'un hameau de maisonnettes qu'occuperaient les médecins traitants.

S'il avait été encore de ce monde, le père d'Odilon aurait été fier. Grâce à ce projet, les gens des environs seraient en mesure de profiter de certaines retombées économiques, sans compter que quelques nouveaux emplois seraient créés.

Dès ses études scientifiques terminées, Odilon s'inscrirait à l'université. Son choix s'était arrêté sur les Hautes études commerciales, rue Saint-Denis.

— À cent dix dollars les deux premières années, cent soixante les autres, plus le coût des livres, confia-t-il à son oncle avec grand enthousiasme. De plus j'ai posé ma candidature à la poste où j'espère être embauché.

Odilon surmontait le grand drame qui l'avait frappé. La tendresse de son oncle et de sa tante l'aidait. Lentement, la vie reprenait un sens et se faisait de plus en plus prometteuse.

— Faut pas t'en faire pour l'argent, répondit son oncle Vladimir. Je pourrai aussi t'aider.

— Tu travailles si fort, je ne veux pas être une charge pour toi. Tu m'aides déjà, mon oncle, je sais économiser.

— Je tiens déjà ma récompense.

— Je ne comprends pas.

— Tu me tutoies maintenant, et tu me donnes tant de joie! Ton protecteur, qu'est-ce qu'il a dit de ta décision?

— Il est un peu déçu, je crois. Il m'a expliqué que je quitterai les études sans dettes, car la bourse du collège n'a pas à être remboursée. Mais tout ça, tout ce cheminement, c'est à lui que je le dois. J'ignorais tout de cet univers, de toutes les possibilités qui s'offrent à nous.

Odilon devait l'admettre, sa décision avait été facile à prendre. Son père aurait sans doute aimé qu'il choisisse une autre orientation. Agronome, curé, médecin, avait-il souvent suggéré. Cependant, son oncle lui avait laissé toute latitude et n'avait jamais cherché à l'influencer. C'est ainsi que, seul, en adulte, il avait choisi.

Odilon demeurait fidèle à lui-même. Sa peine s'était déjà peu à peu amenuisée; c'est dans l'étude qu'il trouvait réconfort et oubli. Au fond de son cœur, le souvenir de son père et de sa mère vivait toujours et le soutenait dans son ardeur au travail.

S'il réussissait un examen, il remerciait son père, mais s'il voulait réussir, c'était sa mère qu'il invoquait.

Chapitre 5

Attablé en retrait dans la bibliothèque de l'université, il était concentré sur une équation à plusieurs inconnues et s'entêtait à trouver leurs valeurs pour résoudre le problème. Des murmures lui parvenaient parfois, mais bientôt le silence se fit. Il regarda l'heure; il lui fallait partir.

Une tempête terrible, aussi violente qu'elles savent l'être en mars, s'abattait sur la ville. Odilon eut peine à pousser l'énorme porte bloquée par un amas de neige. Voilà que les flocons tombaient en rafales. Les lampadaires ne laissaient percer qu'une lumière blafarde, et la circulation semblait complètement paralysée. Il tourna le dos à la bourrasque, releva le collet de son paletot et fonça. Le vent menaçait de le projeter au sol à tout instant. Il avançait à grand-peine. Pas de transport public en vue, tout n'était que désolation. Il passa près d'un restaurant qui semblait ouvert. Il entra, secoua la tête, enleva son manteau enneigé, essuya son visage. Le frimas épaississait et alourdissait ses sourcils.

Une jeune fille, debout derrière le comptoir, riait.

— Vous ressemblez à l'abominable homme des neiges et je devine que vous voulez un café bien chaud.

— Ouf! laissa-t-il tomber. Bss, bss.

— Parlez-vous toujours en monosyllabes?

Il s'approcha, le café versé l'attendait.

— J'aurais cru qu'il y aurait foule, ici.

D'un trait il vida sa tasse, la remit près de la jeune fille qui avait repris son crayon et noircissait une grille de mots croisés.

— Ce sale temps dure déjà depuis une heure! Je m'attendais à voir entrer une foule de victimes, si vous me permettez l'expression. Mais vous êtes le seul à s'être pointé.

— Comment pourrez-vous retourner chez vous?

— Je n'aurai pas une grande distance à parcourir, dit-elle en souriant. Je me présente : Madeleine Lachance.

— Odilon Dastous, dit-il en tendant la main.

Leurs regards se croisèrent, ils se sourirent. Madeleine se concentra sur la préparation d'un sandwich et d'un chocolat chaud. L'un en face de l'autre, ils badinaient. Puis, de fil en aiguille, sans trop s'en rendre compte, ils en vinrent tout naturellement à se faire des confidences, elle sur sa vie, lui sur ses études.

La neige, humide et abondante, continuait de tomber, de s'agripper aux vitrines du restaurant, les isolant du reste du monde.

— J'abuse, dit-il tout à coup.

— Passez la nuit ici, c'est plus confortable que dehors. Attendez demain matin pour partir, le danger immédiat sera passé.

— Que dira le patron s'il me surprend ici?

— Que j'ai fait mon devoir de bonne Samaritaine.

— Parce que vous resterez vous aussi?

— J'ai un appartement là-haut, je n'ai même pas à sortir…

Elle avait rougi.

— Bon, dit-il simplement, lui aussi troublé.

Elle reprit son crayon, les carreaux dansaient devant ses yeux. C'était assez! Elle partit d'un pas décidé, verrouilla la porte avant, éteignit les lumières et dit simplement :

— Suivez-moi.

Ils traversèrent la cuisine et grimpèrent un escalier en colimaçon dissimulé derrière un mur. Madeleine ouvrit une porte.

— Bienvenue chez moi.

Le logement minuscule était d'une propreté impeccable. Elle disparut et revint, tenant sous son bras un édredon.

— Je regrette, je n'ai pas d'oreiller à vous offrir. Vous n'aurez qu'à utiliser un coussin. Vous dormirez là, sur le divan. Les toilettes sont de ce côté.

Elle retourna vers sa chambre.

— Bonne nuit, Madeleine.

Elle ferma sa porte, s'y appuya. Son cœur battait. Elle attendit encore un instant, entrouvrit et demanda:

— À quelle heure auront lieu vos cours demain?

— Dix heures trente.

— J'ouvre le restaurant à sept heures. On prend ma relève à huit heures trente. Je serai ici pour vous préparer votre déjeuner.

La porte de la chambre était refermée. Il se dévêtit, s'allongea. Il eut beau se recroqueviller, le sofa ne l'acceptait pas avec ses longues jambes, ses grands bras. N'hésitant plus, il posa un coussin sur le plancher, se roula dans le confortable édredon et s'étendit sur le sol. C'est là qu'elle le retrouva, le lendemain, les deux pieds blancs émergeant de la couverture. Elle sourit et, sans bruit, descendit au boulot.

***

— Hâtez-vous, vous n'avez que le temps de vous préparer, sinon vous serez en retard.

Il sursauta, le café embaumait, Madeleine s'activait à la cuisine. Il se leva, un instant dépaysé, se dirigea vers la salle de bains, s'aspergea le visage. Son petit déjeuner l'attendait.

Assis l'un en face de l'autre, ils mangeaient en silence, lorsque, tout à coup, ils ouvrirent la bouche en même temps. Ils pouffèrent de rire.

— Qu'alliez-vous dire? demanda Odilon.

— Et vous?

— Que je voulais vous revoir.

— Nos pensées se sont croisées. Vous connaissez déjà mes heures de travail. Le soir, je ferme le restaurant; le matin, je l'ouvre. Les samedis après-midi, je suis libre.

On se taisait. Ils étaient troublés. Les rôties et le café étaient délicieux, exquis, et les cœurs vibraient de joie.

— Grand Dieu! s'écria Odilon. Il faut que je vous quitte.

— Prenez la porte qui est là et suivez la galerie. L'escalier extérieur est sur le côté de la maison.

Il faillit l'attirer vers lui, mais n'osa pas. Il tendit plutôt la main et fila.

Le soleil semblait se prélasser sur la neige, les toitures

dégouttaient, et la rue avait déjà perdu toute sa blancheur. Odilon retourna à ses préoccupations intellectuelles avec, allumée en lui, une flamme vive qui l'émerveillait. Il était tombé follement amoureux!

***

À quelques mois de là, le restaurant fut vendu. Madeleine songeait à retourner chez ses parents. On cherchait une solution. Ne pourrait-elle pas trouver un autre travail? suggérait Odilon.

— Oh, ce n'est pas le travail. Le nouveau propriétaire m'a offert de me garder à leur service, mais il a besoin du loyer que j'occupe.

— Alors! Marions-nous, Madeleine. Nous n'aurons qu'à économiser. J'ai un travail d'été, il ne me reste plus qu'une année d'études. Cette nuit de tempête nous aura procuré le bonheur.

Il se tut, il venait de se remémorer l'autre nuit, la nuit atroce, l'élément destructeur du feu. Il pensa à sa mère. Cette fois encore une appréhension l'envahit. Mais il la chassa de sa pensée devant l'expression éblouie de la fille qu'il aimait. Il regarda Madeleine et lui dit:

— Je ne veux pas que vous partiez.

Les fréquentations durèrent quelques semaines. En découvrant l'amour, ils s'épanouissaient, avaient atteint la maturité.

Sa belle Madeleine rêvait d'un logis au premier étage:

— Je suis lasse d'être confinée entre des murs. Je planterai quelques fleurs, m'en occuperai amoureusement, les regarderai pousser.

— Je m'y connais, je t'aiderai.

Le souvenir de sa mère le hanta une nouvelle fois. En même temps il cherchait à se convaincre que le passé ne pouvait être modifié, mais que l'avenir était à lui. Avec Madeleine il aurait une famille, la sienne. Oui, il l'aimait, cette femme, sa Madeleine. Il avait une envie folle de se lancer le plus tôt possible dans la grande aventure! Se marier le lendemain ou dans un an ne faisait aucune différence. Il était sûr de son choix et ne pensait qu'à réaliser son projet.

Que connaissait Odilon sur le sujet de l'amour et des lois

du mariage? Rien sauf ce qu'il avait vu et observé chez ses parents et chez son oncle. L'exemple typique du bonheur conjugal des couples sans histoire, unis, liés par une confiance réciproque. On s'aimait, on s'acceptait, on se respectait, on se protégeait. Le devoir d'abord et avant tout!

Cette connaissance de l'amour constituait tout son bagage émotif. Il savait aussi qu'on pouvait partager joies et peines, qu'on est plus fort à deux quand l'épreuve se présente. De toutes ces choses il discutait avec Madeleine qui souhaitait, elle aussi, un bonheur durable.

C'est ainsi que, quelque temps après, le mariage eut lieu. L'oncle Vladimir et tante Lucette s'empressèrent d'absorber le coût de la noce. Les amoureux s'épousèrent en présence de quelques amis très proches. Beaucoup de fleurs et de vœux provinrent de la famille de Madeleine, qui habitait Ville-Marie, au Témiscamingue. Bien évidemment, c'est l'abbé Proulx qui officiait. La cérémonie était très intime, émouvante à souhait. Le nouveau couple vivait des moments merveilleux. Ensemble ils décidèrent de remettre à plus tard les joies d'une lune de miel. Mais pour l'instant, ils emménageaient dans un quatre pièces.

Déjà Odilon rêvait d'une grande famille.

Elle viendrait enfin, cette dernière année d'études, pleine de promesses, ainsi que la réalisation des bons vœux prononcés.

***

Arriva le temps des derniers examens. Odilon était sans crainte, confiant. Au moment de faire la distribution des cahiers d'examen, quatre noms furent cités, dont celui d'Odilon Dastous. À ces quatre étudiants, on confia un questionnaire supplémentaire qu'ils devaient remplir et remettre en même temps que l'examen régulier. Alors qu'on lui donnait sa copie, Odilon surprit un regard lourd qui pesait sur lui. Il n'y porta d'abord pas vraiment attention, car il était trop concentré sur le défi qu'il devait relever. Ce n'est que plus tard qu'il en aurait un souvenir conscient.

Puis, ce fut le silence. On n'entendait plus que la manipulation du papier et parfois des soupirs qui s'élevaient dans la salle. La concentration était grande, l'enjeu encore plus.

Chapitre 6

Il n'était plus question que de la guerre. L'Europe était menacée, l'Allemagne avait envahi la Pologne. Cette situation internationale allait bientôt changer la vie de milliers d'êtres humains dont celle d'Odilon. D'une façon bien particulière.

Pour la première fois de l'histoire, le roi régnant, Georges VI et Sa Majesté la reine Élisabeth viendraient visiter le Canada. Ce voyage coïncidait avec le choix fait par l'Angleterre d'abriter le trésor anglais sur ce sol ami, membre du Commonwealth. Le Canada avait la réputation d'être pacifique et, en outre, un océan séparait ces deux pays.

Il fallait hâter les choses, car on redoutait que l'Allemagne déclare la guerre à l'Angleterre. Quelques sous-marins ennemis pouvaient peut-être s'abriter près des côtes d'Espagne. Si bien que, dans le plus grand des secrets, cent tonnes d'or furent transportées dans le port militaire de Portsmouth, soit plus de sept mille lingots insérés dans des caisses spéciales, identifiées, numérotées et déposées dans la cale de *l'Empress of Australia*, escorté par le *Southampton* et le *Glasgow*.

Le couple royal et le trésor atteignirent Québec sans problème, le 16 mai 1939. C'est l'honorable Mackenzie King qui accueillit les souverains.

À l'arrivée se trouvait Forbes Hirsch, une des rares personnes à connaître le secret. Cet homme fut chargé de la vérification et de l'identification du plus gros transfert de richesses de l'histoire. Ce soir-là, on remit à chacun une enveloppe scellée qui contenait les instructions et la conduite à suivre. Les horaires étaient stricts, les convois, bien escortés.

On n'en était qu'à la première expédition. En 1940, dès que l'Angleterre redouta l'invasion, le gouvernement anglais transféra toute sa réserve d'or et les joyaux de la couronne à Montréal, où on s'affaira à préparer les lieux pour cette importante opération.

Immense et solide avec sa charpente d'acier et son revêtement de granit gris, l'édifice de la compagnie d'assurances Sun Life, au centre-ville, avait été choisi pour abriter les trésors. On renforça le sous-sol avec des rails de chemin de fer non utilisés et on fit de la voûte une forteresse imprenable.

Le jour J, un paquebot quitta l'Angleterre avec un trésor caché dans son ventre, et fut escorté de frégates armées jusqu'aux dents. Sur le pont du navire, des infirmières, vêtues de l'uniforme de la Croix-Rouge, se promenaient en poussant des carrosses de bébé. C'était une astuce pour faire croire à une manœuvre humanitaire. Déjà, on savait que les eaux étaient contaminées de sous-marins allemands, mais seulement quelques responsables connaissaient le contenu des cales du navire qui naviguait vers l'Atlantique.

On atteignit Halifax. Un train blindé, préparé pour l'occasion, prit la cargaison à son bord. Un seul wagon était occupé par trois hommes, dont Odilon Dastous, qui ignorait toujours ce qui se passait. Ils purent suivre des yeux le chargement du trésor, mais n'avaient pas la plus infime idée de son importance, de son origine, de sa destination. La consigne du silence avait été telle qu'aucune conversation n'avait eu lieu, pas même le plus petit commentaire.

Plus à l'avant, des tireurs d'élite avaient été mobilisés pour monter la garde.

Le train s'arrêta à Montréal en pleine nuit, attendu par l'armée qui plaça des caisses dans des camions, et on prit la direction de l'édifice Sun Life, au centre de la ville.

Odilon fut le seul invité à descendre, et le train fila vers Ottawa. Là serait livré le reste des coffres contenant les lingots d'or, venant ajouter au trésor de la Banque d'Angleterre. Le tout sommeillerait dans les voûtes sous la rue Sparks. Et pour Odilon Dastous commença une longue retraite.

Ignorant encore tout de la mission dont il était chargé, il était au service du Roi.

Il avait été mobilisé pour un temps indéterminé. Ainsi, il ne pourrait pas voir sa femme pendant la durée de cet engagement. Cependant elle toucherait mensuellement de gros cachets. Si une urgence devait survenir, elle pouvait s'adresser au major Tanguay dont elle dut mémoriser le numéro de contact. Toutes questions superflues furent laissées sans réponse.

Au moment de quitter Madeleine, le major Tanguay lui remit une lettre de son mari, lettre qu'il avait censurée, même si la missive n'expliquait rien sur l'ensemble de l'opération. De toute manière, Odilon n'en connaissait que très peu. Les pages étaient surtout couvertes de mots d'amour et de promesses de jours merveilleux à venir.

Loin de sa Madeleine, la solitude d'Odilon était grande. S'il rêvait de sa femme, cette nuit lui était douce.

Des lettres lui étaient parvenues à un rythme régulier pendant de longs mois, puis Madeleine écrivit moins, et les envois s'espacèrent peu à peu. Jamais Odilon ne lui adressa de reproches. Jamais non plus il ne questionna le major Tanguay. En sa femme si bonne et si douce, il avait entière confiance.

Dans un coffret, il empilait les enveloppes de paie qu'on lui remettait. Il se sentait riche comme Crésus, projetait de belles choses, dont l'achat d'un lopin de terre en bordure d'un lac. Il voulait aussi devenir le père de nombreux enfants à frimousses brunes comme celle de leur maman.

Une seule mauvaise nouvelle l'attrista. Madeleine avait hésité à prévenir son mari, mais tante Lucette avait insisté. L'oncle Vladimir était décédé. Comme si soudain Madeleine avait pris conscience de sa négligence, elle reprit avec son mari une correspondance assidue. Odilon se sentit soutenu et fut davantage en mesure de traverser cette période d'éloignement.

Et la guerre s'éternisait. L'Amérique, elle, s'enrichissait, car elle fournissait les armes.

Il était loin ce jour où le représentant du gouvernement était venu visiter Madeleine, lui avait vanté les mérites de son homme auréolé de gloire. L'honneur de savoir que son mari servait une si grande cause l'émerveillait. Madeleine avait été à la hauteur, s'était conformée aux ordres de garder le silence, car il s'agissait là de secrets d'État.

Au Canada, oasis de paix, on abritait des têtes couronnées, des jeunes gens étaient appelés sous les drapeaux, plusieurs y perdaient la vie. Les Allemands vinrent fureter dans le Saint-Laurent, firent de l'espionnage. La population respectait le couvre-feu sur les rives du fleuve. On masquait les fenêtres, on achetait sucre et café avec des coupons de rationnement. Mais tout cela demandait bien peu de sacrifices, si on comparait avec l'Europe qui, elle, était à feu et à sang et soumise à une grande austérité.

Le 15 mai 1945, tous les clochers du monde qui avaient été épargnés chantèrent la fin de la guerre, le retour de la paix.

***

Le jour où Odilon fut enfin libéré de ses obligations, il tremblait de joie à la pensée qu'il reverrait bientôt son épouse. Il pourrait reprendre la vie normale, voir enfin la lumière du jour, rentrer chez lui et tenir sa chère femme dans ses bras.

C'était, pour Odilon, la fin de la mission diplomatique. Le major Tanguay revint au lieu secret, releva Odilon de ses fonctions. Il lui tendit la main, le félicita pour sa collaboration et sa saine administration.

Il lui fit jurer, une fois de plus, de ne jamais divulguer ce secret d'État tant et aussi longtemps qu'il n'en serait pas officiellement décidé autrement.

Il était huit heures du soir, c'était un vendredi, jamais Odilon ne l'oublierait. Au fond de sa poche, il jouait avec les dollars qu'il avait pris dans une de ses enveloppes de paie. En route vers la maison, il projetait d'acheter fleurs et chocolat pour sa belle Madeleine. La soirée était douce, le vent, chaud. Le bruit des rues le désarçonnait. Il remonta vers Saint-Denis, s'arrêta un instant devant les HEC, hâta le pas. Encore quelques minutes et, enfin, il entrerait finalement chez lui.

La galerie avait besoin de peinture, ce qui le fit sourire. Il tenait dans ses mains les gâteries pour sa femme et portait son sac en bandoulière.

Il déverrouilla la porte, ôta ses souliers pour ne pas faire de bruit, marcha jusqu'à sa chambre en tâtonnant. Soudain Odilon fut frappé de stupéfaction, paralysé par le spectacle qui s'offrait à lui. Nue, Madeleine dormait, la tête posée sur le bras d'un homme, ses longs cheveux épars sur l'oreiller. De la lampe de chevet s'échappait une lumière tamisée. Odilon eut un brusque geste de recul, tel un fautif pris en flagrant délit. Il sortit en courant, claqua la porte. Il ne remit ses chaussures qu'une fois dans la rue. Il aurait juré avoir entendu pleurer un enfant. Mais il n'en était pas vraiment sûr. Il était si secoué, si complètement bouleversé, qu'il n'avait qu'une idée en tête, celle de fuir!

Il tenta de retrouver ses esprits, décida de s'éloigner. C'est alors qu'il vit briller de la lumière à une des fenêtres. Mais Odilon ne s'arrêta pas. Il disparut dans la nuit.

Sur la table de la cuisine avaient été déposés un bouquet de fleurs, quelques mots griffonnés sur une carte blanche et une boîte de chocolats aux cerises: il s'était souvenu, c'étaient les préférés de Madeleine. Tout indiquait à la jeune femme que son mari était venu, ce qui avait réveillé l'enfant. Pour elle commença une période de deuil que connaissaient tant celles dont les époux ne revinrent jamais du front.

Chapitre 7

Odilon continuait de marcher, l'âme vide, le cœur en feu, l'esprit envahi par le désarroi. Inconsciemment, il se rapprochait des lieux où il avait grandi. Il avait pourtant juré, le jour des funérailles de ses parents, de ne jamais y retourner, mais il était trop bouleversé pour respecter son serment.

Odilon erra toute la nuit. Il se tapit sous un pont de bois, hurla, ragea et finit par s'endormir. L'homme aux talents illimités, brillant étudiant, à qui l'avenir promettait tant, vivait un drame qui n'avait rien à voir avec la guerre, mais qui en découlait. L'impact fut terrible, la colère grondait en son âme. Finies, désormais, la douceur et la limpidité de ses sentiments. C'en était fait du passé, de l'amour, de tout attendrissement, de l'espoir, de la foi. Toutes ces années qui auraient pu asseoir sa vie sur des bases solides avaient été sacrifiées en vain. Il ne lui restait plus qu'une forte somme d'argent en poche, qui aurait pu assurer leur avenir et lui permettre de réaliser son beau rêve d'élever une famille. Il n'avait pour ainsi dire vécu que pour cette grande ambition, lui qui avait tant souffert de passer son enfance sans frère ni sœur. Ces projets, ces rêves, cette vie simple et belle qu'il souhaitait construire venaient d'être balayés du revers de la main. Les femmes, il les maudissait. Toutes, sans aucune exception.

La guerre était finie, les rues étaient encore couvertes de confettis, le monde entier avait crié sa joie. Odilon avait accompli son devoir de bon citoyen, de bon Canadien, de bon patriote. Pourtant il était là, en ce pâle matin, levant les poings, hurlant quelques sacres et continuant sa course sans but. Ses pas le menèrent vers la campagne. Il marcha, dormit au hasard dans des abris de fortune. Occasionnellement, il grignotait un morceau, mais c'était sans appétit. Il ne le faisait que par instinct de survie. Et il continuait de fuir. Plus loin, toujours plus loin.

Fatigué, il entra dans une épicerie, acheta un pain et le journal.

— Vous êtes étranger?

— Je suis de passage.

— Vous revenez du front?

— Ouais.

— Ça doit être dur là-bas? Ici, tous nous ont désertés, nos gars ont pris le bord de la grande ville. Ça va être long, oui, monsieur, ça va être long avant que tout revienne à la normale. Le monde est devenu fou. Pas de fermes cultivées, pas de pain sur la table!

— Ouais, dit Odilon en déposant un dollar sur le comptoir.

L'épicier le pointa du doigt:

— Regardez, la face du roi Georges VI. Tout ça pour ces grosses poches-là!

Tout en exprimant son amertume et sa frustration, l'homme assena un coup de poing sur le dollar, le plia puis le fourra dans sa poche. Voilà qui coïncidait fort bien avec les déboires d'Odilon. L'épicier lui plut. Cette façon de montrer sa colère le fascinait. Odilon sortit sans saluer. Une certaine satisfaction l'envahit. Ainsi donc, d'autres gens pensaient exactement comme lui. Il n'était pas si seul après tout.

Il reprit sa marche qui le mena, non loin de là, à une ferme abandonnée. Il força la porte qui ne résista pas, puis frotta une allumette. L'endroit était désert. Il mangea, s'allongea sur le plancher et s'endormit.

Le lendemain, il revint à l'épicerie.

— Vous êtes toujours là? dit l'homme au comptoir. Je vous croyais de passage.

— La ferme, sur votre gauche, c'est à vendre?

— Laquelle? Ça ne manque pas ici, les fermes abandonnées.

Après avoir été mis en contact avec le propriétaire de la ferme, Odilon acheta sans même marchander. De toute façon, la terre était à peine défrichée, le prix était dérisoire, et il n'y avait qu'un voisin dans les environs, un homme d'un certain âge. C'était exactement ce qu'il cherchait inconsciemment: un havre de paix et de solitude sur cette maudite terre en délire.

Une nouvelle vie commençait, plus cruelle parce que plus triste, sans lendemain, sans soleil, sans joie, sans amour, sans espoir.

Un jour qu'il fit des courses à l'épicerie, il tomba sur une femme qui tenait un bébé dans ses bras.

— Il crie, jeta Odilon, agacé.

— Il ne crie pas, il pleure, on voit bien que vous n'avez pas d'enfants. C'est ainsi que pleurent les nouveau-nés, répliqua-t-elle, dédaigneuse et insultée.

Odilon saisit son sac de farine d'une main, le glissa sous son bras, prit le bidon de kérosène, sortit, plaça le tout sur sa brouette, empoigna les manchons et s'éloigna.

« C'est ainsi que pleurent les nouveau-nés... » Les mots résonnaient dans sa tête. Il avait ralenti. Il se souvenait, ce soir-là, de l'enfant qui, dans sa maison, avait pleuré. Il ne criait pas, il pleurait vraiment. « Serait-ce Dieu possible? » se demanda-t-il avec émotion. L'ensemble de la scène lui revenait aussi en mémoire: sa femme nue, son bras tendre et doux reposant sur le bras poilu de l'homme. Odilon reprit sa marche, plus malheureux que jamais.

— Il a dû en voir de toutes les couleurs sur les champs de bataille, ce jeune-là, pour avoir le cœur aussi froid! commenta la jeune femme.

— Tu sais bien que ce n'est pas dans les champs qu'on se battait, rétorqua l'épicier. C'était dans les villes, du moins c'est ce que je pense. Tu vois, les militaires ont terminé leur service obligatoire. Bientôt ils reviendront dans leur famille.

Cette nuit-là, Odilon se réveilla tout en sueur. Un bébé avait crié dans son sommeil.

Odilon était si ébranlé qu'il mit des heures à se rendormir.

***

Là où Dieu s'était montré généreux, c'était d'avoir permis que cesse, en douce saison, cet horrible conflit qui avait coûté la vie à quarante et un mille Canadiens. Odilon, ce vétéran qui n'avait supporté que l'isolement, sans autres désagréments, sans avoir subi la moindre blessure physique, était en bonne forme, en santé, et aurait tout le temps de se préparer adéquatement pour l'hiver.

Un à un, il avait abattu les arbres autour de sa propriété, les avait ébranchés, avait roulé les billes, préparé le bois de chauffage, réparé un peu la grange, acheté quelques animaux. Un voisin, plus âgé, passait parfois, s'arrêtait, mais, devant le mutisme têtu du propriétaire des lieux, le vieil homme se contentait de l'observer, de lui faire occasionnellement quelques remarques pertinentes. Puis il repartait, sans saluer, laissant l'autre à son humeur renfrognée. « Bien mauvais voisin que le ciel m'a envoyé, soupirait-il. Je n'envie que sa jeunesse. »

Mais un bon matin, il revint voir Odilon, décidé à le faire réagir.

— Dis-moi, jeune homme, pourrais-je tendre ma peau sur le mur de ton hangar. L'exposition chez moi n'est pas possible, il y a trop de soleil.

— Ouais.

L'homme s'avança, tendit et épingla la peau.

— Mais que je ne vous voie jamais flâner dans les environs en mon absence! le prévint sévèrement Odilon.

— Mon nom est Éphrem, dit le vieil homme.

Odilon ne broncha pas. Désabusé, le voisin s'éloigna. « La tête de pioche, marmonnait-il pour lui-même. Il n'y a pas grand-chose dans cette tête-là! Je suis sûr qu'il n'a même pas entendu mon nom! »

Il se dirigeait vers sa maison quand il s'entendit interpeller :

— Hé, Éphrem, attendez…

Déposant sa scie, Odilon marcha vers le vieillard.

— Auriez-vous des meubles à vendre?

— Ouais, passe me voir un de ces bons matins.

Le ton était devenu froid, ce qui n'échappa pas à Odilon, mais son état d'âme était tel que rien ne le touchait. Rendu chez lui, il entassa les enveloppes qui contenaient ses paies dans une chaudière vide de saindoux domestique qui se trouvait là à son arrivée. Il creusa dans le sol sous sa cabane, y déposa le tout et remit en place les planches disjointes. Il ne serait pas dit qu'il s'absenterait de chez lui sans prendre les précautions nécessaires. Devenu méfiant, voire misanthrope, il s'était juré qu'on ne le volerait pas et qu'il ne perdrait pas le fruit de son travail par le feu. Son agressivité perçait dans ses actions et ses rares paroles. Sa hargne avait pris le dessus, elle le dominait, elle était son carburant. Même contre les éléments sans vie il maugréait!

En revenant d'une de ses courses à l'épicerie, il poussa sa brouette près du perron de son voisin et sonna à la porte.

Éphrem ouvrit, tendit la main en un geste invitant:

— Si j'avais su plus tôt que tu avais l'intention d'acheter une ferme, je t'aurais vendu la mienne qui est beaucoup plus vivable.

— Pourquoi? Vous voulez partir?

— Je vais sur mes quatre-vingt-six ans. C'est le temps que je m'arrête. Je pense aller dans une maison de vieux, pas bien loin d'ici. C'est dans le coin où le gouvernement a bâti un hôpital pour les victimes de la consomption. Et à côté, il y a un hospice pour les vieux. C'est les sœurs qui s'occupent de faire marcher tout ça.

Les traits d'Odilon s'étaient renfrognés.

— Pas loin, dites-vous?

— Non, près de Saint-Junon. Pourquoi, tu connais ça, cet endroit-là?

De la main il indiquait l'ouest.

— Non! Et ces meubles… La ferme, vous voulez la vendre?

— Il faut bien… Mais t'en as déjà une…

— Quelle différence ça ferait qu'elle soit traversée par le chemin!

— Saperlipopette, une deuxième terre!

— Faites-moi un bon prix, père Éphrem, et j'achète le tout, y compris le bétail.

L'homme traversa la cuisine, s'approcha de la tablette de l'horloge, prit son brûle-gueule, leva le pied, frappa le fourneau de la pipe sur son talon de soulier, le bourra lentement, les yeux plongés dans ceux d'Odilon, cherchant sans doute à juger de la sincérité de ses affirmations. Il se rendit à la porte d'entrée, l'ouvrit et dit:

— Si t'es sérieux, jeune homme, rentre chez toi, réfléchis bien, reviens me voir demain, même heure, et répète-moi ton offre. Salut!

Odilon sortit, reprit les manchons de la brouette et partit.

Son idée était arrêtée. Il n'avait aucun doute sur la solidité de cette maison. Elle avait été bien entretenue, tout était là, impeccable. Il ne manquait rien. Le mobilier lui convenait. Il démolirait sa cabane, ne coucherait plus sur le sol lorsque l'hiver viendrait. Il serait en sécurité. Le lendemain, il visiterait les dépendances, en ferait le tour.

Rendu chez lui, alors qu'il ouvrait la porte, une armée de mulots partirent dans toutes les directions.

— Saloperie maudite, pesta-t-il en tapant du pied. D'où est-ce qu'elles viennent, ces bestioles? Peut-être qu'en remuant le sol j'ai dérangé une nichée.

Il ne savait trop.

Odilon retourna chez Éphrem tôt le lendemain, se rendit à la grange. Le propriétaire des lieux s'y trouvait.

— Vois ma vache, une Jersey. C'est pas du lait qu'elle donne, c'est de la crème, que je te dis. Tu connais la terre?

— Ouais, un peu.

— Tu me payes comment?

— Argent solide, en présence du notaire, si vous le voulez.

— Dis donc! Tu as dévalisé une banque?

— Quel culot! Vieil effronté!

— Doucement, doucement... Vieux, c'est vrai, je le suis pas mal. Mais, dis donc, là d'où tu viens, on ne t'a pas appris à rire et encore moins à être poli?

Odilon se garda bien de s'excuser, mais il se conduisit avec plus d'égards.

***

Trois semaines s'écoulèrent.

L'acte d'achat était signé. Odilon avait sorti de sa poche une liasse de billets de banque qu'il remit à son vieux voisin. Éphrem fourra la somme complète dans sa poche sans même en vérifier le montant. « Le chenapan, pensa Odilon. Il ne réalise pas la chance qu'il a eue que je lui achète sa terre! Il n'aurait sûrement pas pu prendre le bétail avec lui! »

Odilon venait de doubler l'étendue de son bien, mais il n'en ressentait ni joie ni satisfaction.

Cependant un certain trouble l'envahit quand Éphrem plaça près de la porte son maigre bagage et qu'il l'aida à charger dans le camion son fauteuil berçant et une chaise cannée qu'il tenait à garder:

— Il faut me comprendre, je la tiens de mon vieux père!

Le vieil homme se promena un instant à travers les pièces de la maison, sortit, alla à la grange, caressa ses animaux, s'arrêta, inspira profondément, laissa son regard courir sur cet horizon qui avait été le sien depuis sa naissance.

— Ah! J'ai oublié...

Il rentra, alla à l'arrière dans le tambour de la maison, prit ses peaux tannées, les ficela, les déposa auprès de ses trésors. D'une voix brisée par la peine, il remercia Odilon, lui souhaita une bonne récolte, lui rappela d'ouvrir les panneaux du caveau le soir et les jours de grandes chaleurs et de fermer la trappe de l'escalier aux premiers froids de l'hiver.

Odilon tendit la main, retint celle de l'homme:

— Nous aurions pu devenir bons amis, dit-il en baissant les yeux. Pardonnez-moi, je suis brisé par la vie présentement.

Éphrem ne répondit rien, partit sans se retourner. Il avait failli répondre: «Moi, c'est la mort qui s'acharne autour de moi. C'est vers elle que dorénavant je m'achemine.»

Dehors, le froid chiffonnait les feuilles des arbres, piquetait de rouge celles des érables, les bouleaux coloraient leur chevelure de blond, les sapins et les pruches se gonflaient de chlorophylle. De tous émanait un parfum épicé.

Le lendemain matin Odilon irait aménager dans sa nouvelle demeure. Avant d'aller s'occuper du bétail, il s'empresserait d'enfouir son pécule dans la cave de sa maison. La vieille chaudière de saindoux continuerait de lui servir de coffre-fort!

Assis devant la fenêtre, il déroulait son passé dans sa tête. Sa solitude lui pesait. «Madeleine», se surprit-il à répéter à haute voix. Il ferma les yeux. L'image de la femme endormie, ses cheveux en désordre, la présence de cet homme vinrent encore une fois attiser sa rage.

Odilon Dastous était condamné, puisqu'il ne pardonnait pas, parce que son cœur s'était durci. Il manquait d'objectivité, la fébrilité amplifiait ses émotions. Il n'était plus en mesure de juger adéquatement la situation et d'agir avec pondération. Il aurait aimé pouvoir régler les choses à sa façon, satisfaire ses aspirations personnelles. La vie le dompterait-il? L'indulgence ferait-elle son chemin dans son esprit? Cet esprit qui, à force de subir des épreuves, se soumet lentement et progressivement. En tirerait-il une philosophie épurée, une sagesse qui lui ferait retrouver la paix du cœur? Grandirait-il?

Il avait connu une enfance heureuse, eu un protecteur, un oncle et une tante dévoués, et combien d'autres bontés. Mais sa dernière épreuve lui avait blindé le cœur, il ne l'avait pas acceptée.

Un jour, si on venait frapper à sa porte, saurait-il seulement comprendre?

***

Il s'occupa pendant quelque temps à tout mettre en place. Un après-midi, il se rendit compte qu'un énorme chat jaune, ayant appartenu à Éphrem, se frottait contre ses jambes, alors qu'il s'affairait dans la grange. Il le prit dans ses bras, et, obéissant à une idée subite, il traversa la rue, rentra dans son ancienne demeure, emplit une écuelle d'eau qu'il plaça sur le plancher.

— Toi, mon matou, si tu veux bouffer, tu devras chasser. Je reviendrai te chercher.

Plusieurs jours passèrent, Odilon oublia la bête. Quand il s'en souvint, il revint à la cabane, ouvrit la porte. Horreur! Une odeur nauséabonde emplissait la maison. Et près du plat vide gisait l'animal, lui-même la proie d'une nuée de mouches noires qui se délectaient en bourdonnant. Il sortit en toute hâte, fit claquer la porte et vomit près du perron.

— Maudite maison de malheur, répétait-il entre deux violents hoquets.

Furieux, il mit le feu à la cabane, s'éloigna et la regarda flamber. Soudainement le vieux cauchemar qui avait hanté ses nuits à la mort de ses parents ressurgit en lui. Il se laissa tomber sur le sol et se mit à hurler, les mains collées aux oreilles pour ne pas entendre le crépitement du vieux bois. Il se roula en boule pour ne pas voir le spectacle, et sa rage folle se métamorphosa en crise de nerfs à laquelle succédèrent des larmes brûlantes. Odilon pleurait comme un enfant, s'étouffait dans ses larmes. Quelque chose semblait s'être rompu, là, en dedans, au plus profond de lui-même.

De temps à autre, au milieu de l'incendie, on entendait de légères détonations. Des tisons éclataient en s'éteignant, du bois se tordait. Couché sur le dos, Odilon regardait le ciel, le cœur en lambeaux, anéanti, abattu, désespéré.

— Hé! Dastous!

Odilon se retourna, regarda d'où venait la voix. Il reconnut l'épicier.

— Que s'est-il passé?

—J'ai mis le feu moi-même, c'était plein de vermine là-dedans.

— Bon. J'ai senti le feu, mais je ne pouvais voir jusqu'ici. J'ai pensé au père Éphrem, même si je savais qu'il était déjà parti. Vous savez, avec ce qui s'est passé dans les environs, ce maudit incendie qui avait tout rasé en une nuit et fait treize morts, épargné un jeune gars aux études, deux filles parties travailler comme servantes, on est restés comme effrayés. Vous, c'est pas pareil, vous avez fait la guerre, là-bas dans les vieux pays, vous en avez vu bien d'autres. Mais pour nous autres, ça nous a laissé un mauvais goût. Surtout que depuis ce temps-là on a bâti un hôpital pour tuberculeux. Ça aussi, c'est dangereux! Enfin! Puisque vous n'avez pas de mal, je vais retourner à l'épicerie. Pour ce qu'il en est des rongeurs, il faut garder des chats sur les lieux, ne pas trop les nourrir, ils chassent les mulots.

Devant le mutisme d'Odilon, l'épicier n'insista pas et partit. L'autre, le misanthrope, se mit à grincer des dents.

Enfin seul, Odilon vérifia la condition des cendres, les ratissa pour éviter que le feu ne s'alimente. Il rentra chez lui, étonné de ce qu'il venait d'entendre au sujet des survivants de Saint-Junon. Tous les environs connaissaient le tragique incendie, mais ils ignoraient que lui, l'indésirable Odilon, aurait pu ajouter son nom à ceux du trio épargné.

De chagriné qu'il était, il devint très amer. Sa vie devenait une routine, sans but, sans émotions, sans joies; une vie de solitaire, plongée dans le silence. Tout sentiment humain semblait le fuir.

***

Odilon monta à l'étage, choisit un lit de métal couvert d'une paillasse. Il allait le descendre, le placer près du poêle à bois. Il y avait aussi ce vieux fauteuil berçant qu'il comptait réparer. Il vérifia les fenêtres, s'assura qu'elles ne laisseraient pas trop s'infiltrer l'air froid. Puis il ferma la trappe qui séparait les deux étages et revint dans sa tanière.

DEUXIÈME PARTIE

Chapitre 8

Sœur Rita avait pour mission de distribuer le journal dès cinq heures du matin dans les bureaux des administrateurs de l'édifice.

Elle traversa le vestibule, se rendit à la porte d'entrée dans le but d'actionner l'interrupteur qui contrôlait la lumière extérieure. Elle allait s'éloigner quand quelque chose d'anormal attira son attention. Là, sous le linteau. En retrait se trouvait un objet qu'elle ne parvenait pas à définir. Elle s'approcha et se rendit compte que c'était une corbeille contenant un bébé.

On lui avait parfois parlé de telles découvertes, mais sœur Rita vivait cette expérience pour la première fois. Elle restait là, désemparée, incrédule, émue.

Mais bien vite elle se ressaisit et ne pensa plus qu'au bien du petit être. Elle informa de sa découverte une religieuse infirmière, sœur Berthe, qui s'empressa d'examiner le bébé et de lui faire une toilette. Il était chiffonné, avait les cheveux foncés, et le cordon ombilical encore en place.

— Voilà une âme par Dieu épargnée, dit sœur Berthe, car cet enfant sera baptisé.

Sœur Rita prit la couverture qui enveloppait le bébé et y découvrit une feuille épinglée, délicatement pliée, sur laquelle était écrit que l'enfant s'appelait Julien. À l'intérieur se trouvait un mouchoir portant en effet l'initiale « J ». La broderie, faite à la main, était un travail soigné.

Sœur Rita porta le mouchoir à son visage. Un parfum doux s'en échappa.

— Ne vous laissez pas éblouir par ces mondanités, ma sœur, la prévint sœur Berthe. Détruisez ces fétiches. Si les jeunes filles grandissaient dans la dignité, ces drames n'arriveraient pas!

— Monsieur l'aumônier nous invite à l'indulgence. Ces enfants ne sont peut-être pas les enfants de la malveillance, mais souvent c'est à cause de la grande pauvreté que des parents déposent leurs petits sur les perrons des églises. C'est le geste symbolique d'une personne qui a foi en Dieu. D'autres façons de faire sont plus radicales et moins civilisées!

— Allons donc! Et ce mouchoir de toile brodé? C'est l'effet d'une pauvre fille?

Sœur Rita ne répondit pas. Elle glissa le mouchoir dans sa poche, se contenta de regarder le nourrisson que sa compagne aspergeait avec beaucoup de douceur, à ce qu'il lui semblait!

L'enfant fut placé dans l'un des cent berceaux à roulettes blancs alignés dans la salle.

— Veillez à ce qu'il ait son biberon. Le docteur l'examinera plus tard, indiqua sœur Berthe.

L'infirmière s'éloigna. Sœur Rita passa de longues minutes à observer le bébé au visage encore fripé. Sa conscience la troublait. Depuis plus de trois ans elle œuvrait auprès des petits, de ces nouveau-nés que des couples venaient visiter avant de remplir des formulaires d'adoption sous les yeux d'une assistante sociale. Mais pour la première fois, elle ressentait un attachement tout particulier pour celui qu'elle venait de découvrir; ce bambin était déjà son préféré. Elle était pourtant très consciente que c'était mal. Elle souffrait à la pensée qu'il puisse être choisi par un jeune couple ou confié à une famille et songeait déjà avec terreur à la possibilité qu'il disparaisse à jamais.

Le bébé, ce matin-là, reçut le premier biberon de tous ceux que sœur Rita s'apprêtait à distribuer. Elle ressentit une bouffée d'amour qui lui réchauffait le cœur.

Elle resta là, un peu en retrait, quand le médecin fit l'examen du nourrisson. « Et puis, docteur? » semblait demander son regard.

— Ce sera un gaillard, affirma l'homme de science. Il n'a pas souffert, l'accouchement a été normal. Le bébé est de santé robuste.

Il prépara le dossier médical de l'enfant.

— Prénom? demanda-t-il.

— Julien.

— Le nom?

— Dimanche, dit-elle en baissant les yeux.

— C'est affreux, cette idée d'affubler les enfants du nom du jour de la semaine où ils sont nés!

— C'est toujours ainsi en cette période de l'année.

— Je sais! jeta-t-il sèchement. C'est tout de même ridicule.

Aussitôt que le médecin se fut éloigné, sœur Rita soupira de soulagement. Elle craignait qu'il se doute qu'elle ait elle-même choisi le prénom, ce que la religieuse infirmière n'aurait sûrement pas approuvé.

Dès qu'elle eut la certitude de n'être pas observée, elle alla déposer le nourrisson dans un berceau placé derrière une immense colonne. C'était sa façon à elle de le dissimuler. Les visiteurs ne feraient pas attention à lui et arrêteraient leur choix sur les autres poupons. Ainsi, cet enfant resterait le sien.

Chaque soir elle demandait pardon à Dieu d'avoir manqué à son vœu d'obéissance, priant en même temps le ciel de veiller sur son petit protégé.

Un matin, elle fut convoquée chez sa supérieure. Elle redoutait cette rencontre, car sa conscience lui reprochait certains écarts indignes des serments qu'elle avait faits en endossant le saint habit.

Parce qu'elle avait étudié en pédiatrie, on lui avait confié des bébés naissants. Jusqu'à récemment, elle se sentait heureuse, mais depuis le jour où, sur le pas de la porte de l'institut, elle avait posé les yeux sur cet enfant, quelque chose qu'elle n'aurait su définir s'était passé en elle. Ce môme, elle le voyait différemment des autres. Malgré elle, malgré l'absurdité de la situation, elle le considérait un peu comme son propre enfant.

Elle frémit à la pensée que ce bébé eût pu sortir de ses entrailles. Remuée, elle fouilla en son cœur, espérant y découvrir ce qui la troublait tant et la poussait à agir contre son propre bon sens. Elle pensa à son père qui s'était révolté le jour où elle avait exprimé son désir secret de prendre le voile. Par ailleurs, sa mère avait caressé le rêve de voir sa fille unique devenir religieuse. Comme elle savait qu'elle ne pourrait plus enfanter à la suite de cette première grossesse qui avait failli lui coûter la vie, c'est vers cet idéal qu'elle avait orienté sa fille. Elle l'avait élevée selon des principes austères et avait fait miroiter, à ses yeux, la vocation des Élues!

Son père avait tenté de dissuader son épouse, mais en vain. Pour acheter la paix, il avait dû s'en remettre à la décision que prendrait sa fille, mais il avait promis de ne pas contester l'avenir qu'elle voudrait bien choisir.

Sœur Rita en était là, maintenant, tiraillée par ces sentiments nouveaux qui bousculaient son âme.

Elle voyait ce petit être innocent et pur se développer, bouger, rire. Elle le caressait, le gâtait.

— Ma fille, vous êtes très dévouée et patiente avec les nouveau-nés, ce qui est très important. Les enfants du péché ont aussi besoin d'amour, pour le bien de leur âme.

— Qui, ma mère, oserait leur faire du mal? protesta-t-elle avec véhémence.

— Vous!

Sœur Rita baissa les yeux. Sa culpabilité envers son chérubin la fit rougir de honte.

— Votre humilité... disons votre sincérité, me touche, ma fille. Je vais réfléchir. Ce serait plus facile pour vous d'œuvrer auprès des enfants plus âgés, bien sûr, mais, puisque vous aimez tant les petits, c'est bien. Cependant, je vous mets en garde: ne vous liez pas d'affection avec certains plutôt qu'avec d'autres.

Sœur Rita quitta le bureau le cœur gonflé de bonheur, mais Grand Dieu qu'elle avait eu peur!

***

Comme elle le faisait tous les jours, un de ces matins de septembre, sœur Rita entra dans la salle et se rendit en droite ligne à l'endroit où se trouvait le bébé qu'elle adorait.

— Oh! s'exclama-t-elle.

Elle porta la main à sa bouche pour étouffer son cri. Le berceau était vide! Elle sentit ses jambes se dérober sous elle, son cœur voulait s'arrêter. C'est la mort dans l'âme qu'elle distribua les biberons aux petits. Son regard était voilé de larmes. Sa peine, profonde et sincère, torturait ses pensées, faussait son raisonnement. Elle savait pertinemment bien que l'adoption comportait des règles à suivre, des formalités à remplir. Mais ses expériences personnelles antérieures s'estompaient devant ses appréhensions. Sœur Rita avait oublié, car son amour pour cet enfant avait occupé toute la place. Elle avait même fait fi de la consigne principale: «Ces enfants ne font ici qu'un bref séjour, leur répétait-on inlassablement. Il ne faut pas s'y attacher. Il faut être attentive et bonne, mais sans aucun lien émotif.»

Sœur Berthe croisa sœur Rita. Voyant la préoccupation qui se lisait sur son visage, elle en déduisit que cette inquiétude était causée par les nouveaux bébés qu'on venait de leur confier.

—Ne vous inquiétez pas, vous vous y ferez. On s'y fait toujours.

Sœur Berthe n'avait pas perçu l'angoisse de sa consœur qui avait vu se développer son préféré et bouger avec vigueur. Le rire de l'enfant avait remplacé ses risettes de nouveau-né. Cette évolution, bien que naturelle et commune à tous les petits, ne cessait d'épater la religieuse et avait éveillé chez sœur Rita les sentiments maternels qui sommeillent dans toutes les femmes.

Le silence régnait, les bébés faisaient la sieste.

—Quelle paix! Enfin, un peu de répit!

—Que je trouve monotone, admit sœur Rita.

—Êtes-vous sérieuse, ma sœur?

—Oui, j'aimerais être plus active et voir ces petits s'épanouir, les guider, les observer, les faire prendre connaissance peu à peu de leur cheminement, les préparer à ce qu'ils entrent dans la vie.

—Mais, ma sœur, ils sont horribles! C'est le pire âge, de vrais petits diablotins! Des horreurs, des petits monstres!

—J'aimerais pourtant vivre cette expérience, même si, comme vous le dites, ils ne sont pas de tout repos!

—Vous êtes sincère?

—Oui.

—J'en parlerai à notre supérieure, il y a tant à faire dans l'autre salle. Votre aide y serait si précieuse!

Quelques jours plus tard, sœur Rita recevait l'ordre de la sœur supérieure de changer de département. Il s'agissait d'un transfert vers la salle onze.

Ce soir-là, elle eut peine à s'endormir, car demain, oui demain, elle pourrait revoir cet enfant qu'elle chérissait tant. Se souviendrait-il d'elle, des tendresses qu'elle lui prodiguait?

Il était si petit, si frêle. Un sourire se dessinait sur ses lèvres lorsqu'elle s'endormit. Dans le secret de son âme, elle l'appelait le prince de son cœur, son ange.

À la grande joie de revoir le bambin, sœur Rita oubliait presque qu'il pourrait être adopté et qu'elle risquait de le perdre pour toujours. Dès qu'elle se présenta dans la salle où les enfants qui devenaient sa responsabilité étaient réunis, elle fut surprise du brouhaha qui y régnait. Les marmots se chamaillaient. L'un d'eux s'engouffra dans ses jupes; d'autres se traînaient à quatre pattes. Lorsqu'elle les faisait manger, leurs jeunes mains balayaient ou renversaient leurs plats, souillaient son tablier et le parquet. Aucun contrôle possible, les enfants étaient bel et bien maîtres des lieux. Sœur Rita en oubliait presque Julien, tant elle était envahie.

— Sœur Rita, lui indiqua sœur Suzanne. Vous avez quitté le ciel et vous voilà en plein purgatoire. Je vous ai enviée tout le temps que vous étiez là-bas. Ici, c'est l'âge ingrat. Il faut tout faire, tenir tous les rôles, de mère, d'infirmière, de nourrice, de consolatrice, d'arbitre. On ne se couche pas, le soir; on se jette sur son lit, épuisée! Et attention à votre système nerveux, il va en prendre un dur coup.

Pan! Un enfant venait d'en pousser un autre qui hurlait maintenant. Sœur Rita le prit dans ses bras, le consola.

— C'est une meute, je vous le dis. Et ce nouvel arrivant qui hurle depuis trois jours, il est trop gras, a la tête grosse comme ça. Impossible de lui brosser les cheveux. Je vais lui raser la caboche, à ce petit sacripant.

C'était de Julien dont il était question, le cœur de Rita aurait pu le jurer. Julien avait cette crinière abondante si bien décrite.

— Où est-il?

— Au fond, là-bas, près des corniches.

— Je vais y aller.

— Bonne chance, il égratigne aussi, le petit démon!

Sœur Rita s'éloigna, se rendit à l'endroit désigné. Quelques bébés étaient dans leur couchette, les plus maussades sans doute. Elle reconnut son petit Julien, les yeux bouffis par les larmes. Elle lui tendit les bras.

— Julien, murmura-t-elle.

Il se donna un élan, se leva; elle le saisit, le serra sur son cœur. L'enfant coucha la tête sur l'épaule accueillante de sœur Rita et s'endormit d'épuisement. Elle le recoucha et resta là à l'observer. Il était évident que Julien, son Julien, s'était souvenu d'elle, de ses caresses. Elle passa ses doigts dans la dense crinière brune ondulée et s'éloigna à regret, l'âme encore plus profondément remuée.

Tous les bébés, ce jour-là, elle les aima, leur prodigua soins et douceurs. Elle en ferait de petits agneaux.

Sa compagne, sœur Suzanne, ne s'expliquait pas l'ascendance que sœur Rita avait sur ces marmots qu'elle appelait les petits fanfarons. Elle était médusée par la réaction des enfants. Elle ne s'en plaignait pas, puisqu'un certain ordre régnait maintenant dans la salle onze.

Ce qui étonnait sœur Rita, c'est que le jour des visites des parents adoptifs, moins de couples venaient dans cette salle.

Sœur France expliqua que, plus ils grandissaient, moins les enfants mâles intéressaient les parents adoptifs. C'est vers les filles qu'allait la préférence.

Sœur Rita n'arrivait pas à en saisir la raison.

— Mais s'ils devaient ne pas être adoptés?

— Là, ma sœur, c'est encore le gouvernement qui s'en charge. À l'âge scolaire, ils sont groupés dans des orphelinats. Et plus tard, lorsqu'ils deviennent des hommes, on leur ouvre les portes et c'est désormais à eux de se débrouiller seuls.

— Sainte Misère!

— Vous croyez que c'est facile? On ne prend pas ses responsabilités, on n'observe pas la loi du Seigneur; et c'est nous qui avons revêtu le saint habit, qui sommes humblement soumises, qui nous acharnons à sauver les âmes. Que faudrait-il faire de plus?

— Ces enfants n'ont pas demandé à naître. J'espère, au moins, que Dieu ne leur refuserait pas son ciel!

— Est-ce là une de ces sornettes que vous leur servez, qui les endort si bien et les rend sages? Êtes-vous certaine, sœur Rita, que votre âme est pure? De grâce, ma sœur, ne vous rangez pas du côté des fautifs.

— J'aime ces petits, j'aime leur âme, leurs yeux purs. Je prie pour que le ciel les protège. Là se trouve ma vocation. Je n'ai pas à juger et j'ai encore moins le droit de condamner.

— Votre vocation vous empêche-t-elle de voir les deux

enfants qui sont en train de se chamailler pendant que vous prêchez la morale?

Ramenée à l'ordre, sœur Rita se dirigea vers les coupables. Les mots: « On leur ouvre les portes et c'est désormais à eux de se débrouiller seuls » martelaient sa tête. Elle commençait à regretter amèrement d'avoir peut-être commis la plus horrible des maladresses en isolant Julien et en lui faisant perdre la chance de trouver un foyer.

***

Pendant les quelques mois qui suivirent, sœur Rita vécut sa résolution ferme de donner à Julien tout l'amour dont son cœur était capable. Elle comprit également que le temps viendrait bientôt de s'en séparer. Aussi retourna-t-elle s'en remettre à sa supérieure. Choisissant bien ses mots, elle lui révéla ce bienfait qu'avait sa présence auprès des enfants qu'elle avait protégés depuis le berceau.

— Nous remplissons le rôle de mère, expliqua sœur Rita. Il n'est pas étonnant que, dès qu'ils sont remis entre d'autres mains, ils soient déroutés, perdus. Ne serait-ce pas plus pertinent que nous les suivions jusqu'à leur transfert dans une autre institution? Car alors, plus âgés, ils seraient plus en mesure de comprendre, et ce cheminement fait dans leur cœur d'enfant y demeurerait à jamais gravé.

La supérieure porta la main à la bouche, s'adossa. Elle semblait réfléchir.

— Mais, ma fille, ne craignez-vous pas que des liens trop forts puissent se tisser entre vous et l'enfant? Car alors, ce serait vous, la victime, vous qui seriez corrompue par l'amour que vous auriez pour ces enfants.

Sœur Rita resta muette.

— Vous ne me répondez pas? dit la supérieure.

— Pardon, ma mère, je ne vous ai pas entendue. Une autre pensée, plus belle encore, germe dans mon cerveau. Je ne sais pas comment l'exprimer. C'est vague, ce n'est pas mûri, mais écoutez-moi... Nous avons ici des centaines de bons sujets, des petits anges remplis de possibilités. Pourquoi ne pas œuvrer en ce sens, aller solliciter les parents sans enfants puisqu'il y a tant d'enfants sans parents. Une publicité adéquate, si on peut dire.

Je songe entre autres à des photos de nos petits, insérées dans les journaux, ce qui aurait pour effet d'attendrir les cœurs. Nos enfants auraient alors une chance plus grande encore de devenir les vrais serviteurs de Dieu plutôt que de les pousser au hasard d'une vie sans but, sans soutien, sans lendemain. Ma mère, pensez-y. Nous nous devons de nous pencher sur ce problème de l'adoption et le résoudre.

— Sœur Rita…

— Oui, ma mère?

— Je vous le prédis: un jour vous occuperez mon fauteuil.

Sœur Rita baissa la tête, rougit de honte.

— Je n'ai pas voulu…

— Ne vous méprenez pas sur mes paroles. Je comprends vos bonnes intentions. Elles sont les mêmes que celles de notre bien-aimée fondatrice, mère Marguerite d'Youville. Dieu connaît votre âme et vous donne la grâce. Vous vivez activement. Je vais m'entretenir de tout ça avec mes supérieurs. Merci de m'avoir ouvert votre cœur, de m'avoir fait partager votre foi ardente. Ce fauteuil, si les choses en viennent là, sera bien représenté si vous l'occupez un jour. Allez, ma fille, Dieu vous bénisse.

Troublée, sœur Rita s'éloigna. Sa conscience lui faisait des reproches. Elle sollicita une rencontre avec l'aumônier. À lui, elle épancherait son cœur, lui avouerait les motivations profondes qui lui avaient dicté ses paroles.

Le bon prêtre l'écouta sans l'interrompre, jugea de la noblesse et de la simplicité de ses sentiments. Tout en l'incitant au repentir de ce qu'elle avait qualifié de péché grave, il lui donna l'absolution. En des mots simples, mais combien réconfortants, il lui fit prendre conscience de son manque de foi en Dieu.

— Ma fille, vous avez douté de Dieu. Là est votre faute. Et si notre Seigneur s'était servi d'un enfant, d'un tout petit être, ce Julien que vous avez dorloté, pour vous permettre, à vous, humble religieuse, de faire de grandes choses, d'accomplir sa divine volonté? Car, ma fille, vous, Julien, moi, nous tous, nous formons les chaînons qui nous lient, et nous constituons ainsi la grandiose communion des saints.

Sœur Rita s'endormit ce soir-là avec la paix revenue dans son âme. C'était la première fois, depuis qu'il était sous leur toit, qu'elle oubliait de s'inquiéter de Julien. En cette fin de journée, les dernières pensées de cette âme rassérénée allèrent vers le Seigneur.

Qui sait? Peut-être avait-il raison, le saint homme, de confier ce drame humain à la Providence, puisque l'Église n'en serait que mieux servie.

Dans les mois qui suivirent – est-ce Dieu qui le permit? –, sœur Rita eut accès à tous les dossiers qu'il lui fallait étudier et vit au cheminement harmonieux des enfants.

Pour continuer d'aider Julien à s'épanouir, elle ouvrit tout grand son cœur sanctifié, enseigna chiffres et lettres à ce tout petit bout de chou qui apprenait si bien et sollicitait tellement sa tendresse.

Avec le temps qui passait, la possibilité d'être adopté s'estompait peu à peu pour Julien. Lorsqu'il eut atteint six ans, il fut transféré dans un autre établissement avec d'autres enfants de son âge.

***

Ce premier soir, au moment de dormir, une inquiétude troubla Julien. En effet, se demanda-t-il, pourquoi sœur Rita ne venait-elle plus le border comme les autres soirs?

Jamais il ne saurait ce qu'elle avait souffert, cette religieuse, cachée derrière une fenêtre de la crèche Youville, quand elle vit le garçonnet monter dans le car qui l'écarterait d'elle à jamais. Elle avait posé la main sur le mur, baissé la tête. Les larmes inondaient son visage.

Lorsqu'elle s'était retournée pour aller reprendre ses obligations, l'aumônier était derrière elle:

— Allez à la chapelle, ma sœur. Confiez votre peine à Dieu. Offrez-lui votre sacrifice. Priez le Seigneur de faire rejaillir sur l'enfant la grâce qui découle de votre chagrin, de votre soumission.

Chapitre 9

Lorsque l'enfant occupait le lit près de la porte, sœur Rita se penchait sur lui, couvrait ses épaules, passait une main dans ses cheveux, éteignait la lumière, allumait une veilleuse, s'assoyait sur une chaise et ne quittait le dortoir qu'après que tous les petits s'étaient endormis. Ce moment de tendresse manquait à Julien.

Il s'ennuyait aussi du remue-ménage des fins de semaine, aux heures de visites où, en désir d'adoption, on venait visiter les lieux. Puis était venu le moment de l'apprentissage. Les heures de classe n'étaient pas de tout repos, la vie en société devenait parfois tumultueuse, la discipline était sévère.

Julien aimait étudier, il apprenait facilement. Sa nature docile et franche lui simplifiait l'existence et lui attirait l'affection des enseignants. Ne connaissant rien à la vie normale au sein d'une famille, il ne souffrait pas de la situation. Mais le souvenir de sœur Rita restait gravé en lui.

Le jour où il aurait seize ans, les portes de l'établissement s'ouvriraient et il trouverait la liberté. Il lui faudrait alors affronter le monde. On lui avait appris les bases de l'honnêteté, ce qui n'était rien de très nouveau puisqu'il avait à en faire preuve avec son entourage. On lui avait parlé de travail, mais ça non plus ça ne le surprenait pas, car sa contribution en ces lieux était plus que respectable. On lui avait parlé aussi des loups, mais il n'en avait jamais croisé.

Dans la cour protégée par une énorme clôture d'acier

qui semblait infranchissable, un mot revenait souvent dans les conversations des jeunes: liberté. On pouvait en déduire que ce devait être vilain, car ceux qui avaient le toupet d'aller vers elle étaient ramenés et sévèrement punis. Un jour, en classe, Julien décida de consulter l'unique dictionnaire mis à la disposition des groupes d'élèves. « *Liberté*: agir sans contrainte, le contraire de captivité. » Ces mots le laissaient pensif; la vie ordonnée qu'il menait lui avait toujours paru normale. Alors il regarda à travers les mailles de l'enclos, et l'étrangeté de cette nouvelle perspective éveilla en lui une horde de questions qu'il rumina. À sa première confession, il parla de ses doutes.

— Quel âge as-tu?

— Quatorze ans.

— Tu as un père?

— Non.

— Et ta mère?

— Je ne sais pas, je ne sais rien.

— Je vois. Quel est ton nom?

— Julien Dimanche.

— Viens me voir après la messe, à la sacristie.

Julien eut des distractions pendant le saint office. Il comprenait maintenant qu'il vivait dans un monde à part. L'inconnu lui faisait peur. Il éviterait le sujet, écouterait plus volontiers les discours des grands.

C'est alors que Julien apprit à mots couverts qu'il avait été abandonné par ses parents, mais sans explications. On lui souligna que l'enfance protégée qu'il avait connue devrait éveiller en lui de grands sentiments de reconnaissance. On lui avait enseigné tout ce qu'un jeune de son âge avait besoin de savoir pour entrer dans la vie. D'ici deux ans, plus précisément le jour de son anniversaire, il lui faudrait affronter le monde, seul. Il y avait deux sentiers qui s'ouvriraient devant lui: celui de la révolte ou l'autre, celui qui apporte paix et quiétude, c'est-à-dire celui d'une vie saine, en règle avec les lois qui régissent la société. Il lui appartiendrait de choisir.

On lui prodigua quelques mots d'encouragement, de bons conseils, toujours sur un ton ferme suivi d'un lourd silence.

Julien restait là, effondré sur sa chaise, les yeux baissés, incapable de prononcer un seul mot, pas même le merci qui s'imposait.

En quelques minutes, il avait appris l'histoire de son passé, de son présent et de son avenir. Il parvenait mal à tout assimiler.

L'aumônier s'était éloigné. Julien ne bougeait toujours pas, totalement abasourdi par ce qu'il venait d'entendre. Ce qui faisait le plus mal était de savoir qu'il avait eu des parents qui l'avaient abandonné. Le visage serein de sœur Rita... Il avait oublié les traits de ce visage, devenu flou avec le temps; mais ce qui restait bien vivant en lui était son regard affectueux, ses gestes doux qui vivifiaient son âme. Il ne restait plus que le souvenir de cette bouffée de tendresse. C'était son seul trésor. À présent il apprenait qu'il avait eu des parents qui l'avaient abandonné. Sœur Rita l'aimait-elle vraiment? Par pitié peut-être? Avant longtemps, il partirait d'ici, sans but, sans avenir. On le chasserait, ni plus ni moins. Il fondit en larmes, qui ruisselaient sur son visage sans qu'il songe à les essuyer. Tout se confondait dans sa tête d'enfant.

C'est ainsi que le trouva le sacristain qui entra en tenant à la main deux chandeliers. Il les déposa et s'avança vers lui.

— Ça ne va pas, bonhomme?

Devant le mutisme du garçon, qu'il sentait désespéré, l'homme prit place près de lui et posa une main sur son épaule.

— Pourquoi es-tu ici? C'est pas l'heure de l'étude? Comment t'appelles-tu? Hé, tu peux te confier, tu sais, je suis un ami. Moi aussi j'ai grandi ici, je comprends tes peines.

Julien leva les yeux et demanda à brûle-pourpoint:

— Pourquoi n'es-tu pas parti? On ne t'a pas mis à la porte?

— Toi, tu as parlé avec quelqu'un.

— L'aumônier.

— Ah! Qu'est-ce qu'il t'a dit?

Il y eut un long silence. Puis l'enfant soupira et confia, penaud:

— Il m'a dit que mes parents m'avaient abandonné.

— C'est comme ça, parfois.

— Pourquoi?

— La misère, sais-tu ce que c'est? Rien à manger, pas de travail, trop de bouches à nourrir. Alors on place les enfants en orphelinat, pour qu'ils puissent survivre.

— Ils ne m'aimaient pas?

— Qu'en sais-tu?

— Ils ne m'aimaient pas!

— Un jour, tu comprendras.

— L'aumônier, lui, ne m'aime pas.

— Si, il t'aime. Essaie de comprendre.

— Comprendre quoi? Il ne m'aime pas lui non plus!

— Au contraire. S'il t'a tout raconté, c'est qu'il t'aime. Il a confiance en toi. Il sait que tu ne te consumeras pas dans la révolte. Il t'a prévenu pour que tu te prépares. Mais, moi, je vais t'aider. Tu vois, déjà tu t'es fait un ami. Pour le moment, pense à tout ça. Reviens me voir si tu en ressens le besoin. J'aurai des tas de choses à te dire. N'oublie pas mes recommandations. Sois docile, on va te provoquer, te faire la vie dure, te mettre à l'épreuve. Ils savent, tu sais, ils savent tous ce que tu as appris aujourd'hui. Si tu flanches, si tu joues leur jeu, ils vont te classer avec les durs, les intraitables. Ils iront même jusqu'à te placer dans un asile pour les fous. Ça, mon petit gars, c'est l'enfer et le diable avec. Crois-moi, ne flanche pas. Va, va à la salle d'étude. Guette bien ton maître de salle, c'est le pire traître de tous!

Le bedeau avait parlé à voix basse, penché sur l'enfant pour n'être entendu que de lui. Le garçon se leva. Il avait vieilli en quelques minutes à peine. Ses yeux s'étaient durcis. Il partit, l'échine courbée.

— Tout doux, tout doux, répétait le bedeau, tout en posant un index sur la bouche pour lui indiquer de ne rien dire.

L'enfant respira à pleins poumons avant de tourner la poignée de la porte de la salle d'étude où tous étaient réunis.

— Tu viens d'où, morveux?

— De la sacristie.

— Tu faisais quoi, à la sacristie?

— Je parlais avec monsieur l'aumônier.

— Je vais vérifier, t'es mieux de ne pas me mentir. Va à ta place, fais ton travail.

Julien ouvrit son livre. Les caractères dansaient sous ses yeux, ses mains tremblaient; il les gardait sur ses genoux. Il avait la mort dans l'âme. Le reste de la soirée, il alla comme un somnambule, écrasé par le poids de toutes ces révélations. Pour la première fois, il avait senti le besoin de mentir pour se protéger.

La nuit passa, noire et longue. Il ruminait toutes ces monstruosités entendues. L'asile est encore ce qui l'effrayait le plus. Couché sur le dos dans l'immense dortoir, il n'entendait pas les ronflements qui l'avaient si souvent effrayé. Par contre, il avait résolu de faire confiance au sacristain, le seul qui semblait lui avoir parlé avec sincérité. Il retournerait le voir. Il voulait tout savoir, tout comprendre, être en mesure de voir venir les coups. Il se creusait la tête pour trouver un endroit où ils pourraient parler en toute sécurité.

Mais Serge, le bedeau, avait tout planifié. Le lendemain, une partie de ballon avait été organisée dans la cour. Il s'avança vers un frère qui gardait les jeunes garçons à vue.

— Dites donc, le petit qui est là, en retrait, c'est le meilleur servant de messe. Je me demande si je ne pourrais pas l'avoir pour m'aider à faire le nettoyage des objets sacrés. On achève de rafraîchir les murs, mais j'ai bien du boulot et la fête annuelle approche.

— Je ne sais pas si vous êtes prévenu, mais des officiels du gouvernement y seront présents. Il y aurait intérêt à ce que ça brille. Parlez-en au maître de salle, il est là, c'est celui qui sert d'arbitre. Pas question de lésiner!

— D'accord.

La joute terminée, le bedeau refit sa demande au responsable des enfants.

— Qui? Lui? Julien Dimanche?

— Oui, c'est le seul qui ne massacre pas son latin.

— Ah oui? Voyons voir. Hé! Dimanche. Viens ici! Dites-moi, Serge, c'est vrai que Dimanche s'est entretenu avec l'aumônier à la sacristie, après la messe?

— Oui, je crois oui, ils étaient ensemble.

Julien, à ce moment précis, porta la main à sa tête.

— Qu'est-ce qui te prend?

— J'ai chaud.

— Ah! t'as chaud… C'est pour ça que tu bafoues ton latin?

— Monsieur l'aumônier ne m'a pas dit ça!

— Viens, suis-nous.

À grands pas, le maître de salle prit la direction de l'orphelinat et entraîna Julien et Serge. Après un clin d'œil au sacristain, il prit une tondeuse à cheveux, s'approcha de l'enfant et, sans hésitation, entama sa chevelure en plein centre. Serge posa le bout de son pied sur celui de l'enfant et éclata d'un grand rire. Le maître de salle hurla:

— Relève la tête, petit effronté!

Le pied de Serge insistait. Des larmes parurent dans les yeux de l'enfant.

— T'es plus beau comme ça, petit gars, dit le sacristain pour lui donner du courage.

Sa voix avait tenté de se faire câline, mais la rage qu'il éprouvait à l'endroit du maître de salle cherchait à prendre le dessus.

— Ça pousse, des cheveux. C'est comme l'herbe et le gazon, le consola-t-il encore.

— Toi, braillard, grogna le maître de salle quand il eut terminé, rends-toi au réfectoire et garde-toi de flâner, espèce de flanc mou.

Serge salua amicalement Julien, qui s'éloigna, honteux, misérable. Dès qu'il parut à l'endroit où ses compagnons étaient réunis pour dîner, les jeunes poussèrent des hourras. On riait à s'en tordre les côtes. Julien se fraya un chemin, marcha vers sa table et en sa direction jaillirent les déchets provenant des assiettes des grands drôles. Il s'assit, et, ses épaules secouées par un rire insensé, incontrôlable, voilà qu'il baissait la tête pour éviter les projectiles. Le désordre ne dura cependant pas longtemps, car le frère surveillant entra, hurla et priva tout le monde de dessert. Comble de malheur, Julien dut nettoyer le désastre. Il venait à peine de terminer que le surveillant revint, regarda le plancher et demanda:

— Ça, qu'est-ce que c'est?

Tout en parlant, il vida sur le sol un bocal de moutarde qu'il tenait à la main. Empoignant le lobe de l'oreille de Julien, il le força à s'agenouiller et à reprendre le nettoyage.

— Grouille-toi, andouille. Si tu es en retard de cinq minutes pour l'école, tu te coucheras sans souper.

Le rire strident de l'homme grondait encore dans la tête de Julien. La sueur qui perlait à son front dégoulinait sur le parquet et se confondait avec l'eau du nettoyage. C'est alors, à cette minute précise, qu'il comprit le sens et la pertinence des conseils du bedeau. À plusieurs reprises, il avait été témoin de telles fanfaronnades et ne s'en était jamais mêlé. Mais il constatait maintenant que c'était un jeu aussi ignoble que routinier de faire preuve de cruauté l'un envers l'autre. Il se souvenait du jeune Raoul, avec qui on s'était montré d'une méchanceté incroyable. Il avait riposté, s'était défendu, avait lutté, puis, un bon matin, Raoul avait été blessé dans une bataille qui avait tourné à l'émeute. Vaincu, drapé dans une camisole de force, il avait été transporté en ambulance. Julien ne l'avait plus jamais revu.

Il nettoya les détritus pendant que les autres étaient dehors, à la récréation. Il refoula sa rage et sa peine, et alla rejoindre le groupe à la salle d'étude. Il entra; des rires nerveux s'élevèrent. Le surveillant donna un violent coup de règle sur le pupitre, ce qui eut comme effet de calmer même les plus dissipés. Julien fixa le maître de salle. Leurs regards se croisèrent un instant. Les yeux de Julien criaient de haine, ceux du maître, de lassitude.

Ce soir-là, il se félicita d'avoir suivi les directives du bedeau: «Julien Dimanche, après le déjeuner, tu retournes à la chapelle, l'avait-on informé. On t'aura à l'œil. Fais ce qu'on te demande et fais-le bien. Tu touches au vin de messe et je te confine au cachot où tu crèveras.» Julien avait écouté sans dire un seul mot. Exactement comme Serge le lui avait conseillé.

Il dormit, épuisé, rempli de peurs. À vrai dire, il eut peine à se reposer. Enfin, à l'horizon pointait un peu d'espoir. Mais il se leva tout de même sans grand enthousiasme.

Serge l'attendait. Pendant deux jours complets, il effectua différents travaux. Il astiquait, polissait les troncs, l'argent, les cuivres, les lampadaires. Plus tard on en viendrait aux vases sacrés.

Les conversations étaient rares, mais Serge se racontait de temps à autre. Lui aussi était né de mère inconnue, lui aussi avait passé sa première jeunesse à la crèche, s'était retrouvé ici, avait eu peur de l'extérieur, de l'inconnu. Alors il avait supplié qu'on le garde. Le vieux bedeau venait de décéder, et Serge, fidèle servant de messe, avait progressivement acquis les connaissances par la pratique. Même si on le payait un salaire ridicule, il s'était empressé d'accepter le poste et y était depuis vingt ans. Seul au monde, ne connaissant rien en dehors de ces murs, il était un employé exemplaire, d'un dévouement sans bornes.

Le soir, Julien repassait tout cela dans sa tête. Et le lendemain, il revenait avec ses rêves d'avenir plus joyeux.

— Un jour, disait-il, je serai en mesure de venir te sortir d'ici, de te prendre avec moi, et tu deviendras mon père, je te le jure.

— Merci, Julien, même si ce n'est que d'y avoir pensé. Ça va, là-bas?

— Grâce à toi, oui, ça peut aller.

— On ne t'embête plus?

— Moins...

— Écoute, si les choses se corsent, en viennent au pire... Si on te fait vraiment de la misère, dis que tu aimes le père Lacoste.

— Pourquoi? Je ne le connais pas.

— Ça ne fait rien. Il viendra pour l'inspection avant la fête. Le père Lacoste est un généreux donateur et a beaucoup d'influence dans l'institution. Lève-toi, viens ici, je vais te montrer. Penche-toi. Tu vois, dans la rue d'en face, une maison jaune...

— Oui.

— Derrière il y a un escalier qui descend dans le sous-sol. C'est là que j'habite.

— O.K., Serge. Je me rappellerai.

— Le jour de ta libération, si tu ne me vois pas, viens chez moi dormir. Pour un soir, on s'arrangera.

— Oui. Merci. Serge, tu es un vrai père pour moi.

Chapitre 10

On se préparait pour la fête, on décorait le collège, on répétait les pièces de musique pour les réceptions, on nettoyait, astiquait, on polissait les planchers. Les jeunes garçons étaient mieux traités, le menu était soigné. C'était là la période annuelle la plus valorisante, la plus heureuse. Une agréable tâche avait échu à Julien. Il était sans surveillance, sans contrainte ou presque, car c'est à la chapelle qu'il œuvrait.

Un matin s'avança une jolie automobile. Un homme d'une imposante prestance en descendit. Il portait un ceinturon violet, arborait une barbe blanche ondulée, était d'allure altière. Il entra, se promena dans la chapelle, un pouce bien ancré dans la ceinture.

Serge le suivait à quelques pas de distance, avec déférence.

Julien avait vu arriver l'homme. Il se tapit près de la clôture et observa. Le maître de salle s'approcha et lui demanda brusquement:

— Qu'est-ce que tu fais ici à niaiser, toi?

Baissant les yeux, il répondit candidement:

— J'attends mon ami.

— Qui ça?

— Celui que j'aime bien.

— Quoi? T'es fou ou quoi? Qui?

À tout hasard, d'une voix basse, il dit:

— Le père Lacoste.

— Hein? Qui, toi? Ordure!

À travers un vitrail, Serge voyait ce qui se passait.

— Père Lacoste, vous voyez cet enfant, là? Soyez gentil, allez lui dire quelques mots. C'est un enfant assez extraordinaire, qui ira loin dans la vie. Il diffère de tous les autres.

— Vous ne changerez donc jamais, Serge. Mais, pourquoi pas!

Le révérend sortit, avança doucement dans l'allée. Le maître de salle le vit venir, jura et s'éloigna.

À la vue du dignitaire, Julien se leva.

— Bonjour, toi. Ça va, Julien?

Le père Lacoste passa la main à travers la clôture et joua un moment dans les cheveux de l'enfant.

— À l'école, ça va?

Julien se contenta d'opiner du bonnet. Il leva soudainement les yeux.

— J'ai aussi trouvé un papa, oui, monseigneur, j'ai trouvé un papa.

— Je devine, je crois que c'est monsieur Serge.

— Oui, monseigneur.

La barbe impressionnante de l'homme, ses yeux rieurs, sa bonhomie avaient charmé l'enfant. Il s'éloignait, hâtait le pas, et le bas de la soutane frappait les talons. L'allure déterminée de ce grand homme plaisait à Julien.

Le maître de salle avait maugréé, il était resté à l'écart et observait. Les prétentions de l'enfant seraient donc fondées? Était-il un espion qui rapportait tout au père Lacoste? Cela expliquerait-il son effronterie, son indifférence devant l'autorité? Le maître de salle voyait soudainement les choses d'une manière toute différente!

À partir de ce jour, Julien n'eut plus à redouter les injustices et les punitions indues. Il eut plus de liberté et, tel que l'enfant l'avait promis au bedeau, il obtint de meilleures notes sur son bulletin.

Les mois passèrent, le jour tant redouté de ses seize ans arriva enfin.

Ne possédant que les vêtements qu'il portait, que sa brosse à dents, son peigne, ses chaussures usées à la corde, et un vieux pull reprisé, Julien vit s'ouvrir devant lui les portes de l'institut, cette grande barrière armée de barbelés et, au-delà, l'espace, la rue, l'infini. Il avait signé un formulaire attestant de son départ volontaire, l'avait tendu au maître de salle qui le lui avait arraché des mains et avait jeté méchamment :

— File, vaurien.

Julien fit trois pas qui le séparaient de la barrière, se retourna, cracha sur le sol et s'éloigna.

Il était dix heures du matin. Dans la cour, en ce beau jour de fin d'été, la voix des sportifs s'élevait, enjouée. Julien préférait cette nouvelle solitude, le silence, le mystère, la crainte de l'inconnu.

Il traversa la rue et, tel que le lui avait indiqué le sacristain, il se rendit à l'arrière de la maison jaune, descendit les marches qui menaient au sous-sol et frappa à la porte.

— Bonjour, Julien, je t'attendais. Entre.

Le garçon avança, jeta un regard circulaire. Jamais encore il n'était entré ailleurs que dans des endroits immenses. Tout ici lui paraissait exigu. La pièce contenait une table bancale, deux chaises droites et une autre, berçante. La chambre ressemblait plutôt à une penderie, avec son grabat collé contre le mur et quelques crochets où pendaient des vêtements de travail. Julien savait pertinemment qu'il n'était pas en mesure de juger ni de comparer avec un autre logement, puisqu'il n'en avait jamais vu. Ce qui l'épatait, c'était que Serge vivait là, seul, libre de faire tout ce qui lui plaisait.

— Prends une chaise.

Ni un ni l'autre ne semblait savoir quoi dire. Puis, comme c'est si souvent le cas, ils parlèrent en même temps. Pour la première fois, Julien put goûter à des croustilles, à de l'eau gazeuse.

— Je t'ai préparé une surprise, dit Serge. Je t'ai acheté un sac à dos en toile. C'est bien utile. Demain, mon garçon, tu entreras dans la vie, la vraie. Seul, tu devras juger ce qu'il faut et ne faut pas faire. Rappelle-toi, tu es sous la responsabilité de l'hospice tant et aussi longtemps que tu ne seras pas majeur. Pas d'écart à la loi, sinon on te ramène ici et tu devras dire adieu à la liberté, car tu seras emprisonné ou interné. Tu sais, ils ont aussi des maisons de redressement. Là, c'est bien pire qu'ici, crois-moi.

Il fit une pause et ajouta :

— Nous sommes ici dans l'est de la ville. C'est en te dirigeant vers le nord que se trouve la campagne. Le monde des fermiers est meilleur, plus humain. Tu seras peut-être engagé sur une ferme. C'est le temps des récoltes. Ils ne payent pas cher, mais te logeront aisément. À ta place, je partirais dans cette direction-là, pour essayer de trouver du boulot.

Le bedeau, qui s'était tu, devint tout à coup sérieux. Il se tourna vers Julien, lui parla tendrement.

— C'est un coup très dur d'apprendre que nos parents nous ont abandonnés. Quand je t'ai vu tout chaviré, j'ai compris qu'on t'avait assommé avec ça. Je me souviens à quel point j'ai souffert, moi aussi. C'était pendant la guerre. Je me raisonnais; tout était la faute du conflit. J'essayais de comprendre, de m'expliquer que ma mère n'avait pas de mari, qu'il était sur le front et qu'elle n'avait pas d'argent. Puis un jour, j'ai inventé la plus belle histoire, la plus douce qui soit: mon père était mort là-bas et maman était morte de peine.

Il s'arrêta, devint pensif avant de poursuivre:

— J'ai cru longtemps à ce conte, l'enjolivant toujours plus, m'y accrochant comme à une bouée. Ma peine s'atténuait. J'en ai parlé à l'aumônier qui, lui, m'a fait remarquer que je jouais avec mon chagrin, qu'en niant la réalité, je nuisais à mon avenir. Il a été bon, très bon avec moi. Il est devenu ce saint homme que tu as connu, le père Lacoste. Un saint homme, je te le jure. Il a été pour moi un vrai père, m'a aidé à obtenir mon travail de bedeau. Je redoutais le dehors, je voulais rester ici.

— Serge...

— Oui, mon garçon?

— Je lui ai dit, à ton ami, que j'avais trouvé un père. Il m'a demandé si c'était toi...

Ils bavardèrent très tard en se gavant de croustilles. En compagnons sincères, connaissant tous les deux la lourdeur du silence et de la solitude, ils se confièrent tour à tour.

— Écoute, je vais te dire quelque chose, fit Serge. C'est pas bien beau, c'est laid, mais ça pourrait un jour ou l'autre te rendre service. Si jamais tu étais mal pris, vraiment mal pris, utilise un couteau pointu, va à l'église, et ouvre un tronc... Tu pourrais rendre l'argent plus tard, ce serait une sorte d'aumône qu'on te ferait...

— Ce n'est pas très honnête! s'écria Julien.

— Oui, je sais. Mais parfois, c'est nécessaire. Entre deux maux, il faut choisir le moindre. Si ça devenait urgent pour survivre... Tu n'auras qu'à le remettre plus tard, cet argent.

Le sommeil commençait à se faire sentir. Le sacristain, un peu embarrassé par ce qu'il venait de dire, n'était pas fâché de changer de sujet et d'installer son invité.

Julien dormit sur le plancher, mais ce fut pour lui comme un lit moelleux, trop heureux qu'il était de cette hospitalité qu'il n'oublierait jamais.

Serge sortit sans bruit, dès l'aube, car il y aurait une messe à la chapelle.

Julien ouvrit les yeux. Sur la table se trouvait un sandwich. Un autre avait été déposé sur le sac de toile, avec des croustilles, une boisson gazeuse, et un mot signé par Serge, qui lui souhaitait la meilleure des chances. Sous la feuille, Julien découvrit des pièces de monnaie, au total deux dollars et soixante sous. Tout à sa joie, il sortit son mouchoir dans lequel, la veille, il avait déposé les vingt sous que lui avait donnés l'aumônier après la messe. Il ajouta ce nouveau trésor, fit un nœud solide et s'assura que tout était bien au fond de sa poche. Il se sentait riche, il était rassuré. Il prit un crayon, écrivit tout simplement qu'il allait revenir un jour. Il se hissa sur le bout des pieds, regarda par le soupirail. Le temps était ensoleillé. Il se berça un instant, savourant chaque moment de paix, et se décida enfin à partir à la recherche de son destin.

Chapitre 11

Tout était nouveau, magnifique, voire grandiose. Alors qu'il était tout petit, il avait fait une randonnée en autocar, qui l'avait mené à ce lieu de détresse qu'il quittait maintenant. Tout en se remémorant ces souvenirs, il regardait partout avec l'espoir d'entrevoir sœur Rita qui lui avait donné, à l'époque, un si tendre baiser d'adieu. Instinctivement, il toucha du bout des doigts là où elle avait posé ses lèvres. Il avait oublié jusqu'aux traits de son visage, mais comme il se souvenait clairement de sa tendresse!

Par ricochet, il pensa à Serge, cet homme qui l'avait supporté, consolé, guidé. Lui-même devenu un grand jeune homme, il lui fallait affronter la vie. Il marchait franc nord, comme on le lui avait conseillé. Il avait la ferme volonté de s'éloigner le plus possible.

Il aperçut un pont, s'arrêta, regarda l'eau qui fuyait aussi. La foule était moins dense. Autour des maisons poussaient des fleurs. Ses yeux ne pouvaient tout voir tant il était émerveillé.

Le jour baissait, Julien marchait, la faim se faisait sentir. Il mangeait ses croustilles, une à une, pour bien les savourer.

Une fois arrivé à la campagne, il vit un ponceau qui traversait une route de gravier. Il le contourna, s'en approcha et, couché sur le ventre, il s'abreuva avec avidité. L'idée lui vint de dormir à cet endroit. La pente lui permettait de se dissimuler. Il se fit petit, resta attentif au bruit, ressentait une crampe qui se nouait dans son ventre. Mais bientôt sa belle jeunesse eut le dessus et il sombra dans un sommeil que tout le bruit du monde n'aurait pu troubler.

Au réveil, un moment égaré et incapable de s'orienter dans le temps et dans l'espace, il sursauta. Un lourd camion passait sur le pont en faisant un vacarme infernal. Julien se tapit, un moment apeuré. Puis il but, mangea la demie de son sandwich, sortit de sa cache et poursuivit son chemin. Il surveillait les indications en bordure de la route, s'assurant d'aller dans la bonne direction quand il rencontrait des intersections. Vers la fin de cette deuxième journée, il vit enfin des champs cultivés.

Son premier objectif était atteint. Mais il souhaitait s'éloigner davantage. Aussi il considéra tout abri raisonnable et finit par aller s'allonger sur la galerie d'une maison qui affichait « À vendre ».

Il marchait depuis quatre jours, avait le ventre creux. Il était maintenant en pleine campagne. Les champs sillonnés par les nombreux instruments aratoires le lui révélaient. Ses lectures de classe lui revenaient, des images également. Il était parvenu là où il le souhaitait.

Près de la route, un casse-croûte invitait le passant à s'arrêter et à manger hot-dogs et patates frites. Les prix semblaient raisonnables. Julien sortit son mouchoir, défit le nœud et entra.

Une dame était là qui tournait et retournait les saucisses sur une grille. Julien eut l'eau à la bouche.

— Toi, tu as faim! dit la dame sur un ton fort sympathique.

— Ah, oui!

— Que veux-tu, là-dedans?

— Tout!

— Relish, moutarde, ketchup, chou, disait-elle en emplissant le pain doré.

Julien dévorait déjà le hot-dog des yeux.

— Je t'offre le breuvage, mon garçon, dit la dame avec un sourire amusé.

— J'ai de l'argent.

— Je sais, garde-le.

Il déposa les quinze cents sur le comptoir. La dame fit un signe de tête désapprobateur avec un petit air espiègle.

— J'ai fait de la soupe, dit-elle. Elle frissonne encore. Mange ça, je vais t'en faire refroidir un bol.

Gêné, Julien protesta et, saisissant le hot-dog, il mordit à belles dents.

— Va t'asseoir, là.

Il ne put répondre tant sa bouche était pleine. Indulgente, la dame ricanait.

— D'où viens-tu?

— De Montréal.

— Tu n'as pas fait tout ce trajet à pied?

— Oui.

— Tu as dormi?

— Oui.

— Pas étonnant que tu sois affamé!

— Ah! Oui.

Elle essuya la table. Lui, de sa cuillère, allait chercher le dernier vermicelle tout au fond du bol.

— Tu cherches quelqu'un?

— Non, du travail.

— Tu en trouveras, c'est la saison des foins. Tiens, prends ça.

Elle lui remit un gâteau enveloppé de cellophane. Il le mit dans son sac à dos. Gêné de tant de bonté, il lui sourit avec reconnaissance.

— Va, dit la dame. Bonne chance, jeune homme!

Il sortit. Ses mollets étaient endoloris. Cette halte les lui avait tendus. Il se retourna. La dame l'observait. Il la salua de la main et s'éloigna.

À quelque distance de là, il quitta la route et traversa des champs, l'œil aux aguets. Il posa tout à coup le pied sur un petit animal et sursauta. Son cœur se mit à battre à un rythme fou. Julien s'éloigna en courant.

L'horizon était en feu; le soleil disparaîtrait bientôt. Julien vit au loin la forme d'un bâtiment qui se dessinait dans l'ombre. Dissimulé par les hautes herbes, il s'avança. Il avait l'intention d'aller y dormir après s'être assuré que l'endroit était désert. Dès que la noirceur fut installée, il frôla les murs de la grange, ouvrit la porte, tâtonna afin de ne rien déplacer. Ses mains se posèrent sur ce qui lui semblait être une échelle. Il y mit le pied, refoula un cri, car un cheval venait de hennir. Julien paralysa sur place, attendit. Le silence revenu, il continua son ascension. Puis, sous ses mains, il sentit la réconfortante texture du foin. Julien avança sur ses genoux, se laissa enfin choir, tenant toujours son sac. Il s'endormit ainsi.

***

Comme tous les matins, Odilon se levait au chant du coq, se rendait au poulailler, ramassait les œufs et les plaçait dans un plat qui ne servait qu'à cet usage. Ensuite, il s'occupait de la traite des vaches. Assis à côté de sa belle Jersey, il tenait la chaudière de ses pieds et actionnait les trayons desquels giclait le lait qui, en s'éclaboussant contre le métal du récipient, faisait une chanson douce. Ce qui plaisait beaucoup à Odilon.

Ce matin-là, il avait à peine commencé l'opération qu'il crut entendre un bruit anodin. Il suspendit ses mouvements et attendit, l'oreille attentive.

Là-haut, sur le fenil, Julien ronflait. Odilon se leva, prit une fourche qui était là, la tenait dents en avant, et écouta d'où provenait le bruit. Il s'arrêta au bas de l'échelle, grimpa prudemment, vit Julien qui dormait, recroquevillé. Derrière lui se trouvait son sac de toile. Odilon le tira, piqua son outil dans le foin derrière le dos du garçon et hurla:

— Debout, chenapan!

Julien sursauta. Plus mort que vivant, il se leva tant bien que mal, recula, trébucha.

— Andouille! Qu'est-ce que tu fous chez moi?

— Je... je...

— Tu quoi?

— Je cherche du travail.

— Et tu entres chez moi sans permission, comme ça, comme si ce n'était rien, simplement pour piquer un petit roupillon? Tu te crois où? Dans un moulin? Sais-tu que la loi interdit aux gens de s'introduire dans la propriété d'autrui sans y être invités? Veux-tu que j'appelle la police?

— Non, non, monsieur, je vous en supplie.

— Écoutez-moi roucouler ce jeune chenapan! Quel est ton nom?

— Julien.

— Je t'ai demandé ton nom.

— Je m'appelle Julien Dimanche.

Odilon éclata de rire.

— Comment peut-on avoir idée de s'appeler Dimanche! Ton père, monsieur Dimanche, il sait que tu es ici?

— Non, monsieur.

— On va le lui faire savoir. Descends, allez, morveux, descends.

Odilon ne pouvait se tenir debout, car le plafond n'était pas assez haut. À genoux, il se tassa pour laisser le garçon descendre, puis il plaça sa main sur le madrier qui bordait la structure, se donna un élan, sauta, et arriva en bas le premier.

— Ramasse le plat d'œufs, ordonna-t-il à Julien. Ne l'échappe surtout pas, et file vers la maison.

Il avait vieilli, Odilon, celui dont Éphrem, décédé depuis belle lurette, avait un jour envié la jeunesse. Son dos s'était courbé, ses tempes dégarnies. Il regardait Julien, l'œil mauvais et méfiant. Soudainement une pensée lui traversa l'esprit: « Si j'avais eu un fils, se dit-il avec amertume, il aurait cet âge aujourd'hui. »

— Tu sais cuisiner? demanda-t-il à Julien.

— Non, mais je sais prendre soin d'un intérieur.

— « Prendre soin d'un intérieur. » On dirait le discours d'une tapette. Es-tu une tapette?

— Qu'est-ce que c'est, monsieur, une tapette?

— Un bidule pour tuer les mouches, répondit Odilon en réprimant un sourire.

— J'apprends, monsieur, vite et bien.

— Tu sors d'où?

— De l'orphelinat.

— T'as pas de père, alors?

— Non, monsieur.

— Ouais. Tu sais lire?

— Ah oui, monsieur. Et compter aussi.

— T'en as de la chance. Prouve-moi ça.

Une pleine caisse de vieux journaux était à côté du poêle, sur le plancher. Odilon les prenait chez l'épicier, sous prétexte de les utiliser pour allumer son feu. Le marchand lui gardait ceux de la veille, et Odilon les lisait donc gratuitement. Il en prit un, le jeta sur la table.

— Lis-moi ça, fit-il sur un ton vindicatif.

Julien obtempéra. Odilon l'observait. « Il dit sans doute la vérité, songea-t-il. Ouais... Ça me ferait de la compagnie. Et le petit pourrait accomplir une bonne partie du boulot. »

— O.K., je vais te croire. Mais tu ne t'attends pas à ce que je te paye des gages, j'espère.

— Non, monsieur.

— O.K., tu restes, tu m'aides, je te loge, je te nourris. Tu vois le grabat, là, près du poêle. Tu vas dormir là. Moi, j'ai la chambre à côté. Ne monte pas à l'étage, il est condamné. C'est plein de vermine, mentait-il.

— Il faut avoir un chat, dit Julien.

— Qui t'a dit pareille sornette, imbécile? répliqua vivement Odilon.

Le souvenir du gros matou jaune et de la cabane en feu lui revenait. Odilon se sentit soudain très irrité.

— Vous, vous êtes très grand. J'aimerais être grand et fort, moi aussi.

— Toi, tu as oublié de grandir ou tu as fait une vie de fainéant. T'inquiète pas, on va mettre de l'ordre dans tout ça.

Un poêlon graisseux traînait sur le poêle. Odilon l'avança, mit tout près le plat d'œufs frais.

— Regarde bien ce qu'il faut faire.

Il mit le pouce sur l'œuf, le creva et le vida. Puis il répéta l'opération avec les autres œufs. Ensuite il disposa les coquilles vides dans le plat.

— Il ne faut rien jeter, surtout, dit-il. Quand tu retourneras aux bâtiments, tu mettras les coquilles le long des murs. Les poules vont les becqueter. Ça aide leur digestion et elles donnent des œufs plus riches en albumine.

— C'est quoi, l'albumine?

— C'est ce qui fait grandir.

Sur le poêle grillait le pain, et la bouilloire commençait à chauffer. Lorsque l'eau fut bouillante, Odilon en versa dans la théière avec ce qui restait de la tisane de la veille. Sur une table de propreté douteuse, on fit un véritable petit festin: deux œufs et deux rôties pour le petit; quatre œufs et quatre rôties pour le géant.

Odilon observait l'enfant qui dévorait, mais il lui trouva de belles manières. Il avait sans doute dit la vérité. Par ailleurs, la peur manifestée par Julien au moment où il avait entendu prononcer le mot « police » était suspecte. Odilon l'aurait à l'œil.

— Je n'aime pas les flancs mous, les belettes, les fouineurs, l'avisa Odilon. Ne l'oublie jamais. Il y a du bois à fendre; c'est la provision pour l'hiver.

— Vous allez me montrer? demanda Julien, la bouche qui dégoulinait.

— Ouais.

Une montagne de bois de poêle attendait d'être fendue. Ce premier jour de travail en fut un, pour Julien, de bien lourd labeur et de gémissements sourds.

Lorsqu'il se jeta sur son grabat le soir, il se mit à éternuer. La paillasse qui était remplie de feuilles de maïs en était la cause. Julien y était allergique. Il était si exténué qu'il dormit malgré tout, mais, le lendemain matin, il se réveilla avec des yeux gonflés comme ceux d'un crapaud.

— Debout! lança Odilon. C'est l'heure d'aller chercher le déjeuner... Bon sang, qu'est-ce que t'as? Regarde-toi, t'as l'air d'une grenouille! C'est pas beau à voir, non, t'es pas beau à voir!

Odilon rit à gorge déployée. Julien, humilié, baissa les yeux. Il avait dormi sans son pantalon. Il l'enfila et partit, pieds nus, vers le poulailler. Prudemment, délicatement, il déposa les œufs dans le bol lorsqu'il revint. Odilon était en train de se raser.

— Tu m'appelles quand ce sera prêt pour manger.

Julien avait la trouille. Il avait beau tenter de briser l'œuf avec son pouce, rien n'y faisait. Son erreur venait du fait qu'il l'attaquait aux extrémités. Odilon sourit et, sans dire un mot, refit la démonstration. Julien réussit enfin. Sa figure s'illumina.

Ils mangèrent en silence. Puis, tout au long de l'avant-midi, on entendit le son sec des haches qui fendaient le bois et les grognements des deux hommes qui redoublaient d'efforts: han! han! han!

Odilon portait un couvre-chef, mais Julien, tête nue, essuyait sans cesse la sueur qui coulait sur son front et venait lui brûler les yeux.

On dîna aux galettes de sarrasin. Le nombre de cordes de bois s'additionnait peu à peu. Odilon, voyant la bonne volonté évidente de son nouvel engagé, pestait peu. Il se montrait même conciliant en l'aidant aux bûches les plus rebelles, surtout celles qui contenaient des nœuds.

— Saurais-tu tailler un manche de hache?

— Vous pouvez me montrer.

— Cet hiver, ce sera ton job. On va faire des manches de hache, des manches de marteau. Ça se vend bien. Je paye l'épicerie avec ça. Ça prend de la soupe pour que ces bras-là continuent de travailler.

À ce mot, le jeune homme pensa à celle que lui avait offerte la gentille dame, à ce magnifique hot-dog, à ce sourire derrière la fenêtre.

— T'as quel âge?

— Seize ans.

— T'es pas très costaud, mais tu vas te faire une couenne solide au travail. T'es pas bête, Julien. Sauf que j'aime pas ton nom.

— Le vôtre, votre nom, c'est quoi?

— Odilon, Odilon Dastous.

— Vous n'avez pas de femme?

Bien malgré lui, Julien venait de faire une erreur monumentale. Le visage soudain rouge comme une pivoine, Odilon assena un coup de poing sur la table et sortit en furie.

Julien, décontenancé, comprit qu'il valait mieux se taire. Il entreprit de laver la vaisselle, puis il nettoya la table. Ensuite il prit du papier, décrotta le poêle. Il espérait faire ainsi plaisir à son patron. Lorsqu'il eut terminé, il alla s'atteler à la tâche. Odilon, aigri, bûchait avec une telle rage que le bois volait en copeaux.

— Mets tout ça dans les caisses pour l'allumage. Transporte-les dans la grange.

— Pourquoi ne pas le rentrer directement dans la maison, au deuxième étage, si c'est vide? suggéra Julien.

— C'est vrai. C'est pas si bête.

Sans trop s'en rendre compte, Julien s'était mis une tâche supplémentaire sur le dos. C'est avec une certaine crainte qu'il souleva la trappe. Il se demandait s'il ne verrait pas surgir des monstres comme ceux des histoires d'horreur que les garçonnets inventaient à l'orphelinat. Mais il ne vit aucun monstre. Au lieu de cela, il y avait des meubles, un pot de chambre et le soleil qui pénétrait par les fenêtres. Julien prit le pot de chambre et le descendit.

— Je peux mettre ça sous mon lit? demanda-t-il. J'ai peur, le soir, quand j'ai une urgence, d'aller dehors.

— Tu as peur?

— Des fois, oui.

— D'accord, prends le pot, mais garde-le propre.

Julien ressentit une immense joie. Odilon ne manquerait pas de remarquer qu'il avait nettoyé la cuisine.

***

Vint le temps de vider le potager de ses derniers légumes. Ils devaient être déposés dans le caveau.

Julien aimait cette vie relativement libre, saine, passée au grand air. Seule l'humeur grinçante d'Odilon l'effrayait parfois. Il était toujours sur le qui-vive, sans cesse inquiet de le voir se fâcher pour des raisons qu'il n'arrivait pas à s'expliquer.

— Tu l'as bâtie, ta maison? demanda Julien.

Occasionnellement, dans les moments de paix, il tutoyait Odilon, ce qui semblait plaire au vieux grincheux.

— Non, j'ai acheté tout ça du père Éphrem qui est parti mourir à l'hospice. Il était trop vieux et ne pouvait plus faire le travail.

— Je vais rester avec toi.

Odilon leva les yeux, dévisagea le garçon.

— Car toi aussi, tu as beaucoup de travail! ajouta Julien.

— Et je suis vieux!

— Non, juste comme mon ami, là-bas. Et il garde la chapelle bien propre.

— La chapelle, c'est un curé?

— Non, un bedeau.

— Ton ami?

— Oui, j'étais servant de messe.

— Tu connais le latin?

— Ben, oui, les prières.

— Récite le *Notre Père.*

Julien se leva, baissa la tête, ferma les yeux et s'exécuta avec une précision irréprochable. Ému, Odilon avait maintenant la certitude que Julien Dimanche n'était ni un déserteur ni un voyou. Non, ce garçon ne lui avait pas menti.

***

L'hiver vint, froid et violent.

De façon à peine perceptible, les liens se tissaient progressivement entre Julien et Odilon. Julien eut droit à de nouveaux vêtements et à moins de reproches.

On fit boucherie, la viande fut gelée dehors. « Le bon Dieu est le grand fournisseur pour ceux qui ne dédaignent pas le travail », songeait Julien, qui était content de lui.

L'arrivée de l'orphelin avait subitement illuminé la vie de celui qu'on appelait « le vétéran qui a un sale caractère ». Moins seul, Odilon ruminait moins.

Un soir, Julien se signa en se mettant à table.

— Qu'est-ce que tu fais? demanda Odilon.

— Je remercie Dieu pour le pain qu'il me donne.

Odilon se donna une tape sur la cuisse et se tordit de rire.

— Tu me prends pour le bon Dieu?

— Non... non... mais...

— Ce sont des sornettes, tout ça.

— Vous ne croyez en personne? Vous ne croyez pas en moi?

— Pourquoi? Je ne crois ni à Dieu ni à diable, pourquoi croirais-je en toi?

— Vous n'avez jamais aimé une femme?

Odilon blasphéma.

— Oui, j'ai fait cette erreur, une fois, une seule fois. Mais pas pour longtemps!

Il était violet, ses veines se gonflaient, il était sur le point de piquer une autre colère.

— Moi, j'ai aimé! rugit Julien qui se leva subitement. J'ai aimé et j'aime encore une femme : sœur Rita. Elle a pris soin de moi, m'a aimé, m'a protégé. Elle a été ma mère, mon père, ma famille, mon courage. T'as pas eu une mère, toi? Tu as eu une mère, non? La mienne m'a abandonné, mais je lui pardonne. Si je ne pardonne pas, je deviendrai méchant. Toi, t'as eu une mère. Tu l'as connue. Et même si elle était méchante, tu ne peux la haïr.

Odilon ouvrit la porte, se précipita dehors. Julien courut derrière lui et continua à le sermonner. L'autre fila vers la grange. Un chat passa entre ses jambes en miaulant. Il lui assena un violent coup de pied, mais ses orteils allèrent se heurter à la base du mur. Il poussa un cri de douleur, et, soudain, toute l'amertume, toute l'aigreur et le dépit refoulés depuis tant d'années refirent surface. Odilon hurlait de colère et de désespoir! Aucune douceur, aucune tendresse, aucune bonté, rien ne semblait pouvoir se pointer dans son cœur désespérément desséché.

Lorsqu'il se calma un peu, il vit, dans l'embrasure de la porte, Julien qui le regardait. Il était resté à distance, le laissant seul alors qu'il déversait sa rage. Était-ce pour avoir subi si longtemps les foudres de ses éducateurs qu'il avait cette saine réaction?

Odilon baissa la tête sans dire un traître mot.

Lorsqu'il revint à la maison, il sentit la pièce de viande qui cuisait dans le fourneau. La table avait été mise, et Julien dormait. Il ne se réveilla pas. Odilon mangea seul.

***

Le lendemain matin, Odilon avait peine à marcher. Il avait meurtri son gros orteil, l'avait peut-être même cassé.

— Tu vas aller traire la vache, dit-il à Julien. Tu m'as vu souvent le faire. Sois doux. Comme elle ne te connaît pas, elle ne se gênerait pas pour mettre une patte dans le seau et la crème serait gâchée.

— On la servira au cochon, le petit lard sera plus doux! ricana Julien.

— Fais pas le drôle. Prends un couteau à dépecer. Lorsque tu auras terminé avec la vache, avant de rentrer, découpe l'écorce d'un saule et apporte-la-moi. Je vais en faire une tisane que je vais boire. Mon mal n'est pas endurable.

Julien ricana de plus belle. Odilon se fâcha, se leva et tenta de courir après le jeune homme, sur un pied, et de l'autre sur le talon en grimaçant de douleur. Julien s'éloigna en s'étouffant de rire.

— Mon petit vlimeux! Je finirai bien par t'att…

La fin de la phrase se perdit dans un autre éclat de rire de Julien.

Chapitre 12

Plus de trois années s'étaient écoulées, entre tempête et beau temps. Les deux hommes ne se rejoignaient que momentanément, pour se faire mal ensuite. Pourtant, ils s'aimaient bien!

Un jour, ce fut Julien qui tomba malade. Il avait une terrible grippe, qui semblait vouloir dégénérer en pneumonie. Il fut cloué au lit plusieurs jours.

Odilon s'improvisa infirmier. Et, se surprenant lui-même, il démontra une certaine tendresse. Il le regardait dormir, lui préparait ses repas, s'occupait seul de la besogne. Il dut se rendre à l'épicerie pour les courses habituelles. N'écoutant que son cœur, il se permit un luxe qu'il n'avait pas du tout l'habitude de se permettre. En effet, il acheta une tablette de chocolat et, à son retour, il la remit au malade.

— Qu'est-ce que c'est? demanda Julien, les yeux brûlants de fièvre. Un remède?

— Tu blagues?

Il développa la friandise, la mit sous ses yeux. Julien tourna la tête.

— Veux-tu essayer de me faire croire que tu n'as jamais mangé de chocolat? dit Odilon, tout à fait incrédule.

Sa voix s'était adoucie. Odilon en prenait lui-même conscience et s'en étonnait chaque fois. Il brisa un morceau de chocolat.

— Ouvre la bouche, goûte à ça, dit-il avec insistance.

—J'ai pas faim.

— Il faut que tu manges, tes poumons vont s'envenimer.

Odilon ne voulait pas croire que Julien ne savait pas ce qu'était du chocolat. Il était persuadé que, même très malade, ce petit chenapan se payait sa tête. Les quelques précieux cents qu'il avait dépensés pour l'obliger à manger étaient maintenant oubliés.

Le front plissé, Odilon regarda le jeune homme aux yeux boursouflés, aux joues rouges de fièvre.

—J'ai soif! dit Julien.

Odilon lui tendit un verre d'eau que Julien vida d'une traite. Il se détourna à nouveau. Odilon étendit la couverture usée sur Julien, se pencha pour mieux l'observer. Il se rendit compte qu'il aurait aimé passer sa main dans son épaisse chevelure. Une bouffée de tendresse l'envahit.

Au début de cette mauvaise grippe, Odilon l'avait simplement soigné pour qu'il reprenne vite le travail. Mais en cet instant, il découvrait d'autres sentiments jusque-là ignorés parce qu'il les avait trop longtemps réprimés.

Prenant place dans son fauteuil berçant qu'il avait retourné vers le grabat, Odilon fixait le jeune homme qui respirait avec peine.

« Le pauvre enfant..., pensait Odilon. Est-ce possible? Il essaie de me faire croire qu'il n'a jamais mangé de chocolat? »

Morceau par morceau, il lui mettait la friandise dans la bouche, l'obligeait à avaler. Il le veilla une partie de la nuit, épongeant son front que la sueur inondait. Ses cheveux frisaient de plus en plus, ses bouclettes lui faisaient une auréole brune. Il y glissa les doigts, et Julien ouvrit les yeux.

— Pauvre petit, murmura Odilon.

Il éprouva subitement une émotion très forte. Il se souvenait de cette phrase entendue des années plus tôt: « Il ne crie pas, il pleure... » Le rapprochement, sans doute provoqué par les cheveux bruns de sa femme Madeleine et ceux de Julien, venait de faire germer dans son esprit l'idée que cet enfant eût pu être son fils. Il avait cette même chevelure foncée, cette même ondulation, il avait le même teint de pêche. « Non... Je me mets à rêver... Il est trop jeune. Beaucoup trop jeune. C'est une folie de se mettre de telles choses dans la tête, songea Odilon. Et s'il était mon fils, comment saurait-il s'adapter à ce que je suis devenu? J'agis en brute avec lui et il reste respectueux, tout au moins poli. Je ne prendrais pas la moitié de ce que je lui fais endurer! Il y a des fois où je suis un véritable tortionnaire. C'est un bon garçon. Je suis seul au monde, j'ai une fortune, personne à gâter. Tous ceux que j'ai aimés sont décédés, à commencer par Gérard, le seul ami que j'ai jamais eu. Cet enfant ne demande rien, il est travaillant, il ferait fructifier la production de cette ferme et, qui sait, peut-être se souviendrait-il de moi comme d'un père? Julien Dastous… »

Odilon avait lutté contre le sommeil, mais bientôt il s'endormit.

Julien se réveilla pendant la nuit, la lampe brûlait toujours. Il vit Odilon qui sommeillait dans le fauteuil berçant.

Il avait un besoin urgent d'uriner, se leva, prit le pot, se dirigea vers la cuisine. Le jet puissant de l'urine vint s'écraser contre le vase de pierre, ce qui réveilla Odilon.

— T'es debout, mon garçon? s'étonna-t-il.

La voix était douce.

— Ne marche pas pieds nus, tu as fait beaucoup de fièvre.

Il couvrit les épaules de Julien avec une couverture et toucha son front.

— Tu vois, le chocolat t'a remonté. Remets-toi au lit. Je vais te donner quelque chose de chaud à boire. As-tu froid?

Julien semblait ne pas l'entendre.

— Où vas-tu avec ça? dit Odilon en voyant Julien se pointer avec le pot de chambre. Non, laisse, je vais m'en occuper. Rentre sous ta couverture.

Julien se glissa dans son lit, dit bonsoir et retourna à ses rêves. Odilon nettoya le vase et le plaça près du lit du garçon.

Le lendemain, il alla chercher les œufs, prépara le déjeuner, obligea l'enfant à bien manger.

— Tu retournes au lit. Pas question que tu mettes le nez dehors. Une rechute, c'est pire que le mal même.

À deux reprises Julien éternua.

— Tu vois? Tu vois ce que je veux dire?

— C'est le blé d'Inde qui me fait ça.

— Depuis quand?

— Chaque fois que je me couche.

— Tu n'aurais pas pu me le dire? Je vais changer ça pour de la paille. On verra si c'est mieux.

— Monsieur Odilon...
— Oui?
— Merci, monsieur Odilon.
Le vieux grincheux restait là, éberlué.
« Tout de même, cet enfant, il est parfois étonnant! »

***

Pendant plusieurs jours, Odilon resta silencieux. Il réfléchissait profondément, cherchait un moyen de concilier les choses qui lui traversaient l'esprit. Julien se taisait, le laissait méditer. Parfois il voyait les traits de son visage se crisper comme sous l'effet d'une douleur cuisante.

Un de ces bons matins, Julien se rendit à l'épicerie. Au retour il déposa les achats sur la table.

— Il faut que je vous lise une nouvelle incroyable. C'est dans le journal.

Julien entreprit sa lecture. Odilon n'entendait rien. Il était distrait, absorbé par un plan qui s'élaborait lentement dans son esprit.

— Qu'est-ce que vous en pensez? demanda Julien une fois sa lecture terminée.

— Hein? Hum... Excuse-moi, j'avais l'esprit ailleurs. Je voudrais que tu me rendes un service. Puisque tu sais écrire, tu vas rédiger une lettre pour mon frère.

— Je ne savais pas que vous aviez un frère.

— Je me sens vieux, la besogne me pèse, j'ai moins de force.

— Vous, vieux? Vous, moins de force? Vous voulez rire! Jamais de la vie! Je vous ai vu, hier, vous avez tendu la clôture aussi facilement que si c'était de la guenille.

— Serais-tu en train d'essayer de me dire que tu refuses, que tu ne veux pas écrire ma lettre?

— Non, non. Parlez, je vais faire un brouillon et je la copierai ensuite au propre. Ça va?

— Laisse-moi bien y penser. Ça fait vingt ans que je ne lui ai pas donné signe de vie.

— Ça alors! Moi, si j'avais un frère, je ne le quitterais pas d'une semelle. Vous avez eu des gros mots, une brouille qui a dégénéré?

— Ouais, si on peut dire. Pour le moment, lis-moi le journal.

Julien se mit à rire au milieu de sa nouvelle lecture. Il venait de mettre les yeux sur la blague quotidienne.

— Vous voulez entendre ça? dit-il, les larmes aux yeux.

Odilon, encore perdu dans ses pensées, sursauta.

— Quoi? Répète-moi ça?

— Il est écrit qu'une femme a téléphoné au médecin, car son bébé faisait une forte fièvre. Il avait sali sa couche dix fois. Une diarrhée carabinée. Le docteur lui demande ce qu'elle a fait avant de l'appeler. La femme répond qu'elle a changé la couche du bébé.

Odilon ne réagit pas. Encore une fois, ses pensées s'étaient égarées et il n'avait absolument rien entendu des propos de Julien. Tout à coup, il lui posa une drôle de question, une question pour le moins saugrenue:

— Dis, mon bonhomme. Si tu étais riche, que ferais-tu de ton argent?

— Moi, riche?

— Ouais, si ça t'arrivait, un jour?

Julien planta ses coudes sur la table, prit sa tête dans ses deux mains et plongea dans une méditation profonde. Odilon l'observait, sentait que le garçon, pris au dépourvu, ne savait que répondre. Soudain une lueur parut dans ses yeux. Il se mordilla les lèvres. Il semblait mettre de l'ordre dans ses pensées.

— Et puis?

— Euh... Si j'avais des sous, je libérerais un ami, un homme bon qui a été généreux avec moi, m'a aidé énormément. Je le prendrais avec moi... Je le protégerais, je ferais tout pour le rendre heureux. Mais ça, c'est un beau rêve, je peux à peine gagner ma pitance. Je ne sais rien, je ne connais rien. Inutile de rêver, c'est inutile!

Il fit un grand soupir.

— Bon, reprit-il. Je vais aller dormir, j'ai sommeil.

— Tu as sommeil? À ton âge? Que vas-tu faire quand tu auras atteint le mien? Je vais te le dire, moi, pourquoi tu veux aller te coucher. C'est le souvenir de cet homme qui te dérange. Parce que c'est moi qui te loge et te nourris, tu ne peux pas me sentir. Tu es un sans-cœur, un vulgaire marmot qui n'a pas de plomb dans la tête! Vas-y, couche-toi, disparais de ma face! En plus, je te préviens, n'épluche plus les patates comme tu le fais, c'est du gaspillage. Épluche plus mince. T'as donc rien appris à part lire et écrire dans ta satanée école? Non, mais si c'est pas décourageant!

Ce n'était pas pour rien, songea Julien, que, dans le village, on parlait souvent d'Odilon comme du vétéran qui avait un sale caractère. C'est le fils de l'épicier, qui avait pris la relève de son père décédé, qui avait commencé à l'appeler ainsi quelques années auparavant. Le surnom lui convenait à merveille.

Avant de se mettre au lit, sans dire un mot, Julien rinça la vaisselle du souper à l'eau claire. Il vida ensuite cette eau dans le seau où on récupérait les restes de cuisine et que l'on versait dans l'auge des porcs.

Le lendemain, alors qu'il s'était juré de se montrer encore plus indulgent avec Odilon, Julien chercha à lui faire plaisir, une fois de plus. Il gardait toujours le secret espoir de l'amadouer.

Ils étaient dans la grange. Il fallait descendre du foin du fenil. Julien prit la fourche et la lança sur le palier. Il allait grimper dans l'échelle, quand Odilon le saisit par un bras.

— Non, mais tu es fou, ou quoi? s'écria-t-il. C'est pas une manière de garrocher la fourche en l'air comme ça! Un de ces bons matins, elle te glissera des mains et une de ses dents pointues t'entrera dans un œil. Tu te vois avec un œil crevé?

— Je vous ai vu faire ça un jour.

— Oui, tu m'as vu, mais tu n'as pas ma taille ni ma force. Tu n'es qu'un maigrichon, un freluquet. Vas-y, relève les jambes de ton pantalon!

— Quoi? Que je relève quoi?

— T'as compris ce que je veux. Allez, grouille-toi!

Penaud, Julien montra ses jambes.

— Bon, astheure, regarde les miennes.

Le grincheux se pencha, montra ses vieilles pattes bleuies. Les veines étaient gonflées, la peau, amincie par le mal.

— Tu vois ça? C'est l'usure, l'âge, la maladie, la misère, le travail. Toi, tu n'as pas ça. Alors grimpe l'échelle, espèce de parasite, monte-la, la fourche. T'es mou comme une andouille! Quand tu auras fait le tour de mon jardin, on se reparlera...

Odilon s'éloigna en maugréant. Julien restait là, tremblotant. Il secouait la tête en tous sens, tendu. « Pourquoi me traite-t-il toujours ainsi? se demandait-il avec tristesse. Pourquoi? »

Il se souvenait des discours du sacristain, de ses conseils: se montrer stoïque, ne jamais laisser ses craintes transpirer, ne pas regimber, si on ne voulait pas aller moisir dans un endroit encore pire, afin de ne pas être jeté dans une cage à monstres.

Julien avait une peur noire.

« Si le vieux allait me rapporter et tout raconter? pensa-t-il. Mes étourderies, ma lâcheté? Il peut inventer n'importe quoi. Il a caché mes papiers par peur que je les perde. C'est ce qu'il dit. Allons donc... Je ne pourrai jamais partir d'ici, je suis à sa merci. »

Le repas frugal du collège lui semblait tout à coup délicieux. Ici, la plupart du temps, il devait manger pommes de terre et sang de mouton bouillis. Rien que d'y penser, il en avait la nausée.

— Ça donne des forces dans les jambes et les bras, affirmait Odilon.

Julien bûchait le bois, manipulait assez bien la hache, pouvait essoucher, ébrancher, faire un bon feu dans le poêle. Mais il ne faisait jamais rien assez bien et assez vite au goût de son maître.

C'est aux bêtes qu'il confiait ses misères; au vieux cheval qui, lui aussi, ployait sur ses jambes crochues; à la vache, à qui il pardonnait les bouses qu'il ramassait à la pelle et allait déposer sur le tas de fumier qu'on étendait ensuite sur le sol pour l'enrichir et lui permettre de produire de bons légumes. La vache le regardait quand il lui confiait ses peines. Elle ruminait, relevait les babines. Julien croyait la voir sourire. Les poules, il les aimait bien aussi. « Leur crottin est sympathique et pue moins. » Julien rageait de savoir qu'Odilon comptait scrupuleusement les œufs. Un jour, il s'était permis d'en manger un sans sa permission.

— Il manque un œuf dans le plat, avait tout de suite remarqué Odilon.

— Je l'ai cassé par accident.

— Où as-tu mis les coquilles? Va les chercher, grand fou. Tu sais que c'est de la nourriture pour les volailles!

Julien savait qu'Odilon cherchait à le tromper. Il affirmait ne pas savoir lire ni compter, mais Julien en doutait. Ce qu'il ne comprenait pas, c'était la raison qui poussait Odilon à agir de la sorte.

— Prends la gazette, petit, disait souvent Odilon. Lis-moi ce qui se passe dans le monde.

Julien lisait docilement tout en continuant de chercher les motifs d'Odilon qui s'enfonçait dans son fauteuil berçant, fermait les yeux en écoutant attentivement.

Un jour, alors qu'il ramassait les œufs, Julien vit qu'une poule s'était mise à couver. Comme il ne savait pas pourquoi la volaille agissait ainsi et croyant qu'ils seraient privés d'un œuf, il en avisa alors Odilon.

— Elle couve, expliqua Odilon. Un poussin va sortir de l'œuf, et le poussin va devenir une poule. On mangera bien une de ces volailles un de ces quatre matins. Ça, mon gars, je sais le faire. J'ai la façon de l'apprêter et de le faire cuire. Un vrai festin, tu verras.

Depuis que la paille avait remplacé les pelures d'épis de maïs, Julien se réveillait plus fatigué qu'il ne l'était au moment du coucher. Il ne savait pas qu'il fallait remuer régulièrement la paille, afin de lui rendre sa souplesse.

— Brasse ta paillasse, paresseux, lui indiqua Odilon. Autrement tu vas avoir les côtes rongées par les planches et tu te réveilleras avec l'impression de t'être fait passer dessus par un troupeau de vaches. Tu es déjà si fluet, avec ta lenteur, ton attitude de chien battu. On dirait que je te martyrise. Ah! et arrête d'éternuer! Tu m'agaces.

Julien leva les yeux vers le vieil homme, le cœur chagriné. Pour l'instant, son attention s'était arrêtée sur la bouillie gluante et épaisse qui emplissait l'assiette creuse placée là, devant lui.

Julien ne savait plus quoi penser, comment réagir. Il ne comprenait rien à l'attitude de cet homme imprévisible qui oscillait entre une humeur massacrante et des attentions délicates. Il ne connaissait rien de la vie quand il s'était amené à la ferme d'Odilon. Il n'avait pas l'expérience nécessaire pour comprendre les gens qui l'entouraient; il ne faisait que subir. Il se désolait de ne rien comprendre. Il ne se rendait pas compte, encore, qu'Odilon souffrait atrocement, qu'un mal, aussi cruel que caché, le minait un peu plus chaque jour; un mal qui lui faisait traverser, une après l'autre, des nuits blanches interminables. Odilon, qui ne voulait jamais voir un médecin, qui se disait invincible, se consumait petit à petit. Sans ami, sans connaissance dans les environs, isolés, ancrés dans leurs habitudes, l'un souffrait de déceptions, l'autre s'étiolait. Ensemble, à deux, ils devenaient de plus en plus amers.

Puis, comme c'était le cas ce jour-là, Odilon arborait une belle humeur. Parfois il semblait voir en Julien le fils qu'il aurait désiré avoir et s'inquiétait pour son avenir. « S'il doit devenir un habitant, pensait-il, il en sera un bon, je vais l'initier. J'ai assez souffert de tout ignorer jusqu'à ce que je finisse par apprendre, seul. »

Le lendemain on finirait la clôture.

— Tiens bien le piquet pendant que je l'enfonce, petit. Ne le lâche surtout pas.

La masse, relevée d'un seul élan jusqu'au-dessus de la tête du colosse, fut rabaissée en un seul coup. Le pieu pénétra dans le sol comme s'il n'avait pas eu d'autre choix.

Julien avait sursauté. Si le maillet ratait la cible et lui défonçait le crâne? Il prit peur. Au deuxième piquet, voyant venir la masse, il eut un léger mouvement de recul et le piquet pénétra de biais dans le sol. Il fallut l'extirper, ce qui ne fut pas une mince affaire. C'en fut fait de la bonne humeur d'Odilon. Mais Julien ne l'entendait pas tant il avait eu peur!

— Maudite guenille! Il a la trouille! Si c'est pas triste à voir, une jeunesse aussi minable!

Quatre piquets plus tard, le terrain accusait une pente et Julien dut se retenir à l'aide d'un pied. Mais il perdit l'équilibre et, la peur aidant, il déguerpit. Pendant ce temps, la masse s'était solidement ancrée dans le sol.

Odilon continua de déblatérer:

— Espèce de femmelette! T'as pas plus de jarnigoine qu'un lièvre!

Julien, tendu à l'extrême, n'en pouvait plus. Il se boucha les oreilles, regarda l'homme, partit en trombe. Il courut, courut, jusqu'à épuisement, et se laissa tomber sur le sol. Les larmes qui voilaient ses yeux coulaient sur ses joues sans qu'il songe à les essuyer. Puis il fut pris de tremblements.

Plaçant ses bras en cerceau, il cacha son visage. Ses épaules tressautaient. Sa peine était profonde et son désarroi encore davantage. Ses pensées étaient amères. Seul, sans foyer, sans présent et sans avenir, inexpérimenté des choses de ce monde, la liberté lui semblait cruelle. Il songea à ce qu'avait été sa vie, là-bas, avant cette rencontre avec Odilon. Ce vieil imbécile, ce tyran! Pourquoi vivre? songeait Julien.

— Maman! hurla-t-il. Pourquoi m'avoir abandonné?

Il hoquetait de désespoir. Il frissonna. Son gilet était resté là-bas, près de l'endroit où travaillait Odilon. Il aurait aimé s'assoupir, s'évader dans le sommeil, oublier sa peine. Mais même la nature se mettait de la partie pour aggraver la situation et le faire souffrir. Et Julien ne pouvait rien faire d'autre que grelotter. Il se décida à prendre le chemin du retour, même s'il savait qu'il devrait subir de nouveau les cruautés et les humiliations d'un homme qui abusait de sa supériorité. Rendu à la maison, il attendit. Rien ne bougeait. Peut-être que le vieux était resté aux champs. Voyant qu'Odilon n'était pas dans les environs, Julien se rendit à la maison, se faufila dans l'espoir de ne pas être vu. Il se disait que s'il pouvait entrer, prendre un peu de pain, de quoi se vêtir, il filerait, tenterait de trouver du travail ailleurs. Il allait d'une fenêtre à l'autre, risquait un œil à l'intérieur. Tout à coup Julien vit Odilon, agenouillé sur le plancher de sa chambre, qui remuait des planches.

«Qu'est-ce qu'il manigance?» se demanda Julien. Il contourna la maison. Il hésitait, n'osait pas entrer, il pourrait deviner ses intentions. Non, il attendrait! Mais, mauvais coup du sort, à ce moment même, la porte s'ouvrit; Odilon parut. Ils étaient là, face à face: l'un se donnait son air dur de tous les jours; l'autre avait les traits tristes et les yeux rougis. Odilon se ressaisit:

— T'as oublié ton gilet. Il est là sur la chaise. C'est frisquet, dehors! J'ai mis les patates au feu. Demain, on fait boucherie. Il faut que tu sois en forme. Ça te tenterait de faire une partie de dames?

Julien se taisait.

— Si tu veux, fais un somme, reprit Odilon. On mangera ensemble quand tu te seras bien reposé.

«Décidément, songeait encore Julien, il est cinglé. Sois en forme, demain on fait boucherie. Fais un somme… Une gifle suivie d'une attention! Il n'a pas de cœur, ne sait pas aimer, il est égoïste, voire égocentrique, il a une tête de mule. C'est le diable en personne.»

Julien sentait qu'il était observé. Il tourna la berçante de façon à ce qu'Odilon ne voie pas son visage. Parfois Julien avait la nette impression que l'autre lisait dans ses pensées.

« C'est décidé, se promit-il. Je m'en vais. Je ne vais pas crever ici. Demain je l'aide, je me montre docile, de belle humeur, mais en même temps je me préparerai pour mon départ. Je me donne une semaine pour fuir vers d'autres cieux! Je retournerai sur mes pas, je chercherai du travail, n'importe quoi. Maintenant j'ai appris; je n'ai pas à avoir peur! »

— Hé! Je te parle, dit Odilon.

— Excusez-moi.

— Demain, tôt le matin, il faut se préparer. Sors la chaudière, le couteau à boucherie. Il va falloir de l'eau aussi, beaucoup d'eau. Pendant que je ferai la traite des vaches, tu rempliras le tonneau.

Mais déjà Julien s'évadait en pensée. Il pensait à la route qu'il prendrait, à la nourriture qu'il emporterait. Il cacherait son sac à dos dans la grange, et ainsi il pourrait filer lorsque l'heure propice serait arrivée.

***

Comme prévu, le lendemain matin, Odilon s'affaira activement pour préparer la mise à mort de l'animal. Il vérifiait le palan, la poulie, le cordage et s'approcha du cochon.

— Ferme la porte, petit!

Comme si le cochon avait tout deviné de ce qui l'attendait, il glissa à plusieurs reprises entre les mains d'Odilon qui pestait. Mais enfin il fut là, enfilé dans le nœud coulant, hissé là-haut, grognant à percer les tympans de leurs oreilles. Les grincements aigus atteignirent leur paroxysme quand Odilon piqua un couteau dans la gorge de la bête.

— Passe-moi la chaudière! cria-t-il au travers des hurlements du porc. Grouille!

Julien s'exécuta. Ses jambes flageolaient tant il était impressionné. Il voyait le sang de la bête qui giclait, alors que le sien, son propre sang, se figeait dans ses veines. Jamais il n'aurait pu imaginer une chose aussi épouvantable, atroce. Devant la mine horrifiée que faisait Julien, Odilon riait aux éclats. Il laissait percevoir ses vieilles dents gâtées, noircies. Il semblait jouir du spectacle de la pauvre bête qui, saignée vivante, fendait l'air de ses hurlements. Odilon, qui tenait le seau, se faisait éclabousser.

Julien se tenait la tête à pleines mains, afin de ne pas entendre les gémissements de l'animal. Quand Odilon eut fini de récupérer le sang, il abattit la massue sur la tête du porc, ce qui mit fin à ses souffrances et au vacarme insoutenable.

Julien chancela, s'appuya contre le mur. Il avait peur de s'évanouir. Jamais il n'avait pu imaginer pareille cruauté.

Ce soir-là, Odilon prépara le boudin. Après avoir nettoyé les boyaux de l'animal, il les remplit de son sang et de son suif. Au souper il servit toute une ration qu'il avait fait cuire au poêlon, garnie d'oignons frits.

Julien, à peine remis de ses émotions de la journée, se mit à table. C'est lui qui avait fait cuire les pommes de terre et avait soigné les animaux. Subitement, en voyant ce que contenait son assiette, Julien se souvint de ce qu'on lui servait au collège et qu'il avait en horreur: du sang cuit. Il se leva, porta la main à sa bouche, sortit et se mit à vomir. Odilon riait de plus belle tout en versant le contenu de l'assiette de Julien dans la sienne.

— Maudite guenille. Il y a tant de monde sur cette terre qui crève de faim et monsieur Julien Dimanche, lui, a le dédain de ce qu'on lui offre. C'est pourtant très frais. Ça ne peut pas l'être plus, puisque le cochon vivait encore ce matin...

Odilon riait de son humour noir.

Julien rentra dans la cuisine, ferma la porte. Tout à coup, il vit Odilon, livide, grimaçant de douleur, qui essayait de se lever, mais n'y parvenait pas.

— Ça ne va pas?

— Qu'est-ce que ça peut bien te faire, à toi? Tu te fiches bien de moi. Oh! Bon Dieu!

— Peut-être que d'avoir trop bouffé de sang de cochon n'est pas ce qu'il y a de mieux pour la santé!

— Ça n'a rien à voir avec l'estomac. Ce sont mes jambes qui me font endurer le martyre. La journée a été longue et pénible. Demain, si tu veux, je vais te donner de l'argent et tu pourrais aller m'acheter quinze livres de gros sel pour saler mon lard pour l'hiver. Moi, je pense ne pas pouvoir marcher jusqu'à l'épicerie!

— D'accord, je vais faire ça.

— Donne-moi une serviette mouillée et un verre d'eau.

Julien obéit, mais sa pensée était ailleurs. Odilon s'épongea le front, but l'eau et demanda encore :

— Viens m'aider à me rendre à mon lit.

— Demain, ça ira mieux. C'est trop de fatigue pour une journée. Je vais nettoyer la cuisine.

Julien débarrassa la table, lava les couverts, laissa les pommes de terre dans le plat sur le poêle, et se mit à ruminer sérieusement son projet de fuir. « Le temps est venu », pensa-t-il.

Il prit place dans le fauteuil berçant, heureux d'être seul, de ne pas avoir à recevoir d'ordres ni à subir les doléances d'Odilon.

Il placerait ce qu'il voulait apporter dans son sac à dos. Les yeux fermés, il réfléchissait. Soudainement il cessa de se bercer. Il se souvenait de ce que lui avait autrefois conseillé le bedeau : forcer les troncs d'église si jamais le besoin d'argent se faisait sentir. « Non, je ne pourrais pas! » L'idée de posséder un couteau lui paraissait cependant raisonnable. Et il chausserait ses meilleurs souliers, car le trajet risquait d'être long.

Il crut entendre gémir Odilon. Il tendit l'oreille. Odilon pouvait jouer la comédie tant qu'il voulait, cette fois les décisions de Julien étaient prises. « On dirait qu'il lit dans mes pensées, se disait-il, tout de même préoccupé. C'est un diable incarné, cet homme. Ou alors le diable est son ami intime. » Il sourit à cette pensée saugrenue. Déjà, ici, ce soir, dans ce fauteuil berçant, Julien se sentait libéré, presque heureux.

Le lendemain, il fit la traite des vaches, soigna les autres bêtes. Odilon dormit très tard. Quand il se leva, Julien l'avisa qu'il n'avait pas à se rendre à la grange. Il s'était occupé des animaux, avait ramassé les œufs, et il irait maintenant acheter le sel.

— Dis donc, toi, marmonna Odilon, suspicieux. On dirait que tu as des ailes. Préparerais-tu un mauvais coup, par hasard?

Il mit la main dans la poche de son pantalon, en sortit un billet de cinq dollars et le remit à Julien.

— Prends garde de ne pas crever les sacs, dit Odilon.

À l'épicerie, Julien paya le sel, bavarda avec le commis.

— Vous avez fait boucherie? demanda le commerçant.

— Vous le savez à cause du gros sel?

— Oui, c'est le seul moyen de préserver le lard, sinon il aura une saveur et une odeur âcres. Il sera « ranci », comme dit ma mère. C'est si bon, des fèves faites au lard salé.

Julien paya, prit la petite monnaie sauf une pièce de dix cents qu'il roula dans les dollars afin de donner une apparence vraisemblable à la transaction. Puis, d'un bon pas, il rentra à la maison.

Sur la table il déposa la monnaie, ouvrit les sacs, alla vers la chambre. Odilon tournait le dos à la porte. Julien resta là à l'observer. Il vit que sa respiration était normale. Un bref regret l'oppressa un instant, mais il attrapa son sac, sortit et s'éloigna précipitamment, non sans avoir pris une boîte de sardines dans la réserve et un couteau.

Il faisait maintenant à l'inverse le chemin qui l'avait amené jusqu'à la ferme. Il reconnut le restaurant qui l'avait si bien accueilli à l'aller. Il fila droit et prit la direction franc sud.

Le premier soir, il s'arrêta de marcher tôt, mangea de bon appétit, fredonna, et passa sa première nuit au milieu d'un grand champ.

Il n'avait aucune idée de l'endroit où il se trouvait, mais il n'avait qu'à suivre la route pour s'assurer qu'il ne tournerait pas en rond. D'ailleurs, au fond, que lui importait-il de savoir où il se trouvait?

Il haussa les épaules. Il irait au hasard, là où le destin le poussait.

Un panneau sur la route indiquait Laval. « Pourquoi m'arrêterais-je aux détails? Je dois penser à me trouver du travail. J'ai tout de même appris beaucoup auprès du géant. Le pauvre… Il doit bien se demander où je suis passé! »

Il entra dans un café en bordure de la route et demanda une eau gazeuse.

— Prends-la dans la machine.

— Où ça?

Le garçon hocha la tête avec dérision et s'approcha.

— Donne-moi ta monnaie, dit-il.

Julien ouvrit la main. L'autre prit la pièce, la glissa dans l'ouverture; un bruit sourd se fit entendre, et le cola apparut comme par magie.

— Voilà, monsieur, dit le garçon avec arrogance.

Julien plissa les yeux. Une idée étrange venait de lui traverser l'esprit. Non, il ne défoncerait jamais les troncs d'église, même si ce devait être son dernier recours. Mais ça, ces machines à sous, ça ne lui causerait pas un très lourd problème de conscience.

— Dites-moi, demanda Julien, auriez-vous besoin d'un aide?

— Tu as de l'expérience?

— Non.

— Alors tu repasseras, dit le garçon avec indifférence.

Julien s'éloigna, plus conscient que jamais que ce serait loin d'être facile. «Je devrai me contenter de travailler sur une ferme. C'est la seule expérience que j'ai, à part celle de servir la messe.» Cette pensée le fit sourire.

Ce qu'il ignorait, c'est qu'il se dirigeait directement vers une destinée beaucoup plus effroyable que tout ce qu'il avait vécu ou subi jusqu'à ce jour.

Julien Dimanche, cet enfant sans passé, sans présent, dont l'avenir s'annonçait sombre, ce garçon d'une nature spontanée et droite, ce garçon sans rancune, sans méchanceté, avait pourtant des convictions fermes, et il venait de faire des choix. Devant son Dieu, il s'inclinait. Sa plus grande dévotion, il la manifestait dans les brefs instants de l'élévation, où se fait la consécration du pain et du vin qui deviennent alors le corps et le sang du Christ. En son âme, d'autres pensées pieuses brûlaient comme la lampe du sanctuaire dont la flamme parle de présence divine. Il pensa à sœur Rita, qui lui avait manifesté tant d'amour, à son ami Serge, le bedeau, qui l'avait protégé, et à ce grand Seigneur, prince de l'Église, qui avait permis sa libération. Il eut même une bonne pensée pour celui qu'il avait décidé de fuir, pour cet Odilon, parfois cruel, mais qui savait parfois être si doux, si paternel.

Il venait de dresser le bilan de sa vie!

Chapitre 13

Denise et Alexandre étaient au supermarché, en train de faire des emplettes. Monsieur poussait le chariot; madame pigeait ici et là tout en consultant leur liste d'épicerie. Elle le faisait avec un zèle inusuel.

— Tu as faim?

— Quelle question! Nous sortons à peine de table.

— Alors nous aurons des visiteurs!

— Non, pourquoi?

— Tu as entendu une rumeur qui veut que les épiciers feront bientôt la grève?

— Qu'est-ce qui te trouble, j'achète trop? Nous sommes six à aimer bouffer!

Tout en répondant machinalement aux questions de son mari, Denise accumulait les victuailles, dont quatre bocaux de marinades sures qu'elle tenait encore à la main.

— Et ça? Tu es la seule à manger ces cornichons amers et voilà que tu les achètes à la tonne. Ça alors!

Alexandre s'arrêta pile, en plein milieu de l'allée, se pencha vers sa femme, la regarda droit dans les yeux:

— Dis-moi, Denise, est-ce que par hasard, tu… Te souviens-tu de ta dernière crise de marinades? Dis, femme?

— Ah! non, Alex, tu crois que…

— Oui, je crois que si. Cette fois, je t'en supplie, Denise, fais un petit effort, donne-moi un garçon, beau comme le sont nos filles.

C'est à peine si elle entendit la prière qu'avait faite son mari, occupée qu'elle était à calculer mentalement, à essayer de se souvenir quand, la dernière fois, elle avait été menstruée.

— Moi qui serais si heureux d'avoir un fils qui m'accompagnerait un jour à la chasse! Merci, chérie, merci de faire de moi un papa une fois encore.

Alexandre se pencha vers sa femme, lui caressa le menton, l'embrassa sur le front et répéta: « Merci, chérie. »

— Bon, elles sont finies vos tendres effusions? Alors si vous permettez, j'aimerais pouvoir continuer à faire mes emplettes. Je vous en prie, laissez-moi passer et, à vous, madame, toutes mes félicitations! dit une vieille dame qui avait assisté aux épanchements du couple.

La dame âgée s'éloigna en trottinant, les yeux rieurs.

Denise remit les pots de marinade sur la tablette et dit tout haut afin d'être entendue par son mari:

— Toutes ces filles et pas de garçon. Peut-être qu'Alex a raison, que les garçons n'aiment pas le vinaigre... Je vais mettre toutes les chances de mon côté.

— Tu es gentille, chérie. Un garçon, ce serait là le couronnement de notre amour!

Ce soir-là, dans l'intimité de leur chambre à coucher, ils revinrent sur le sujet.

— Tu sais, chérie, ce bébé sera probablement notre dernier enfant. C'est une belle grande famille que la nôtre. Je le voulais ainsi, je me sentais bien seul quand j'étais petit, sans frère ni sœur.

— C'est Doudou qui sera heureuse.

— Tu crois?

— Et pourquoi pas?

— Souviens-toi des réactions de ses sœurs... Chacune d'elles dut surmonter la jalousie que lui inspirait l'arrivée de la dernière-née. Orise souffrit le plus. Elle admettait mal de partager tes attentions avec le nouveau bébé.

— Sans doute que nous l'avions trop gâtée. Elle fut enfant unique très, même trop longtemps, plus que ses sœurs puînées.

Denise s'endormit, roulée en boule dans les bras de son mari. Alexandre la regarda dormir. Qu'elle était belle, auréolée de ses cheveux épars, de ses longs cils qui traçaient une frange d'ombre sur ses paupières! Son sourire languissait encore sur son visage. Qu'il aimait cette femme, sa femme!

Il ramena la couverture sur ses épaules avec délicatesse et tendresse, pensant qu'en elle fleurissait une vie nouvelle.

Son ego de mâle était flatté. Mais en mâle aussi il réagissait. Il comprit qu'il aurait bientôt à affronter de nouvelles obligations.

Deux filles par chambre et le petit à venir. Dans ce logement on serait trop à l'étroit, indiscutablement! Il pensait à ses avoirs, qu'il avait accumulés à force d'économie. Il faudrait maintenant acheter une maison, s'installer à demeure. Il pensait aussi au confort des siens. Il irait fureter les fins de semaine dans différents endroits, ainsi qu'au retour de son travail, repérant les bonnes écoles, et il donnerait une attention toute particulière à l'environnement.

Pas un instant il ne s'inquiéta du bouleversement que l'arrivée de cet enfant occasionnerait. Alexandre, amoureux et père attentionné, confiant dans la vie, avait du cœur au ventre. Il était heureux, vaillant et bon. Bientôt il glissa dans les bras de Morphée où, par anticipation, il se voyait ensemencer de fleurs le pourtour d'une coquette maison.

***

Depuis belle lurette le couple d'amoureux économisait dans le but de posséder un home bien à eux. Avant d'arrêter un choix, ils s'étaient intéressés aux écoles environnantes, car, à l'avenir, c'étaient elles que leurs filles devraient fréquenter. Ils recherchaient aussi la tranquillité, un bon voisinage et un endroit à proximité du travail d'Alex.

Dès qu'il revenait du travail et durant les fins de semaine qui suivirent, Alex, accompagné de son épouse, explorait les environs à partir de points stratégiques : église, écoles, transport, un quartier habité par des familles jeunes, à proximité de toutes commodités, mais aussi dans le calme de l'isolement.

On procédait ensuite par élimination. Puis, un soir, on retournait sur les lieux convoités avec la famille, toute la famille au grand complet. On commentait, on échangeait des opinions.

Orise, l'aînée, et Dominique, la benjamine, tombèrent d'accord sur le même coquet bungalow. Seuls les parents iraient visiter l'intérieur avant d'arrêter leur choix.

— C'est bien, l'idée que tu as eue d'intéresser les enfants à l'achat de notre future demeure. Ça leur a donné l'occasion de se rapprocher, de se consulter, de se disputer parfois, mais d'abord et surtout de s'unir.

— J'aime qu'elles sachent que leur opinion compte. Elles grandissent vite, si vite! Toute cette vie de grande famille m'a tellement manqué! J'enviais ceux de mes amis qui avaient frères et sœurs.

— Doucement, monsieur mon mari. Ce bébé-ci sera le dernier, sinon il nous faudrait un hôtel pour nous loger!

Quelques jours passèrent. Alexandre revint du travail un vendredi soir, arborant un grand sourire.

— Chérie, tout le rouage est en marche. D'abord la banque m'a consenti un prêt à condition que l'emprunt soit protégé par une police d'assurance-vie et que l'inspection de la propriété choisie soit faite. Et, devine, nous allons déménager bientôt, car je prendrai congé. Nous emménagerons d'abord, puis nous ferons part à nos filles de cette future grossesse. Le bureau m'a octroyé dix jours de vacances. Dis, tu es contente? Orise va te seconder.

— Nous pensons à nos enfants comme si elles étaient encore des bébés! Et ce sont de grandes filles, sauf Doudou, la pauvre, qui perdra sa place. Mais tu as raison; attendons pour leur apprendre la nouvelle, ce sera le cadeau de crémaillère.

— Il faut que tu me promettes de ne pas t'exténuer au travail, de ne pas soulever d'objets pesants. Ta santé d'abord et celle de notre enfant.

— Oui, papa!

— Ne te moque pas, ma femme. Ce petit bout de chou qui croît présentement dans ton ventre, ne l'oublie pas, dans cinquante ans, il sera notre poteau de vieillesse!

— Non mais…

Denise s'approcha de son mari. En riant aux éclats, elle laboura ses épaules de ses poings:

— Sale mécréant qui ne pense qu'à lui, qu'à ses petits intérêts personnels! Moi qui croyais que ton âme avait tellement plus d'envergure!

— Tu sais, Denise, je suis un peu triste à la pensée que nous quitterons bientôt ce logis. Que de belles années nous y avons vécues!

— Autant de beaux souvenirs à inclure dans nos bagages!

— Pas étonnant…

— Quoi, qu'est-ce qui n'est pas étonnant?

— Nos filles, elles ont hérité de ta belle humeur, de ton grand cœur. Je te reconnais en elles. Mais revenons-en au début de la conversation : partage les tâches avec les enfants, ne prends pas tout sur tes épaules. Je tiens à garder ma charmante petite femme en bonne santé.

— Je vois! Pour lui faire encore et encore d'autres bébés? Non et non! Je fais la grève.

— J'espère que le lock-out n'est pas pour maintenant, pas avant la naissance! Sérieusement, c'est assez badiné. Dis-moi, tu te sens bien?

— Comme toutes ces autres fois. Je suis enveloppée d'un bien-être incroyable, j'ai des ailes. J'aurais dû deviner bien avant toi ce qui m'arrivait!

Assis sur le pied du lit, Alexandre regardait Denise qui se dévêtait. Lors de sa première grossesse, l'épouse avait souffert de s'être fait observer par son époux qui s'émerveillait de la voir prendre de l'embonpoint un peu plus à chaque jour!

Ce n'est qu'après la naissance de leur fille aînée qu'elle comprit: il n'était pas seulement curieux, il était très inquiet.

Maintenant elle savait, car depuis il s'était procuré un livre qui traitait du sujet et l'avait lu en catimini.

— J'avais si peur! Je ne savais pas quand il faudrait intervenir.

— Grand bébé, pourquoi ne pas m'en avoir parlé?

— Moi, t'avouer mon ignorance?

— Et à ta mère?

— Tu crois que j'aurais pu en parler avec maman? Grand-Dieu-de-la-Toute-Puissance-Divine!

— Pourquoi ris-tu?

— Euh…

— Raconte!

— J'ai honte.

— Tu m'intrigues davantage.

Il baissa les yeux, cherchait ses mots.

— Depuis quand as-tu des secrets enfouis en toi? Allez, dis.

— Bien, j'ai osé poser des questions à mon confesseur sur le sujet.

— Et?

— Sais-tu ce qu'il m'a dit? « Tâche donc, jeune mufle, de te laisser sécher le nombril avant de te mêler des choses qui ne concernent que les adultes. »

— Tu n'es pas sérieux, quand ça?

— Tu étais déjà enceinte!

— Et tu ne m'en as pas parlé, pas avant maintenant?

— J'étais humilié, frustré. Je me suis cru un parfait imbécile! Mais quand l'enfant fut là, je me suis senti un surhomme.

— Promets-moi de raconter ça à ta mère, c'est trop drôle! Et aujourd'hui?

— Aujourd'hui, je sais, madame, que c'est par moi, à cause de moi. J'ai une compagne belle, devenue douce, languissante, follement amoureuse!

Alexandre s'éloigna de trois pas, s'inclina et lança d'un trait en prenant la pose d'un orateur, les bras levés vers le ciel:

— Vois, épouse et femme, l'explication de ton euphorie, de ce bien-être dont tu sembles déborder. Vois, la courbe et la grâce de cette poitrine qui, sous l'afflux d'hormones, a pris cette rondeur aguichante qui flatte mon orgueil. Attire mon regard impur…

— Vas-tu te taire? Si les enfants t'entendaient!

Maintenant debout au pied du lit, Alex, les yeux tournés vers le ciel, se signait, invoquait l'aide de là-haut! Denise riait aux larmes. Alex continuait d'avancer vers elle. Denise leva les mains:

— Bas les pattes, homme impur!

Imitant la voix d'un baryton, elle déclama:

— « Ne te fatigue pas, ma chérie, j'ai besoin de toi, les enfants aussi ont besoin de toi. » Ce sont là tes propres paroles, mais devant ton appétit de mâle, tout ça est oublié pour ne penser qu'à satisfaire tes bas instincts!

Alexandre ne rétorqua pas; il enlaça sa femme, l'embrassa avec fougue, lui murmura des mots tendres qu'elle n'entendait plus. Ils basculèrent ensemble sur un lit de nuages comme il en flotte au ciel d'Éros.

***

— Denise, est-ce possible de tout mettre sur la table pour

ne pas que tu aies à te lever pendant le souper? Je veux faire un genre de réunion au sommet.

On mangea tôt, toutes étaient là. Papa les avait aussi convoquées, ces demoiselles, à une séance extraordinaire.

Denise n'osait regarder en direction de son mari. Elle avait peur de pouffer de rire tant ses filles avaient pris la convocation au sérieux.

—Voilà, Alex, tes filles et moi sommes à toi, tout yeux, tout oreilles.

—Hum, hum...

—Mesdemoiselles, c'est à vous que je m'adresse. Vous serez contentes que nous ayons opté en faveur de ce joli manoir que vous avez choisi. Nous sommes, votre mère et moi, de votre avis. Vous devrez décider par vous-mêmes qui partagera quelle chambre et avec laquelle de ses sœurs. Il y aura beaucoup à faire pour emménager. Voyez à ce que vos vêtements soient propres, mettez à part ce qu'il vous faudra pour les premiers jours après le déménagement. Il faut procéder avec discernement et méthode. Secondez bien votre mère, consultez-la. Nous aurons beaucoup à faire et maman a besoin de repos, de beaucoup de repos, dit Alexandre en baissant les yeux.

Les regards se tournèrent vers la mère.

—Tu es malade, maman? demanda Orise.

—Pas que je sache. Allons, continue, Alex. Je crois que nos filles comprennent que tout ce branle-bas est fait pour agrémenter leur vie et la nôtre.

—Obéissez à maman qui va vous assigner, à chacune, certaines tâches. Et je vous promets une jolie, très jolie récompense, tout à fait inattendue.

—Alexandre! Chut! Le dessert, maintenant.

Orise promenait son regard de son père vers sa mère, les yeux pleins d'interrogations. L'amour mutuel que se vouaient ses parents lui faisait chaud au cœur. Leur entente tacite l'épatait. C'était son rêve d'aimer et d'être aimée ainsi. Le regard attendri d'Orise attira l'attention d'Alexandre.

—Et tes leçons de chant, Orise, ma grande fille?

—Ça va, papa. De toute façon, c'est agréable et amusant. J'ai une compagne qui habite près d'ici et qui fait partie du groupe. De plus elle a une voiture.

— Tu sais, Orise, si jamais tu avais besoin de ma mobylette, fais-moi signe.

— Non, merci, Fernande, rien qu'à y penser j'ai le frisson.

On discourait sur tout, un véritable coq-à-l'âne qui fut subitement interrompu par Lucie.

— Dites, papa, est-ce que la séance est levée? J'ai à faire.

— Allez, mais auparavant, mes filles, vous ai-je déjà dit à quel point je vous aime?

Dès qu'elles se furent éloignées, Denise confia:

— J'ai cru un instant que tu allais leur apprendre ma prochaine maternité.

— Je leur réserve cette surprise pour le jour où nous dînerons officiellement au manoir.

— Le manoir, tu sais qu'il est possible que ce nom reste?

— Ça fait intime, c'est joli.

***

La famille était réunie autour de la table au centre de laquelle trônaient les victuailles que Denise s'était empressée de réunir avant de fermer la cuisine. Là étaient entassés les paniers de nourriture, la vaisselle de carton, les serviettes de table. Tout était prêt, il ne restait plus qu'à bouffer et à bavarder. Les recommandations avaient été entendues, chacun s'était appliqué à accomplir la tâche assignée.

— Avoir eu une fortune à dépenser, mes filles, j'aurais choisi un beau château pour loger mes adorables princesses.

— Bah! s'est exclamée Fernande. Cela supposerait que toi, papa, tu serais un prince! Non, je préfère l'idée du manoir, et t'avoir, toi, comme père, tel que tu es.

— Manoir, sans terre et sans serviteurs!

— Mais plein de bonheur et c'est là la plus vraie, la plus précieuse de toutes les richesses du monde!

— Quels sont vos désirs, ceux enfouis au plus profond de vous-mêmes? Toi, Orise?

— Moi, papa, connaître l'amour avec un partenaire adorable qui te ressemblerait.

— Et d'avoir des enfants, des enfants… Touchant! Dis, Fernande, et toi, quoi à la place des enfants?

— Mon désir le plus fou, c'est de pratiquer l'art équestre.

— Qu'est-ce que c'est ça? demanda Doudou.

— Imagine, Doudou imagine-toi un beau cheval, d'une robe noire, le noir de l'ébène, à croupe puissante, anglaisé, ce qui donne une allure plus élégante. Tu es là, allongée sur sa croupe, tu tiens les guides et il file comme l'éclair, crinière au vent, obéit à tes directives. Tu respires à son rythme, c'est, c'est…

— Oui, mais Fernande, s'il pleut et qu'il fait très froid?

— Ah! Alors je me procurerais des chevaux-vapeur.

— Tu ris de moi.

Doudou fit la moue.

— Non, Doudou, mais avec toi.

— Pouah! des chevaux-vapeur!

— Et toi, Lucie, quel est ton rêve?

— Moi, papa, je veux devenir une grande actrice de télévision.

— Ah! Tiens, ça m'étonne que tu penses ainsi, Lucie.

Plus tard, dans l'intimité de leur chambre, Alexandre et Denise commentaient les dires de leurs enfants.

— Rêves puérils qui reflètent bien leur pureté d'âme. Dominique a les pieds sur terre, pas rêveuse pour deux sous, alors qu'Orise m'a étonnée. Je ne l'aurais pas crue aussi sentimentale!

— Trop jeune, peut-être. Par contre, as-tu remarqué les détours que Fernande a faits ce soir? Tes questions l'ont prise de court, elle est ambivalente, ne sait pas encore. Elle cherchait surtout à nous épater, c'est de son âge!

— Maintenant, chérie, repose-toi, dodo, il se fait tard. Demain il y aura beaucoup de fer au feu! Nous avons toute la vie pour jaser. Il faut penser à ce bébé qui bourgeonne près de ton cœur.

— Bonne nuit, Alex.

— Bonne nuit, maman d'amour, répondit le mari tout en bordant doucement son épouse.

Chapitre 14

Enfin, il était arrivé le jour où ce beau rêve se réalisait. Ce matin-là, suivi de son épouse et de ses enfants qui trépignaient d'impatience, Alex inséra la clef dans la serrure, la tourna, poussa la lourde porte d'entrée et céda le passage aux siens, ceux qu'il aimait tant. Elles essayaient d'entrer toutes en même temps et poussaient des cris d'exclamation. Leur emballement faisait plaisir à voir.

— Que c'est joli! C'est beau, le papier peint orné de fleurs bleues. Qu'elle est belle la cuisine!

Le salon semblait immense, car il était encore vide. Elles firent un tour rapide de la salle à manger et de la cuisine, puis s'élancèrent vers l'escalier.

Alex sourit à son épouse qui avait prédit un boucan du diable pour le choix des chambres.

— Notre chez-nous! s'exclama Alex. Finie la course aux logements. Nous prenons enfin racine. J'ai si longtemps souhaité que ça arrive! Les enfants pourront s'ébattre à loisir. Ma première ambition sera de sacrifier un peu de pelouse pour y faire pousser des fleurs magnifiques.

Il promenait ses yeux tout autour, semblait rêver à voix haute. Il regarda dehors, chercha à se familiariser avec cet environnement qu'il avait pourtant souvent arpenté avant d'arrêter son choix sur cette coquette maison.

Le quatre pièces qu'il venait de quitter avec sa famille était déjà oublié.

Alex fit un retour sur leur passé. Il étudiait au cégep Saint-Laurent, et lorsqu'il avait rencontré Denise ce fut le coup de foudre.

Sa mère habitait Coteau-du-Lac, là où il avait grandi, dans une maison immense, que les aïeux avaient construite et qu'ils n'avaient jamais quittée, sauf quand fut venu pour eux le temps du pèlerinage céleste qui est le lot de chacun.

Denise tremblait de tous ses membres le jour où Alex lui avait présenté sa mère, cette dame fière dont la grande bonté n'avait d'égal que sa fermeté. C'était un dimanche, jour de visite habituelle, qu'Alex avait avoué à sa mère que son amoureuse attendait un bébé.

— Alors, mes enfants, avait-elle simplement répondu, il vous faudra maintenant passer par l'église!

Denise avait cru déceler un éclair de joie dans l'œil aussitôt redevenu sévère de la mère.

— Cet enfant sera votre entière responsabilité, il va sans dire. Alex, mon fils, il te reste deux années d'études. Je continuerai d'en assumer les frais, comme je l'ai fait dans le passé. Pour le reste, il faudra vous débrouiller. Vos parents, Denise, sont informés?

— Ma mère est décédée depuis quelque temps, et mon père s'est remarié l'an dernier. Ils sont présentement à l'étranger. Vous seule connaissez notre secret.

— Je suis touchée de votre confiance et de votre sincérité, mes enfants.

Denise s'était penchée vers la dame et avait dit doucement:

— Permettez-moi d'embrasser une grand-maman qui promet d'être superbe. Nous vous aimons déjà, mon enfant et moi. Faites-moi une faveur, appelez-moi Denise.

— N'est-elle pas merveilleuse, maman, ma conquête? dit Alex.

— Il faudra te souvenir que c'est toi qui as joué les conquérants, mon fils!

Suivit une cérémonie fort simple pour échanger les promesses solennelles, et la vie reprit son rythme habituel.

Alex avait dû trimer très fort, car sa mère s'en était tenue à sa décision. Cependant, elle leur avait offert une très jolie et complète layette le jour même du baptême.

D'autres années d'études spécialisées avaient suivi. Malgré

le petit budget, la vie coulait doucement, car Denise et Alex s'aimaient d'un amour tendre. Lors des premières vacances d'été avec le bébé, Alex avait obtenu un poste d'aide à la recherche dans un laboratoire pharmaceutique des environs.

Le premier chèque de paie encaissé, ils s'étaient empressés d'aller, à trois cette fois, visiter la grand-mère. Denise avait passé une partie de la journée assise dehors avec son enfant, émerveillée de l'air pur et de l'espace vert et vaste qui les entouraient. C'est ce jour-là, précisément, qu'elle s'était mise à rêver d'une jolie maison où les siens seraient rois.

Une autre année s'était écoulée, sans histoire autre que son grand bonheur et une nouvelle grossesse qui avait obligé le couple à choisir un logement plus adéquat. Un quatre pièces les avait accueillis avec des meubles disparates achetés çà et là. Le jeune couple s'accommodait avec sagesse. La grand-maman les visitait, remplissait le réfrigérateur, offrait un service à dîner, quelques gâteries, se réjouissait du sérieux de son fils et de sa belle-fille et de l'amour qu'ils cultivaient ensemble.

— Donnez-moi un petit-fils, mes enfants. Donnez-moi une bonne raison de remplacer cette layette.

Denise s'était contentée de sourire. Plus tard, elle avait demandé à son mari :

— Tu ne me parles jamais de ton père, pourquoi?

— Je l'attendais, cette question. Je ne l'ai pas connu, mon père. Dès qu'il a su que j'allais naître, il a pris peur et a fui. Je crois comprendre que ma mère ne s'est jamais remise de sa trahison et que si elle se fait si sévère avec moi, c'est qu'elle est effrayée à la pensée que je pourrais lui ressembler. Qui sait? Elle me voit peut-être toujours en culotte courte, courant dans le jardin de ses parents, eux qui m'ont tant aimé, tant choyé! Elle croit toujours que tout ce qui entoure mon père est son secret. Elle ignore que je suis au courant. Par respect pour elle, et pour lui épargner des peines, je ne lui en ai jamais parlé. Je l'aime, inconditionnellement. Un jour peut-être pourrons-nous briser cette pudeur qui la rive à ce passé douloureux qu'elle a dû surmonter seule et sans se plaindre. C'est une femme fière.

— Alex…

Il sursauta. Denise était près de lui. Il ne l'avait pas vue venir. Le regard toujours perdu dans sa rêverie, il lui sourit.

— Excuse-moi, j'étais très loin. Et le dilemme là-haut, il est réglé?

— Il s'en est fallu de peu pour que toi et moi soyons relégués dans la plus petite des chambres. Mais nos filles en sont venues à une entente. La paix semble installée pour un bout de temps.

— Nos filles sont heureuses, c'est ce qui compte. Rien ne peut me faire plus plaisir.

— Ce qui me plaît tant, chéri, c'est que nous soyons enfin chez nous. C'est incroyable. Notre nouvelle acquisition, notre famille, notre bonheur, tout sous un même toit. Le nôtre, notre toit!

Alex tendit les deux mains, Denise y posa les siennes:

— Faisons un vœu: que notre bonheur dure toujours, que notre ciel soit sans nuages!

— Je t'aime, murmura Denise.

À l'étage, les enfants trottinaient. Le soleil plongeait dans les fenêtres. C'était un véritable paradis.

— Tu es radieuse, ta joie me fait plaisir, dit Alex en regardant amoureusement sa femme. Ne change pas, chérie. Promis?

— Juré!

Ils s'assirent l'un près de l'autre sur la galerie avant et attendirent le camion qui viendrait bientôt livrer leur ameublement.

— Dis-moi, tu es vraiment heureuse, ma chérie? Tu n'as aucun regret?

— Aucun, répondit-elle. Et je t'aime toujours autant. Serais-tu étonné si je te disais qu'on m'avait prévenue?

— Quoi, que tu serais heureuse?

— En mariage, oui. Une amie de ma mère m'a dit un jour: « Tu es jolie, très jolie. Tu aimeras, tu auras l'embarras du choix. Ne fais pas l'erreur de choisir un homme pour son élégance et pour ses fleurs de rhétorique. Choisis un homme discret qui saura t'aimer, te gâter. Un mâle. Un véritable mâle est sans complexe et sans jalousie quand il se sait aimé. Ta beauté ne lui fera pas peur; il s'en fera une parure! »

— Non, mais, tu es là à me dire poliment que je suis laid?

— Laid? Euh… non, mais tu n'as rien d'un Adonis, avoue-le. Par contre tu m'as donné du bonheur, à moi, à nos filles, nous t'adorons. Aujourd'hui tu nous combles. Un chez-nous, nous avons notre home! Tu es le mari et aussi un papa idéals!

Elle s'était approchée, avait posé sa tête sur son épaule. Ils se taisaient, sans doute à l'écoute de leurs cœurs qui battaient à l'unisson.

Le camion en profita pour se pointer. On le vida et on emménagea.

Denise se laissa tomber dans un fauteuil.

— Ouf! Quelle tâche!

— Tu aimerais que nous allions casser la croûte dans un des restaurants des environs? proposa Alex.

— Non, chéri, j'ai un panier plein de bonnes choses. Nous prendrons notre premier repas, ici, dans notre maison. Il ne manque que des boissons gazeuses pour les enfants.

— Je vais aller au dépanneur.

— Hé! papa, où vas-tu? demanda Doudou.

— Acheter des boissons pour notre pique-nique.

— Je veux aller avec toi.

— Bien, Doudou, amène-toi.

— Alex? demanda Denise. Peux-tu aussi apporter du lait pour le déjeuner de demain?

— Oui, ma beauté, lui lança-t-il, l'œil taquin. Nous reviendrons en vitesse et nous poursuivrons notre entretien, toi et moi.

Il s'approcha de sa femme et, de son index, il suivit le pourtour de ses lèvres.

— File, ignoble individu!

Ils éclatèrent de rire, de ce rire qui enchante les cœurs de ceux qui s'aiment, un rire vif, spontané, qui s'égrène en une cascade enjouée.

Dominique glissa sa menotte dans la grosse main de son père et, ensemble, ils prirent le chemin qui menait chez le marchand.

— Doudou, dit Alex. Prends bien note de ce qui t'entoure, ma fille. Tu devras parfois t'éloigner seule de la maison. Établis-toi des points de repère, ici et là. Tu dois connaître notre nouvelle adresse, savoir où tu habites.

— Je suis trop petite pour aller à l'école, m'a dit maman.

— Elle a raison, ta maman. C'est ton plus beau temps, fillette. Tu es notre bébé d'amour.

— Dis, tu vas m'acheter un suçon?

— Oui, bien sûr. Je ne marche pas trop vite?

— Bien non, papa, je suis grande!

— C'est vrai, j'oubliais…

Affectueusement, il serra la main de l'enfant.

— Hé! tu me sers trop fort!

— Pardon, mon chou.

Le père promenait son regard sur les environs, car près de là il avait repéré la présence d'un dépanneur lors de sa première visite.

— Papa, je peux l'avoir, mon suçon rouge?

— Oui, chaton.

Alex paya la note. L'enfant continuait de bavarder avec le commerçant. Elle raconta les événements de la journée et promit de revenir.

— Parce que ton bonbon est très bon, expliqua-t-elle.

Alex s'éloignait en souriant, alors que sa fillette continuait de babiller. La coquine s'était déjà fait un ami du marchand qui lui offrait déjà gratuitement une autre sucette.

— Tiens, fillette, prends le bonbon, dit l'homme. Et file. Ton papa est déjà parti.

— Je m'appelle Doudou, et toi?

N'attendant pas la réponse, elle sortit en courant. Le marchand ne put s'empêcher de sourire.

***

Alex avait déjà fait plusieurs pas. Il s'immobilisa et se retourna, afin de vérifier si sa fillette le suivait. En sens inverse venait un garçon fébrile et nerveux qui tenait un couteau dissimulé dans sa poche. À l'instant où Alex se retourna pour poursuivre sa marche, les deux hommes se heurtèrent. Le couteau que tenait le garçon s'enfonça dans la poitrine du père qui tomba brutalement sur le trottoir.

L'enfant vit de loin son père s'effondrer, mais elle ne comprenait rien à ce qui se passait. Elle laissa tomber son bonbon et courut vers son papa à toute vitesse. Alex était allongé, immobile et marmonnait:

— Va, Doudou… Va, Dou… Va-t'en…

Elle leva les yeux. Son regard rencontra celui du garçon,

lui aussi penché sur sa victime. Elle le dévisagea, muette. Tous deux restaient là, figés à la vue du sang qui, sur le sol, formait une mare qui allait s'agrandissant. Ne voyant pas bouger son père, Dominique se mit à hurler, ferma les poings, frappa le sol et se mit à gémir en appelant son papa.

— Papa! Papa!

Le bruit fracassant provoqué par le bris des bouteilles que tenait Alexandre avait attiré l'attention du commis qui avait levé la tête. Ce n'est que lorsque les cris perçants de l'enfant se firent entendre qu'il comprit enfin que quelque chose de très grave s'était passé. Il alerta la police, verrouilla sa porte et sortit en toute hâte. Une sirène, dans le lointain, se fit bientôt entendre. Mais déjà, le jeune homme qui portait le couteau avait recouvré subitement son sang-froid. Il recula, pivota et fila à grandes enjambées vers le pâté de maisons. Il courait, incapable de réfléchir, mû par la peur, une peur affreuse, terrifiante.

Le bruit strident d'une auto-patrouille approchait. Un policier sortit du véhicule et comprit aussitôt ce qui se passait. Il se précipita vers l'enfant, la prit dans ses bras, couvrit son visage afin qu'elle ne voie plus son père qui gisait là. Il lui parlait doucement. « Tut! tut! tut! mon bébé. Tut! tut! tut! Tout doux, tout doux. » Dominique encercla de ses jambes la taille de son protecteur, cacha sa figure dans le creux de son épaule, et, ainsi solidement agrippée, lentement, très lentement, ses hurlements s'amenuisèrent. Cependant elle continuait de trembler de tous ses membres.

Les curieux accouraient et observaient la scène, médusés.

L'ambulance arriva enfin. Mais il était trop tard. On ne pouvait plus rien pour le père de Dominique.

La vie de cette famille heureuse venait de basculer, et ce, en moins de quelques minutes.

Tout tourne, tourne dans sa petite tête d'enfant, tel un carrousel noyé dans une fumée vaporeuse et blanchâtre qui tourne, tourne. Le jeune cœur de la petite a subi un trop cruel déchirement, elle ne peut comprendre.

Aussi les bras qui se referment sur elle lui sont d'un réconfort inestimable. Lentement elle glisse hors de sa torpeur, de son horrible frayeur. Dans sa mémoire resterait gravé ce qu'elle venait de vivre, elle se remémorerait des observations qui en ce moment même sont pour elle sans importance.

Le marchand était horrifié. Il reconnut la sucette cassée, celle-là même qu'il venait à peine d'offrir à une fillette maintenant anéantie.

***

Pendant ce temps, à la maison, le téléphone sonnait. C'était la mère d'Alex qui venait prendre des nouvelles.

— Bonjour, belle-maman, dit Denise avec un ton enjoué.

— Et ce nouveau foyer? Vous vous y plaisez?

— C'est adorable, sauf que ces demoiselles sont déçues. Imaginez, grand-maman, que chacune souhaitait avoir une chambre privée. Mais voilà le drame: il en manque une.

— Alex trouvera une solution. Je vous félicite, ma belle-fille, et je vous offre mes vœux de bonheur.

— Bientôt nous serons définitivement installés, il vous faudra venir nous visiter. Tiens, on sonne à la porte, c'est sans doute Alex qui arrive. Un instant, je vous reviens.

Denise ouvrit, vit sa Doudou dans les bras d'un policier. La vue de sa mère réveilla la peine dans le cœur de l'enfant. Les larmes affluèrent de plus belle. L'enfant se mit à se débattre et à hurler. Denise tendit les bras, ne comprenant rien à la détresse de son enfant.

— Papa, papa, mon papa!

Dominique hoquetait. C'est à peine si on pouvait saisir le sens de ses mots. Elle semblait divaguer. Denise comprit qu'un drame épouvantable était survenu. Elle leva les yeux vers le policier:

— Il y a eu un accident? demanda-t-elle avec des tremblements dans la voix. Dites-moi, monsieur l'agent? Qu'est-ce qui est arrivé à Alex? Il vit? Dites-moi qu'il vit! Où est-il? Dites-moi où est mon mari!

Les larmes de l'enfant et le ton élevé de sa bru confirmèrent les appréhensions de la grand-mère qui restait accrochée à son appareil. Pourquoi un tel tintamarre? Pourquoi Denise prenait-elle tant de temps à reprendre le combiné? Elle s'effraya: «Alex! Dieu miséricordieux, non, pas ça!» Elle raccrocha, sauta dans sa voiture, quitta Coteau-du-Lac et prit la direction de la métropole.

Les filles, qui se chamaillaient à l'étage, s'étaient tout à coup calmées, avaient tourné leur attention vers le tumulte qui leur parvenait par la cage de l'escalier. Les sanglots de Dominique les effrayaient. Elles étaient là, toutes les trois, assises dans les marches à écouter, effarées par les explications du policier.

L'aînée se précipita, vint embrasser sa mère, prit Doudou dans ses bras et prodigua à sa sœurette toute la tendresse contenue dans son cœur.

Ce soir-là, les quatre fillettes oublièrent leurs différends et, sans même se consulter, décidèrent qu'elles coucheraient toutes ensemble dans un même lit, avec, au milieu, leur sœur Doudou.

Lorsque leur grand-mère arriva, les enfants, après de douces caresses, montèrent là-haut, laissant les adultes en tête-à-tête. Cette attention réconforta Denise qui avait besoin de laisser éclater la peine qui l'étouffait et qu'elle s'efforçait de refouler devant ses enfants. Mais, hélas, quel est le chagrin le plus lourd à supporter? Celui de la mère, de l'épouse, de l'enfant? Denise se rendit compte que, devant la souffrance, tout un chacun était seul, bien seul, que tout réconfort viendrait d'un amour partagé. Il faudrait se tenir debout et se montrer fortes et stoïques.

La belle-mère manifesta davantage de tendresse. Les filles furent plus attentives à leur mère. On se faisait compatissantes et plus unies.

Les premiers jours furent atroces, presque intenables. Plus personne ne s'appartenait. Chacune s'oubliait pour l'autre, on partageait ses peines comme les tâches. En un si court laps de temps, les jeunes filles avaient grandi d'une coudée en âge et en sagesse.

La grand-mère portait son attention sur Dominique qui, non seulement avait perdu son papa qu'elle adorait, mais était aussi hantée par la scène cruelle à laquelle elle avait assisté. Elle craignait que le traumatisme qu'avait subi Doudou ait de graves répercussions sur l'enfant. Aussi, quand vint le temps de retourner chez elle, elle suggéra à sa belle-fille de la lui confier, car la petite lui démontrait son affection et quêtait sans cesse sa tendresse.

— Pour vous, Denise, la tâche sera beaucoup plus lourde sans Alex. Mais la petite aura besoin de beaucoup de compréhension et d'attention afin de l'aider à surmonter cette terrible épreuve qui menace de l'obséder longtemps. Je crois que le dépaysement peut avoir des effets bénéfiques. Et pour tout vous dire, je dois avouer que sa présence chez moi me serait très salutaire.

— Pardonnez-moi, je suis égoïste. Votre chagrin est…

— Est incommensurable! Comme le vôtre.

— Rapprochez-vous de nous, belle-maman. Venez habiter notre région.

— Merci d'y avoir pensé, mais je ne crois pas que je le pourrais. Au fond, je suis ancrée dans mes vieilles habitudes. Par contre Dominique est jeune. Le souvenir funeste de ce jour-là restera longtemps présent, mais il s'estompera peu à peu, il cessera d'être une hantise de chaque minute. Et si nous pouvons faire en sorte que ça se passe le plus vite possible, ce sera tant mieux. Nous ferons alterner nos visites afin que la présence de ses sœurs ne lui manque pas trop.

***

Comme convenu, la fillette quitta la maison avec sa grand-mère.

Le matin du premier jour, Dominique se présenta au déjeuner avec, sur une joue, une tache ronde qu'elle avait dessinée avec du rouge à lèvres.

La dame évita tout commentaire et s'abstint de poser des questions. Peut-être était-ce la couleur du sang répandu sur le sol qui lui avait suggéré l'usage de ce cosmétique?

L'enfant recommença le même manège jour après jour. Elle reprenait le même patron et le dessinait au même endroit. Un matin, cependant, elle parut avec une tache brune. Étonnée par ce nouveau choix de couleur, la grand-mère monta à sa chambre et, à sa grande surprise, elle vit sur le bureau de sa petite-fille une boîte de cirage à chaussures.

Que représentait ce dessin? Pourquoi? Quelle signification avait-il pour elle?

Par bonheur, l'enfant manifestait plus de calme sur des périodes de plus en plus longues. Une certaine relâche s'opérait au niveau de ses obsessions, même que son sommeil devenait paisible. Pourtant, elle continuait de marquer son visage.

C'est Denise, à sa première visite, qui eut une forte réaction.

— N'y faites pas allusion, lui conseilla sa belle-mère. Faites comme si de rien n'était. Peut-être est-ce là ce qu'elle a trouvé de mieux dans sa petite tête d'enfant pour combattre sa peine.

— Ça ne vous inquiète pas plus que ça? Ne vaudrait-il pas mieux qu'elle rencontre un psychiatre qui serait en mesure de l'aider?

— Je ne crois pas. Il faut compter sur son jeune âge. Son cheminement est progressif et encourageant. Un intervenant extérieur risquerait de tout saboter en ajoutant de l'inquiétude à son chagrin. Le temps fait son œuvre, respectons-le. Tôt ou tard, tout rentrera dans l'ordre. Pour le moment, Doudou semble goûter une paix relative. Elle s'est liée d'amitié avec des enfants du voisinage, et c'est très bien ainsi.

Denise rentra chez elle réconfortée. L'attitude de son enfant avait jeté un baume sur sa grande peine.

Chapitre 15

Une battue avait été faite autour du dépanneur, mais en vain. L'assaillant semblait s'être volatilisé, de même que l'arme du crime.

Julien, pétrifié, évitait les grandes artères, il se faufilait, avait une seule pensée en tête : passer inaperçu, ne pas éveiller de soupçons. Il enleva son gilet, s'en couvrit le dos, le retint en place à l'aide des manches qu'il noua. Sa démarche empressée, ajoutée à sa nervosité, l'avait trempé de sueur. Il ne pensait plus ni à la faim qui le tenaillait ni à cet acariâtre d'Odilon, ce patron exécrable et vindicatif, mais uniquement à sauver sa peau. Douloureusement conscient de la gravité de l'accident qu'il avait provoqué, sans même l'avoir voulu ni souhaité, il se demandait si sa vie ne serait plus désormais que celle d'un misérable fugitif. Non, il n'aurait pas forcé un tronc d'église, mais ces machines à sous qui contiennent ce qu'il faut pour trouver à se mettre sous la dent quand on a bien faim, oui, ça, il l'avait à l'esprit. Mais pas au prix d'une vie!

Il vit une étendue de verdure. Un parc sans doute. Il y pénétra, prit place sur un banc. Son cœur battait puissamment dans sa poitrine, et son pouls cognait dans ses tympans.

Une femme venait dans sa direction. Elle poussait un carrosse, et un petit enfant marchait à ses côtés. Le garçonnet s'écarta de sa mère, vint vers Julien, mit sa main dans un sac, en sortit un biscuit et le lui offrit.

— Merci, mon petit.

La mère s'arrêta.

— Est-ce que mon fils vous ennuie?

— Pas du tout, répondit-il en levant les yeux vers la dame.

Derrière elle, il vit apparaître un policier. Julien sentit sa gorge se nouer et, avec autant de désinvolture que possible, il prit le marmot, le planta debout sur ses genoux, ouvrit la bouche, ferma les yeux et grogna. Le garçonnet lui poussa un biscuit entier dans la bouche en riant aux éclats.

— Tu n'es pas gentil, Arnold! lui reprocha sa mère.

— Je vous en prie, madame. Il est très rigolo, votre fils.

Julien eut un soupir de soulagement. L'agent s'était éloigné sans ralentir. Julien crut que c'était parce que son visage était dissimulé derrière Arnold. Par contre, il prenait conscience qu'il lui faudrait sans cesse faire face à ce genre de situation.

Au plus vite, il lui fallait rentrer là-bas, là où il pourrait espérer sombrer dans l'oubli.

Il reprit sa route. Il avait une hâte fébrile de se trouver près d'un cours d'eau qu'il se devait de traverser à sa sortie de l'île de Montréal. Car il était encore en possession de son arme et il désirait s'en défaire.

Il avait atteint le nord-est de la métropole, et savait que tout près se trouvait un pont. Mais la circulation était très dense. Il ne savait trop quoi faire. Prendrait-il le risque de laisser tomber ce couteau devant tous ces automobilistes, ce couteau qui lui brûlait la chair? Et s'il éveillait la curiosité d'un passant? Il éprouvait une peur bleue, était pétrifié à l'idée qu'il puisse être découvert, et allait jusqu'à se méfier de tous ceux qu'il croisait sur son passage. Il se savait vulnérable, et son sentiment de culpabilité l'écrasait impitoyablement.

Enfin il s'approchait de la maison.

Quand le soir fut venu, la noirceur se fut emparée du jour, Julien retrouva alors une certaine tranquillité d'esprit. Il hâta le pas, se surprit à vouloir arriver là-bas, auprès de cet Odilon grincheux et amer. Après l'horreur qu'il avait vécue, il lui sembla être en mesure d'aimer même un homme de cette nature. Il avait décidé de garder le couteau maudit. Il le glisserait sous la galerie. Le lendemain, en catimini, il le reprendrait, le nettoierait et le remettrait exactement là où il l'avait pris le jour de son départ.

Julien pressa encore plus le pas. Finalement, il aperçut l'épicerie à l'entrée du rang qu'il connaissait si bien.

Il lui semblait qu'une éternité s'était écoulée depuis son départ. La première fois, il s'y était réfugié avec l'espoir de gagner sa pitance, et tout s'était réglé simplement. Mais aujourd'hui, il lui faudrait donner à son absence une explication plausible!

Ici, il n'y avait aucune chance qu'on le retrouve. Il n'avait qu'à laisser filer le temps. Malgré le fait que tout se bousculait dans sa tête, il parvenait à programmer sa conduite future. Il s'arrêta pile à son arrivée devant la maison. Rien ne bougeait. Assailli par ses émotions, il pensa aller passer la nuit à la grange, mais se ravisa. Il était préférable de retourner dormir sur sa paillasse et de trouver une explication à donner s'il était découvert par Odilon. Mais, pour l'instant, il ne souhaitait que se reposer, que dormir! Il prit le couteau et piqua la lame dans le sable sous le perron. « Demain, se répéta-t-il. Demain. »

Il ouvrit la porte, entra après avoir pris la précaution d'ôter ses souliers, et, à tâtons, il rejoignit sa chambre, se laissa tomber sur sa paillasse et sombra dans un sommeil sans rêves.

Au réveil, Julien écarquilla les yeux, sauta sur ses pieds. Il aurait à affronter « le tyran », comme il l'appelait secrètement. Mais le tyran ne se montrait pas. Sur le poêle traînait encore une casserole qui était déjà là au moment de son départ. « Étrange », pensa-t-il. Il se rendit à la grange, nourrit les animaux qui semblaient affamés.

Il revint sur ses pas. Une fois entré dans la maison, il se dirigea directement vers la chambre d'Odilon. Il était là, étendu. S'approchant lentement, des appréhensions plein la tête, Julien l'appela, le poussa. Mais Odilon restait immobile. Julien fit le tour de son grabat, vit son visage figé et son regard fixe. Il porta la main à la bouche. « Oh! non! » murmura-t-il.

Pour la deuxième fois en moins de douze heures, il affrontait la mort!

Julien sortit de la chambre en trébuchant, courut dehors, s'appuya contre la maison et se mit à vomir. « Que faire? se demandait-il. Que fait-on avec un cadavre? »

Il fonça chez le plus proche voisin, s'informa où il pourrait trouver un médecin.

—Allez à l'épicerie. Ils ont le téléphone.

Julien prit ses jambes à son cou et, haletant, fit son appel.

— Venez très vite! supplia-t-il.

À son retour, il s'assit sur le perron en s'efforçant de recouvrer ses esprits. Ce n'est qu'à ce moment qu'il s'aperçut que ses vêtements étaient tachés de sang. Il se dévêtit en vitesse, enroula ses souliers dans ses vêtements souillés et fourra le paquet à l'endroit même où était caché le couteau maudit. Ses mains tremblaient, son cœur battait si fort qu'il s'inquiétait qu'on puisse l'entendre.

Un arrêt cardiaque subit avait causé la mort d'Odilon. Un décès sans souffrance, survenu pendant le sommeil. On sympathisait avec le jeune homme qui était éperdument troublé. Sa peine qui semblait immense était impressionnante.

Julien, replié sur lui-même, donnait l'image d'un homme accablé par la douleur, ce qui était tout à son honneur et lui gagnait la sympathie et le respect de son entourage.

Le jour des funérailles, un homme au visage austère, vêtu d'un habit sombre, suivit le cortège jusqu'au cimetière. Julien crut qu'il s'agissait du frère du défunt. Cela ne présumait rien de bon pour lui, car il craignait d'avoir à répondre à une foule de questions.

Cet homme était en réalité le notaire Latreille. C'est lui qui apprit à Julien qu'il était l'héritier désigné au testament d'Odilon Dastous. Julien ouvrit la bouche, pas un son n'en sortit, pas même le « merci » qui s'imposait en la circonstance.

Julien fut informé qu'il avait désormais tous les droits sur la propriété et son contenu. Mais il n'en voulait pas. C'était trop de mauvais souvenirs. Il désirait partir, fuir. Mais pour aller où? Et les bêtes? Et cette peur d'être cueilli au premier tournant de la route? Il restait assis, le regard fixe. S'il n'y avait pas eu le chat qui miaulait à ses pieds, il aurait oublié jusqu'à la présence des animaux dont il avait, à partir de ce jour-là, l'entière responsabilité.

Ce sont d'ailleurs ses bêtes qui le sauvèrent du désespoir. Peu à peu, le silence et la quiétude ambiante se firent un sentier dans sa conscience survoltée. Il ferma les yeux. Cette solitude, il en avait besoin.

***

Dès qu'il fut un peu rasséréné, Julien ramassa des feuilles mortes, des copeaux, de l'écorce de bouleau, du bois sec et fit un feu dans lequel il jeta l'arme et ses vêtements souillés. Il resta là, à les regarder se consumer, disparaître, apportant des preuves incriminantes. Mais, tout en observant la fumée qui montait au-dessus des arbres, il savait qu'il ne parviendrait jamais à faire subir le même sort à ses remords.

Naïvement, il avait cru que son mal se volatiliserait en même temps que les marques de son crime, mais la solitude qu'il devait endurer ici ne l'aidait pas, ne faisait qu'empirer son état.

Il nettoya les bâtiments, prodigua de bons soins aux animaux, cessa de taquiner les poules qu'il avait l'habitude de poursuivre pour les voir essayer de s'envoler. Julien avait vieilli.

Odilon aurait été fier de voir le temps qu'il consacrait à l'entretien de la maison. Ce jour-là, prenant son courage à deux mains, il avait décidé de nettoyer la chambre du disparu. Il ne s'était pas encore approché d'elle depuis le jour où il avait fait la macabre découverte.

Le lit usé, dont le matelas avait pris la forme du colosse qu'était Odilon, semblait invitant. Julien hésita, puis ouvrit des tiroirs. Il y avait très peu de vêtements, quelques babioles sans aucune valeur et une enveloppe, celle que lui-même, Julien, avait un jour adressée au frère d'Odilon. Il la tourna en tous sens, finit par la décacheter. Oui, elle était là, sa lettre, mais, une autre s'y ajoutait, qui lui était destinée. Une écriture fine, élancée, élégante, aux majuscules fignolées, comme il en avait vu chez les pères!

« Ça, alors! Mais il savait écrire! Donc, lire aussi, alors qu'il prétendait le contraire! Le sacripant! Ce frère n'existait sans doute pas ailleurs que dans son imagination. C'est pourquoi il a testé en ma faveur! »

Julien retourna à la cuisine, s'approcha de la fenêtre, là où se trouvait la berçante d'Odilon, qu'il n'avait jamais osé utiliser. Il s'assit et lut cette lettre presque affectueuse: «Je voudrais que tu te souviennes de moi comme d'un père, toi qui n'en as pas connu. Je me suis montré intransigeant et sévère parce que, moi aussi, j'ai ma souffrance intérieure. J'ai connu des trahisons, une vie cruelle et solitaire. »

Julien pleura à chaudes larmes. Son enfance, sa première

jeunesse, tout défila dans sa tête. Il se remémora des détails amers, des injustices subies. Julien comprenait que, lui aussi, en fuyant comme un voleur, avait ajouté au drame de cet homme dont le destin ressemblait tant au sien. Les chocolats achetés pour lui pendant sa maladie, sa bonté en ces jours, ce journal qu'il lui faisait lire, alors qu'il aurait pu si bien le faire lui-même...

« Tu m'aimais donc, vieux chenapan? » Julien ne savait plus démêler les sentiments qui l'agitaient. Lui-même, il n'avait pas su non plus manifester son affection à cet homme qui l'avait hébergé volontiers, qui avait laissé paraître une certaine tendresse.

Il alla s'étendre sur le lit d'Odilon, laissa errer ses pensées. Les souvenirs de sa vie avec cet homme bourru remontèrent jusqu'au tout début, lorsqu'il avait été surpris terré dans la grange. Sa vieille rage s'amenuisait. Elle devenait du chagrin. Julien se rendait compte que la disparition d'Odilon était maintenant pour lui une grande perte.

Après avoir relu la lettre plusieurs fois, Julien ferma les yeux. Le calme se frayait un chemin dans son âme. Il sortit du lit, par respect pour le disparu, et alla s'étendre sur son grabat. Il souhaitait, en cette même minute, avoir un père, une mère, un frère... Mais il était seul, si seul au monde...

Les jours passaient. La vie continuait. Le soleil se levait, se couchait. Ainsi vivait Julien : en solitaire!

Chapitre 16

Julien revenait de l'épicerie. Il n'avait acheté que le strict minimum, car la cagnotte dans laquelle puisait Odilon s'était tarie. Julien pensait devoir sacrifier son bétail, mais il en tirait le nécessaire à se bien nourrir, dont les œufs et le lait. Il cherchait une solution et n'en trouvait aucune. Assis devant la fenêtre, il regardait sans rien voir. Tout à coup, il cessa de se bercer, essayait de se souvenir... Ce jour-là, il était derrière la maison... Il venait à peine d'arriver. C'était au temps où il avait une peur bleue de celui qu'il surnommait alors l'ogre. Il fouinait dans sa chambre et, de sa fenêtre, il l'avait vu, à quatre pattes sur le sol. Julien se leva, se rendit à l'endroit, sonda une ou deux planches; rien. Il se reprit ailleurs, près d'une boiserie, et voilà que par miracle une planche céda. Étonné, Julien s'arrêta, réfléchit. À présent il voulait savoir. Il écarta le madrier, examina en dessous, passa sa main dans l'espace béant, là où il faisait sombre, frôla un obstacle, y revint minutieusement et parvint à se saisir d'un objet qu'il porta dans la cuisine: une chaudière de métal qui, autrefois, contenait du saindoux de marque Domestic. Julien, intrigué, l'ouvrit: des billets de banque, en grande quantité, là, enfouis; la source des avoirs qui mettaient le géant à l'abri du besoin. Il pouvait donc se permettre de vivre la vie qu'il voulait parce qu'il possédait un bon pécule. Julien, éberlué, continuait d'explorer le seau. Il trouva une note écrite sur un bout de papier: «Étonné, Tit-gars? Je t'avais vu m'espionner, tu es correct, garçon. C'est à toi, profites-en bien, mais sans gaffer, car, tu sais, ça ne paye jamais! Merci d'avoir été là. Je n'avais que toi! Ton vieux maudit, comme je t'ai entendu un jour m'appeler. Merci, Tit-gars.»

Des larmes coulaient sur les joues de Julien sans qu'il pense à les sécher. Était-ce des larmes de joie? De peine? Il ne savait plus, sauf qu'il se sentait profondément remué. Cette fois encore, il s'apitoyait sur son sort: «Chaque fois que j'aime quelqu'un, que je m'attache à lui, en somme, tous ceux que j'approche partent, disparaissent. Mon destin est cruel. On dirait qu'il ne me réserve que la solitude. C'est à croire que je ne suis né que pour elle.»

Cette fois encore, l'image floue d'un visage de femme effleura ses pensées et l'émut. Il remonta loin, très loin en arrière, là où joies et peines se confondaient. «La vie est mesquine», se dit-il en hochant la tête.

Alors qu'il fouillait dans son passé, il se souvint tout à coup de son grand ami Serge qui, un jour, lui avait dit: «Le monde n'est pas méchant, mais il est sans pitié.» Julien sentit subitement le besoin d'aller vers lui, vers cet homme bon, généreux, qui avait, lui aussi, grandi à l'école de la misère et avait su tout surmonter. Serge ne s'était jamais aigri, ni révolté. Oui, il irait le chercher et l'amènerait ici. «Lui qui rêvait d'une ferme... C'est grâce à lui si j'ai celle-ci. Je crois qu'il saurait y trouver le bonheur. Moi, je l'aimerai comme un père! Je ne serai plus jamais seul! Je vais demander au vieux François d'envoyer son fils soigner mes bêtes en mon absence. Le chat pourra rester dehors.»

Il essayait de retrouver l'état d'esprit dans lequel il était quand il était parti de l'orphelinat. «Je reviens d'un long pèlerinage.» Une chose le tracassait cependant: saurait-il retrouver le chemin qui le mènerait jusque là-bas?

***

À mesure qu'il avançait, il essayait de repérer certains indices. Se serait-il trompé de route? Quelle joie lorsqu'il reconnut le restaurant où il s'était arrêté jadis, où il avait été si gentiment gâté par cette dame généreuse! L'espoir lui rendait le bonheur. La confiance revenait dans son âme si longtemps meurtrie. Il fredonnait, ne sentait pas sa fatigue, allait allègrement, tout en tâchant d'imaginer la surprise du sacristain.

Après une nuit dans un petit hôtel – premier luxe qu'il s'offrait –, il continua sa route. Il souhaitait arriver là-bas à l'heure même où Serge rentrerait à la maison. Julien éprouva une sensation qu'il n'aurait su définir lorsqu'il se retrouva devant cet édifice où s'était décidé son sort et dont il s'était éloigné avec tant de soulagement!

Derrière la même haute clôture se trouvaient des jeunes garçons qui frappaient des ballons, qui grandiraient là, et ce, jusqu'au jour où ils auraient atteint l'âge où l'on doit savoir se débrouiller. Alors, la porte s'ouvrirait et ils seraient lancés dans la vie. Ils se gargariseraient de cette liberté à laquelle ils aspiraient tant, mais très vite ils s'apercevraient qu'ils ne savaient qu'en faire. Ils se sentiraient seuls, seraient effrayés.

Non, Julien ne se laisserait pas impressionner et ne permettrait pas que ses pensées viennent saboter sa grande joie de revoir son protecteur. Il regarda les maisons, hésita, tourna le coin et reconnut enfin cet escalier qui plongeait dans un sous-sol.

Il frappa à la porte, ému. Un rideau se souleva. Serge était là, l'air interrogateur. Julien lui sourit. La porte s'ouvrit toute grande, une main s'avança.

— Hé?

— Bedeau!

— Hé! non, c'est pas vrai!

Serge saisit Julien dans ses bras, le serra à lui faire mal.

— Entre, entre! Non, jamais je m'attendais à ça! Viens, raconte. As-tu faim? Qu'est-ce que je peux t'offrir? D'où viens-tu?

Julien riait sans retenue. Son cœur s'excitait dans sa poitrine!

Les deux amis ne cessèrent de bavarder pendant des heures. Ils parlaient de tout et de rien. La plupart du temps, ils passaient du coq à l'âne, mais ça leur était égal puisqu'ils étaient de nouveau réunis.

— Tu sais, j'ai une bonne raison d'être ici, dit Julien.

— Je t'écoute.

— Qu'est-ce que tu dirais? Ben, tu sais, autrefois tu rêvais d'une ferme, d'animaux.

— Ouais…

— Bien, j'ai tout ça!

— C'est pas vrai!

— Vrai comme je suis ici! Maintenant, tu veux me faire plaisir?

— Comment?

— Viens-t'en, viens vivre avec moi.

— T'es… t'es… Mais t'es fou!

Le bedeau se leva, comme propulsé par un ressort, saisit Julien par les épaules et l'obligea à bondir à son tour sur ses pieds. Serge l'attira à lui, le serra fort, si fort, que Julien cria:

— Tu vas m'étouffer!

— Répète-moi ça lentement, très lentement. Je veux être sûr d'avoir bien entendu.

— J'ai, là-bas, une ferme énorme, avec un cheval, des vaches, des poules, des coqs, des cochons, une maison, une étendue incroyable d'arbres, des clôtures, un poêle…

Serge criait et riait, ce qui invitait Julien à en rajouter.

— Allez, répète!

— Et je veux que tu viennes y vivre avec moi. Parce que, mon cher Serge, bedeau et ami, j'ai hérité, par testament, fait par un notaire. Et j'ai de l'argent liquide. Je suis riche, riche, riche!

— Va chez le diable! Redeviens sérieux! C'est pas Dieu possible!

— Je te le jure.

— Tu vas essayer de me faire croire que l'histoire du père Noël est vraie? Les contes de fées, on lit ça aux enfants. Mais je suis content que tu sois de belle humeur. Souventes fois j'ai pensé à toi. Je me demandais où tu étais, qu'est-ce qu'il advenait de toi. Te dire comment j'ai haï le frère qui t'a rogné la tête, c'est pas possible!

— Oublie ça, c'est le passé.

— Alors, toi aussi, arrête de me faire entrevoir le ciel sur terre.

— Fais tes bagages.

— Tu n'aurais pu trouver meilleure farce pour me faire chavirer le cœur!

— Comment pourrais-je te convaincre que je te dis la vérité, toute la vérité?

— Supposons pour cinq minutes que tu dises la vérité, mon pauvre enfant, je ne sais rien faire d'autre!

— Je t'enseignerai, Serge, je t'enseignerai à nourrir les bêtes. Tout s'apprend. Ton travail sera rémunéré.

— Tu y tiens à ta romance. Écoute, je n'ai jamais pris de vacances, j'y ai droit. Donne-moi quelques jours, j'irai faire un tour là-bas et je reviendrai.

— Non, mais tu es têtu! Une mule! Tu me fais penser au père Odilon.

— Qui est le père Odilon?

— Celui qui a testé en ma faveur.

— Bla! Bla! Bla!

— Dis, sais-tu conduire une automobile?

— Oui, je fais les achats pour le collège, et ils ont une camionnette. Et alors?

— Bon, alors, ça règle le problème. J'en achète une.

— Tu achètes quoi?

— Une automobile.

— Non, tu es sérieux?

— Bien oui, Serge, je suis sérieux!

— Ça, par exemple!

Et, c'est en automobile qu'ils franchirent le chemin qui menait de l'orphelinat à la ferme de Julien. « Ta ferme », avait dit Serge, qui voulait savoir vers quelle direction se diriger. Les mots firent écho dans la tête de Julien. « Ma ferme... », pensa-t-il. Une pointe d'orgueil vint flatter son ego.

La nature se faisait complice. En effet, le soleil dardait. Julien était étonné de rentrer chez lui en si peu de temps. Ces nouvelles joies le grisaient.

— Hé! Serge, ralentis. Ici commence le rang où j'habite. À la fourche que tu vois là, c'est le magasin général. Tourne à droite.

Les deux se taisaient. Le bedeau, impressionné, commençait à croire en la véracité des faits énoncés.

— Ici, avec ce piquet commence l'emplacement de ma propriété.

On atteignit la maison. Ce n'était pas un château, bien sûr, mais une maison de campagne comme on en voit dans tous les rangs où se cultive le sol. Un toit chaud, confortable. Les deux amis descendirent de l'auto. La porte de la maison n'était pas verrouillée, et Serge en fut étonné. Ainsi, c'était là qu'il était invité à venir vivre!

— Tu me crois, dis, Serge? demanda Julien avec bonne humeur.

— Il le faut bien!

— Pour ta première mission, irais-tu chercher les œufs pour qu'on se fasse une bonne omelette? J'ai faim.

Julien prit le plat à œufs, sourit et le remit à son ami:

— Ne triche surtout pas. Le fond du plat doit être couvert d'œufs.

— Je ne comprends pas…

— Va, je te raconterai plus tard.

Julien bourra le poêle, frotta une allumette.

— L'attisée durera le temps de cuire l'omelette, marmonna-t-il pour lui-même.

La bouilloire ronronnerait bientôt, et les deux amis prendraient ensemble un premier festin agrémenté de pain grillé sur la braise.

Serge revint de la grange, les yeux exorbités:

— Tout ça t'appartient, c'est vrai?

— Oui, Serge, c'est à moi, tout ça!

— Tu as de la chance!

— Mon nom figure sur les titres, j'en recevrai les copies bientôt.

— Tu sais, j'ai de l'expérience en cuisine. Je prépare ma bouffe depuis longtemps. Pour participer à la bonne marche des choses, je…

On frappa à la porte. Étonné, Julien leva les yeux.

— Tiens, jamais encore on est venu ici. Qui ça peut-il être?

Il alla ouvrir.

— M'sieurs! dit l'homme sur le seuil. Bonjour. Je suis Lacroix, le fils d'Aldéa. J'sais que monsieur Odilon n'est plus, Dieu ait son âme.

L'inconnu se signa.

— Mais j'ai pensé à vous, poursuivit-il. Si vous avez l'intention d'accoupler vos animaux pour la reproduction, faut y penser. J'ai les meilleurs mâles que vous pourriez souhaiter, des bêtes en bonne santé. Monsieur Odilon m'avait parlé de réserver les services de mon verrat. Si votre truie mettait bas, vous me devrez trente piastres, comme c'est l'usage. Même processus pour le veau!

— Processus? C'est quoi, au juste?

— Façon de faire, l'accouplement... les coûts... Faudra aussi penser à accoupler la jument, mais pas maintenant parce que...

— La jument?

— Votre cheval, c'est une jument, j'ai un étalon de première classe.

— Je ne comprends pas, un cheval, une jument, un étalon...

— On en reparlera. Dans le temps comme dans le temps, dit Lacroix en refoulant son fou rire. Ah! Et puis pour en revenir au veau, les services d'un taureau sont moins dispendieux que ceux d'un verrat.

— Excusez-moi, dit Serge en s'avançant. Pourquoi est-ce moins cher?

— La saison d'accouplement est plus longue. Ce service-là va virer dans les vingt piastres.

— Pour parler d'autre chose, j'aurais besoin d'une personne, intervint Julien. Quelqu'un pour nettoyer la maison, une personne forte et en bonne santé, qui peut faire le lavage et ces choses-là!

— Ben, ouais, mais... avec tout mon respect, ça s'arrêterait là?

Julien ne saisissait pas le sens de la question. Il plissa les yeux.

— Je ne comprends pas...

— Laissez tomber... J'ai ma sœur, Rhéa, une femme bien vaillante, qui fait une bonne cuisine. Je peux lui demander de venir vous voir. Vous prendrez arrangements avec elle.

Lacroix se leva, se tourna vers Serge :

— Vous êtes le père de l'employé de monsieur Odilon? Vous devez être fier de ce qui arrive à votre fils. Je vous salue.

Il s'éloigna prestement. Dès qu'il fut sorti de la maison, Serge regarda Julien, et tous deux éclatèrent de rire en même temps.

— T'as entendu ça, fiston?

— Oui, papa!

— Voilà. Moi, je détiens l'autorité, toi, la fortune. Dis, fiston, tu as compris l'avertissement de monsieur Lacroix? Il veut te confier sa sœur, mais à condition que tu n'exiges d'elle rien d'autre que son travail.

— Oui, ça je l'ai bien compris. Mais que voulait-il dire?

— Non, c'est pas vrai, tu blagues? Il me croit ton père et veut bien que sa sœur te serve de bonne. Mais sans ma présence dans cette maison, monsieur Lacroix n'aurait jamais permis que sa sœur vienne ici! Tu ne comprends pas?

— Sainte Marie, mère du Dieu tout-puissant, c'est pas possible! Il me met en garde contre l'abus de sa sœur. Non, mais… pour qui il me prend?

— Pour un homme!

Le visage de Julien s'empourpra. Embarrassé, il tourna le dos, versa l'eau bouillante dans la théière, laissa infuser un moment, remplit deux tasses et en donna une à son compagnon. Il prenait son temps, afin de contrôler l'émotion qui l'étreignait. Ils étaient deux hommes, deux adultes, dont la vie avait dérivé, les privant d'une jeunesse normale, faisant d'eux des adultes non préparés à la vie.

— Aimerais-tu manger quelque chose?

— Je n'ai pas faim, merci, Julien.

— Ce serait bon d'avoir quelqu'un pour faire l'entretien de la maison, il y a beaucoup à faire sur la ferme.

C'est ainsi qu'avait dévié la conversation. Ce n'est que plus tard, dans la solitude de la nuit, qu'ils tenteraient d'approfondir les raisons de leur malaise devant ce sujet tabou. La pudeur les empêchait d'en discuter.

Les jours qui suivirent se passèrent dans l'harmonie qui cimentait leur amitié.

En finissant de souper, Julien lavait la vaisselle, Serge l'essuyait. Peut-être avait-il délibérément choisi ce moment, car il n'aurait pas à soutenir le regard de son compagnon tout en lui faisant ses confidences:

— Tu sais, Serge, avoir eu à choisir un père, c'est à toi qu'il ressemblerait. Je l'ai senti quand, là-bas, tu prenais ma défense, que tu te rangeais de mon côté. Je te rendrai tout ça au centuple. Il y aura toujours de la place pour toi, dans ma maison. On badine parfois sur le sujet, mais je suis présentement très sérieux.

Plus les jours passaient, plus ils voyaient leur amitié se cimenter et leur vie prendre l'allure d'une routine confortable.

Jamais Serge ne fit allusion à son travail qu'il avait abandonné, lui qui ne connaissait rien d'autre que les responsabilités d'un sacristain.

Julien finit par le lui faire remarquer.

— Il n'y a rien à dire, fit Serge. Il n'y a rien à dire, parce que je ne savais rien.

— C'est faux, intervint Julien. Tu faisais les achats pour l'institut, tu sais conduire une automobile, et quoi d'autre. Pas de fausse modestie... Tu apprendras encore. Car nous deux, nous avons une vie devant nous.

— Peut-être...

— Dis-moi, Serge... Les femmes, elles représentent quoi pour toi?

Serge hésitait. Jamais il n'avait exprimé tout haut ses pensées sur le sujet. Le sexe, on le lui avait fait haïr, à mots voilés. Les curés leur faisaient comprendre que le vice solitaire rendait fou, troublait l'esprit, était le péché grave par excellence, puni même sur terre puisqu'il emplissait les asiles d'aliénés. Devait-il communiquer ces horreurs à ce jeune qui lui faisait entière confiance? Risquait-il de troubler son âme?

Julien observait le visage de Serge. Il voyait son regard lointain, les commissures de ses lèvres qui tremblaient. Il était visiblement troublé.

— Ton protecteur, cet Odilon, quelle était son opinion?

— Rien de précis, sauf qu'un jour il s'est exclamé que sa mère était la seule créature qui avait trouvé grâce à ses yeux.

— Moi, je dois t'avouer que je n'en ai pas connu!

— Pas même une religieuse?

— Non.

— Ah!

— Tiens, regarde, là, vois qui s'amène! En parlant du diable, il se montre la tête.

— Sapristi! Quel beau diable!

Rhéa, la sœur de monsieur Lacroix, avançait dans l'allée qui menait à la maison. Éveillée, un tantinet coquette, le sourire facile, elle marchait avec un air désinvolte. Se voyant observée, elle salua de la main.

Julien n'eut d'autre choix que d'aller ouvrir, car Serge avait quitté la pièce. Rhéa parut, le sourire aux lèvres.

— Bonjour, monsieur, dit-elle tout enjouée. Mon frère m'a dit que vous aviez besoin d'une personne pour l'entretien de votre maison.

— En effet, il en a été question.

— D'abord, je ne pourrai pas dormir ici. De toute façon, j'habite très près, et je serais ici tôt le matin.

— Bien sûr, ce serait plus sage. Je veux dire... euh... que ça me convient très bien, bafouilla Julien qui, il le sentait, venait de faire une gaffe magistrale.

Il souhaitait que Serge, ce chenapan de compagnon qui l'avait abandonné seul avec cette charmante jeune femme, n'ait rien entendu, car il se servirait de cette bourde pour le taquiner *ad vitam æternam.* «Je vais l'étrangler», pensait-il, incapable de remettre de l'ordre dans ses idées.

— Mademoiselle, reprit-il gauchement. Si on entrait dans les détails plus tard. Je n'ai pas l'habitude, vous comprenez.

— Oui, mais je ne m'attends pas à travailler le dimanche et pas plus que sept heures par jour et pour un salaire raisonnable de douze dollars la semaine.

— Mais, c'est trop!

— Combien pensez-vous pouvoir payer?

— Ce n'est pas le prix, ce sont vos heures. Jamais vous n'aurez assez de travail pour vous occuper sept heures. Quant au salaire, ça va!

Il y eut un silence. Julien crut entendre Serge s'étouffer de rire. La jeune fille le remercia et lui donna la main.

— Mon nom est Rhéa Lacroix, dit-elle. Et j'accepte votre offre.

Avant même que Julien puisse ajouter quoi que ce soit, elle avait tourné les talons. Dès que la porte se fut refermée, Serge revint dans la cuisine. Il posa ses mains sur les hanches, se dandina comme le ferait un jeune canard et se mit à caqueter:

— Mademoiselle, faisait-il en dérision, je n'ai pas l'habitude. Si on entrait dans les détails plus tard. Bien sûr que vous pourrez dormir tard le matin! Ce n'est pas le prix, c'est que moi, ajoutait-il d'une voix mielleuse, je ne pourrai jamais vous occuper sept heures!

— Toi, mon escogriffe!

Pouffant de rire, Julien fit mine de poursuivre l'autre qui s'éloignait en riant aux éclats.

***

Longtemps on se félicita d'avoir embauché Rhéa. Elle égayait les murs de la maison, y rendait la vie plus agréable, et tout reluisait de propreté. Habile cuisinière, d'une nature à la fois douce et déterminée, sa patience et son amabilité avaient depuis longtemps été mises à l'épreuve, car elle avait grandi dans une famille nombreuse. Ayant plusieurs frères, elle connaissait bien la mentalité des mâles, et l'univers masculin n'avait pas de secret pour elle.

Rhéa avait tout chambardé. Elle avait pris en main les rênes de la maison, distribuait les tâches à remplir, alignait le travail à faire. En somme, elle commandait avec une main de fer dans un gant de velours. De ces deux néophytes, elle ferait des êtres avertis. Rhéa était une femme amoureuse de la terre, soucieuse et respectueuse de ses devoirs.

Ce qui devait arriver arriva. Serge mordit à l'hameçon et devint amoureux. Il garderait son secret le plus longtemps possible, dépassé par la situation. Puisqu'il dépendait entièrement de Julien, comment aurait-il pu penser à prendre épouse?

Julien se rendit compte du changement d'humeur de celui qu'il considérait comme un père. Même Rhéa semblait perdre de son enthousiasme. Elle était embarrassée, semblait mal à son aise.

C'était dimanche, jour de congé de Rhéa. Elle avait préparé des sucreries comme à l'habitude. Serge, attablé, boudait la tranche de gâteau, son dessert favori.

— Non, mais ça va finir, cet air d'enterrement, ou est-ce que ça va durer éternellement? demanda Julien, exaspéré. Tu deviens... sais-tu quoi? Déprimant et endormant! Qu'est-ce que tu as? Je croyais que les curés étaient fous de craindre que l'amour de la femme puisse être dangereux pour le génie de l'homme. Mais ils ont raison! Je m'en rends bien compte en te regardant! Tu manifestes des symptômes graves et tu manques de jarnigoine! Avoue-le! Tu l'aimes, Rhéa! Non, non, non, reste assis là, sauve-toi pas, ça ne réglerait rien. Marie-la.

— Avec quoi on va vivre? Tu y as pensé?

Debout dans le milieu de la cuisine, Serge gesticulait, embarrassé, presque honteux.

— De toute façon, trancha Julien, je serais plus tranquille si je partais avec la certitude que la maison va être bien tenue, les bêtes soignées, les légumes récoltés. Tout ça vaut un salaire. Tu es d'accord avec moi? Hein, Serge, dis-moi que tu es d'accord avec moi!

— Qu'est-ce que tu racontes? dit Serge. Tu vas où, toi?

— C'est pas encore décidé. De toute manière, mon intention était de te confier la maison pour un certain temps. Je ne me serais jamais imaginé que tu lésinerais autant!

Malgré ses efforts de volonté, Serge ne parvenait pas à réprimer la joie qu'il ressentait. Alors, il continua d'apporter des objections.

— Mais les petits?

— Qui?

— Les enfants qui pourraient naître…

— Ton chapelet d'objections, tu le réciteras un autre jour. Je sors, je reviendrai plus tard. À propos, tu devrais voir un médecin. Je crois que tu fais de la haute tension artérielle. Regarde-toi dans le miroir… Tu es rouge comme une betterave!

Rhéa entrait justement.

— Bonjour, messieurs, lança-t-elle de sa voix toujours gaie. Mais, dites donc, monsieur Serge, seriez-vous malade?

— Non, pourquoi? N'est-ce pas votre jour de congé, Rhéa?

— Oui, je passais, je suis simplement arrêtée vous dire bonjour. Venez vous asseoir, ici, sur cette chaise.

— Mais pourquoi?

— Vous voilà tout cramoisi. Peut-être faites-vous de l'hypertension. Détendez-vous.

Julien les observait, écoutait leur discours, les émotions les faisaient balbutier.

Rhéa prit la main de l'homme, tâta le pouls.

— Votre cœur bat très vite, trop vite. Plus de cent vingt à la minute!

— Ne vous en faites pas, Rhéa, c'est un mal dont souffrent les vieux garçons. Vous en prendrez bien soin? demanda Julien. Je m'absenterai quelque temps.

Il pivota sur ses talons, fixa Serge, réprimant un sourire, et s'éloigna. Ce fut au tour de Rhéa de s'empourprer.

Chapitre 17

Julien avait connu une nuit atroce! Quand revenait l'anniversaire de ce soir tragique, qui coïncidait avec le décès de son bienfaiteur, il devenait angoissé, avait des cauchemars horribles, revivait des scènes cruelles qui le poursuivaient pendant des jours. C'est pourquoi il avait appelé Serge auprès de lui, car ses peurs morbides le terrorisaient. Dès qu'un bruit inhabituel se faisait entendre, il se croyait traqué. La présence de Serge l'avait aidé. Le silence qui lui pesait tant s'était enfin rompu! Mais voilà que l'arrivée de Rhéa avait tout brouillé. Avec ses beaux grands yeux limpides, il craignait qu'elle vienne le troubler jusque dans son âme! Il lui faudrait disparaître quelques jours, aller distraire au loin son angoisse. Peut-être qu'avec le temps il reprendrait son équilibre, que ces atroces souvenirs finiraient par disparaître complètement…

Serge et Julien se berçaient dans la cuisine. L'un se laissait vivre, heureux du sort qui était le sien. Cet enfant, ce Julien, son protégé devenu son protecteur, il l'aimait comme un fils. Sur cette ferme, il y avait de grands espaces, la terre, le vent, le soleil. Tout était à sa disposition, donc tout lui appartenait!

— Incontestablement! dit-il à haute voix sans même s'en rendre compte.

— Tu dis, Serge? demanda Julien.

N'obtenant pas de réponse, il retourna à ses pensées morbides. Il aurait aimé avoir le pouvoir d'effacer le passé, d'étouffer en son âme blessée ce crime qu'il traînait dans ses entrailles. Ce remords, cet affreux châtiment lui était imposé par sa conscience à jamais perturbée. Il avait peur à certaines heures, dont celles qui précédaient son sommeil. La frayeur l'envahissait.

« Que dirait Serge s'il savait? se demandait-il. Devrais-je lui confier ce drame? Il saurait peut-être me protéger, me conseiller! »

Il cessa tout à coup de se bercer. Là, immobile, les bras appuyés sur les accoudoirs, le regard perdu dans le vide, Julien, une fois de plus, ressentait le même frisson qui l'assaillait à chaque fois qu'un événement malheureux allait se produire.

— Dis donc, serais-tu en panne de gaz, dit Serge. Tu t'es immobilisé.

Serge riait de sa blague; Julien ne bronchait pas.

— Ça ne va pas? fit Serge. Tu es en sueur! Je peux t'aider?

Julien se leva brusquement, ouvrit la porte et se dirigea vers la grange. Il voulait cacher sa peine, contrôler l'angoisse qui l'étranglait de plus en plus.

L'image d'Odilon lui apparut. Il croyait même entendre sa voix. Elle lui criait des ordres. Julien se boucha les oreilles de ses deux mains. Mais le cri persistait avec une violence insoutenable.

— Papa! Papa! pleura Julien.

Agrippé au mur qu'il martelait, égratignait, striait de ses ongles endoloris, il voyait une mare de sang qui s'élargissait sur le plancher. Le spectre d'Odilon piquait la fourche dans le foin, près de sa tête. Il se mit à trembler et à hurler comme une bête fauve dans la nuit.

Ses cris parvinrent jusqu'à la maison. Serge tendit l'oreille, sortit sur le perron. Cette voix apeurée et perçante ne laissait pas de doute, c'était celle de Julien. Il courut vers son ami, effaré, les yeux hagards, les membres pris d'un affreux tremblement. Il s'approcha, cria son nom.

Julien ne réagit pas. Pris de peur, Serge, de sa main ouverte, le frappa avec force en plein visage.

Julien hoqueta, pâlit, s'appuya contre le mur.

— Ressaisis-toi, Julien, allez! Allez! Julien!

— Qu'est-ce qui m'arrive?

— Viens, tu dois te reposer. Je crois que tu as trop travaillé. Tu en as vécu des émotions fortes depuis quelque temps. En plus d'avoir changé de vie! Viens, retournons à la maison, oublions cette mauvaise passe. Ce ne sera rien! Tu as raison de penser à t'éloigner d'ici, d'aller ailleurs te changer les idées. Tout ça, c'est à cause de ces changements, de ces dépaysements, de l'adaptation à de nouvelles disciplines, de nouveaux visages, menant à l'incertitude, ce qui briserait l'équilibre du plus solide des gaillards. Ne t'en fais pas, ça passera. Mais va, change tes idées, fais le vide en ta tête et en ton âme.

Lentement, Julien relevait la tête, semblait se détendre. Sa respiration haletante se calmait. Il réfléchissait à tout ça. Il lui fallait admettre que son compagnon avait raison. Il s'éloignerait!

Il avait appris à conduire l'automobile dans le rang qu'il habitait, se trouvait des raisons pour aller au magasin afin de s'affirmer au volant, de prendre confiance. Il n'avait pas d'ennui financier et était libre de ses mouvements. La présence de Rhéa le rassurait. « Elle a un œil de faucon, pensait-il. Serge est mieux de bien se tenir. La maison sera bien gardée! »

Mais il voyait sa propre vie avec moins d'optimisme. Une enfance mal protégée, des bribes de tendresse qu'il avait eu à quêter, personne à aimer, ce manque impitoyable de bonté qui parfois l'avait laissé penaud, car il ne savait pas interpréter les remontrances ou les reproches reçus, ni se corriger pour ne plus en être l'objet.

Décidé, après cette crise et la réaction de son ami, Julien se promit de sortir de son isolement, d'aller voir le monde tel qu'il était. Pour ce faire, il s'inscrirait à une école et étudierait avec sérieux. Il avait vu dans un journal et avait gardé une annonce parue qui invitait les jeunes adultes à reprendre et à poursuivre leurs études.

Il se souvenait du petit logis qu'habitait Serge, là-bas. Il dénicherait quelque chose de semblable, rencontrerait des gens de son âge, donnerait un sens à sa vie. L'austérité de son enfance n'empoisonnerait pas le reste de ses joies!

Le temps qu'il avait autrefois passé à l'école ne lui laissait pas de mauvais souvenirs. Au contraire, il apprenait facilement, retenait bien, ressentait de la joie à découvrir ce que contenaient les livres. Il souhaitait trouver une bibliothèque remplie de volumes traitant de géographie, afin de rêver par le truchement de livres qui le feraient voyager! Oui, il voulait s'éloigner de ce coin perdu que le sort lui avait réservé, où tout était circonscrit autour du travail ardu et qui avait des animaux comme point central.

Il voulait oublier la réalité, la routine terre à terre du travail de la ferme et de tout ce qui l'entourait.

Il se reprenait en main; plus que jamais, luttant de toutes ses forces contre son passé.

Parfois sa conscience lui reprochait son manque de reconnaissance envers Odilon. Cet homme n'avait pas été toujours cruel avec lui. Souvent il lui avait témoigné de la tendresse. Et plus encore, sa générosité avait fait en sorte que Julien pouvait faire tout ce qu'il faisait aujourd'hui, sans se soucier du lendemain, sans se demander s'il aurait de quoi manger.

Un jour, il fit la visite d'un collège qui ouvrait ses portes quelques heures au public. Julien se voyait le fréquenter en externe. Car jamais plus il ne serait capable d'endurer l'internat.

Il traversa la grande porte. Un sentiment de fierté l'envahit. Il déambulait d'un département à l'autre, savait reconnaître l'utilité du local où il se trouvait. Ici l'atmosphère différait de ce qu'il avait connu à l'orphelinat. Ce n'était pas terne, ni sombre comme cet endroit où il avait passé son enfance.

Il laissa ses rêves défiler tout en se promenant d'une salle de cours à l'autre. On dut le prévenir que le temps des visites se terminait.

Julien sourit au surveillant et lui répondit sur un ton déterminé:

—Je reviendrai!

Il sortit du collège le cœur en fête. Il voyait s'ouvrir devant lui tout un éventail de possibilités. Le jour même, il fureta dans les environs, chercha à se loger de façon à pouvoir s'organiser une vie agréable, goûtant par anticipation cette liberté, ce rayonnement d'une existence calme, douce, heureuse. Oui, il se ferait l'artisan de son propre bonheur. Son âme exultait! Il n'aurait plus qu'à étudier, apprendre, découvrir ce que la vie a à offrir.

Le lendemain, Julien passa tout son temps à chercher un logis dans les environs. Il erra d'une rue à l'autre, pour enfin découvrir un deux pièces, sans luxe, sans éclat, mais d'une propreté impeccable. Il versa le prix de location et retourna chez lui, à la campagne, afin de préparer son absence prolongée.

Arrivé à la maison, quelle ne fut pas sa surprise! Alors que, normalement, Rhéa eût dû avoir terminé son travail et être rentrée chez elle, elle était là, assise près de la table, bavardant, les yeux rieurs, avec Serge qui, lui aussi, avait un visage radieux.

— Je vous dérange? lança Julien.

— Non, bien non, entre, fit Serge, heureux de le revoir.

— T'es bien gentil, merci!

— Je ne t'attendais pas si tôt.

— Tu veux que je m'en aille?

— Bien non, ce n'est pas ce que j'ai voulu dire...

Rhéa prit les deux tasses vides sur la table et les rinça.

— Vous portez du fard sur vos joues, Rhéa? remarqua Julien. Elles sont rouges comme un coquelicot! Mais ça vous va bien, même très bien. Il vous reste du café?

— Oui, bien sûr.

Dès que Rhéa se fut levée et eut quitté la table, Serge montra le poing à Julien.

— Je croyais que tu avais promis à son frère que tu n'abuserais pas, rétorqua Julien. Enfin, quelque chose comme ça!

— Pardon, monsieur Julien, je vous demande bien pardon. Rien ne s'est passé que je n'aurais pas fait devant vous ou mon frère.

Serge se leva et, d'un élan, s'approcha de Rhéa.

— Voulez-vous être ma femme?

— Quoi? fit Rhéa, estomaquée. Vous badinez, monsieur Serge, n'est-ce pas?

— Non, je ne badine pas. Vous savez, Rhéa, je ne suis pas riche, mais je vous aime et je vous rendrai heureuse.

On eût dit, pour un instant, qu'un esprit passait! On n'entendait plus que le tic-tac de l'horloge. On se regardait en silence, cherchant à saisir le côté sérieux de la situation.

— Bon! Je n'ai rien à faire ici. Je retourne au village, lança Julien en se levant.

Il partit, sauta dans sa voiture et s'éloigna. Des trois personnages, il était le plus troublé. Il venait de passer par toute une gamme d'émotions qui jusque-là lui étaient inconnues.

Son esprit tournait en rond, agité, confus. Les vibrations amoureuses qui émanaient de ces deux êtres, qui lui semblaient électrisés, le troublaient. Il se rendit au casse-croûte où il s'était arrêté, il y avait déjà si longtemps, mais la dame si bienveillante ne s'y trouvait pas. Il se sentait seul, aurait aimé bavarder de choses et d'autres.

Il prit un café et retourna chez lui en espérant que Rhéa serait partie, que son compagnon serait couché et endormi.

Il voulait être seul, approfondir tout ça, dont ce monde inconnu de l'amour, mystérieux, redoutable, mais, par contre, qui semblait tellement fascinant. Pourquoi tout ce qui est doux et désirable serait-il mal? Il frissonna. Ce soir-là il aurait eu besoin de tendresse, d'une affection manifestée… « Le péché de la chair, comme on le lui avait appris, est un péché grave. » On le lui avait si souvent répété. Était-ce vers cet abîme qu'il se dirigeait?

La nuit était belle, les étoiles scintillaient, la maison était plongée dans le noir, mais Julien ne se décidait pas à entrer. Il savait qu'il ne dormirait pas. Des picotements l'incommodaient, lui couraient sur l'échine. Sa respiration était devenue haletante. « Mais qu'est-ce qui m'arrive? » se demandait-il avec inquiétude.

Il marchait à grandes enjambées et faisait un effort surhumain pour retrouver son équilibre.

***

Le lendemain matin, il se réveilla tôt. Serge était aux bâtiments. Julien prépara le déjeuner tout en ruminant ses réflexions de la veille. Il lui fallait en parler à son ami.

Pour une deuxième fois, ils auraient une conversation des plus sérieuses.

Les œufs pochés dans les assiettes, le café versé, les rôties bien croustillantes… Tout était prêt pour une bonne conversation.

—J'avais une faim de loup, dit Serge.

—J'ai à te parler, c'est sérieux.

Les traits de Julien se figèrent. Il s'appuya au dossier de sa chaise.

—Écoute, Serge, tu n'es plus jeune, tu as une belle occasion, tu es en amour. Marie cette fille, fonde un foyer.

— Elle ne veut rien entendre!

— Il faut que tu la persuades. Elle est épatante.

— Dis, on pourrait vivre sous ton toit?

— Tel que je te l'ai dit, tu seras toujours ici chez toi, ainsi que ton épouse. Ce n'est pas moi qui séparerais ceux qui s'aiment.

— Toi, tu penses à te marier?

— Un jour, peut-être, si je devenais amoureux d'une femme.

— En attendant, que veux-tu faire?

— Étudier, retourner au collège, approfondir certains sujets que je n'ai qu'effleurés. J'ai une soif d'en savoir plus. J'aimerais aussi rencontrer des jeunes de mon âge, qui ont connu une jeunesse et une vie normale, savoir ce qu'ils pensent, comment ils vivent. Tu sais, Serge...

Julien avait baissé la tête. Il désirait confier sa peine, son angoisse, ce drame qui l'avait marqué, mais une peur affreuse, mêlée à une sorte de pudeur, l'empêchait de vider sa conscience.

— Je t'écoute.

— Je veux un logement, dit-il après un long moment d'hésitation. Semblable à celui que tu possédais là-bas. Une place pour dormir, étudier. Je reviendrai plus tard. J'ai soif d'émancipation, d'un vaste horizon.

— Mon pauvre vieux, ta vie n'a pas toujours été rose. Tu as atteint la majorité. Tu es libre. Va, profite un peu de ta jeunesse.

— Tu prendras soin des animaux en mon absence?

— De tout ce que tu possèdes et avec les mêmes soins que tu donnerais toi-même.

— Merci.

— Tu sembles, disons, nostalgique. Quelque chose ne va pas?

— Non.

— Si j'avais besoin de toi, une décision à prendre, une urgence, je saurais où te joindre.

— Comme ton mariage, n'est-ce pas?

— Ça, ça dépendra de ce que va décider Rhéa. Tu pars quand, Julien?

— Au plus tôt.

— Peux-tu me donner encore un peu de temps, je veux que tu sois là, en ce grand jour.

— Je te dois bien cette gentillesse après tout ce que tu as fait pour moi.

— Autrement ça va?

— Je ne suis pas malade.

— Physiquement non, mais tu m'as effrayé. Comprends-tu ce qui t'est arrivé? Une déprime, une déprime noire?

Julien inclina la tête. Il aurait voulu vider son sac, tout raconter à son ami. Peut-être que se confier allégerait son fardeau, atténuerait l'angoisse qui ne cessait de l'opprimer.

Il se souvint de ses cheveux rasés qui jonchaient le sol, de cette moutarde sur le plancher du réfectoire qu'il avait dû nettoyer à quatre pattes, et cette fillette qui avait transpercé son âme de son regard candide et effrayé! Une sueur froide lui glissait dans le dos. Il frissonnait.

— Tu sais, Serge…

Il releva la tête. Serge n'était plus là. Julien n'avait pas entendu Rhéa entrer. Trop absorbé dans ses pensées, il ne l'avait pas vue s'approcher d'eux. Serge s'excusa auprès de Julien, il devait sortir avec Rhéa. Mais Serge n'avait rien entendu! Par la fenêtre ouverte, le rire de Rhéa lui parvenait, cristallin comme l'eau de roche. « Tout ce que je leur souhaite, c'est le bonheur », pensa Julien.

Cette fois encore, l'occasion de se confier lui avait échappé. Il s'en félicitait, car Serge avait déjà ses propres préoccupations. « Plutôt que d'être là, à m'apitoyer sur mon propre sort, je devrais penser à lui, savoir l'écouter… Je ne suis qu'un mufle! »

Rhéa était amoureuse. Elle rayonnait. Son bonheur se communiquait à son homme que, pas à pas, elle conduisait directement au pied de l'autel.

***

Rhéa était debout sur une chaise. La couturière épinglait le bas de la robe de la future mariée.

— Où est Serge? demanda Julien.

— Dans sa chambre, il attend patiemment la fin de l'ajustement, car si le fiancé devait voir la robe de sa future avant la noce, ce serait attirer le malheur.

— Ah! dis donc, Rhéa, tu crois à ces superstitions?

— Pas de risque à prendre. Si tout à coup c'était vrai?

— Tu es une sage fille, Rhéa.

Julien se dirigea vers sa chambre, prit ses bagages et alla les déposer dans la valise de sa voiture. Il partirait tout de suite après la noce et laisserait ainsi aux nouveaux époux toute l'intimité dont ils auraient besoin.

Rhéa avait nettoyé la maison, cuisiné de bons petits plats, préparé la chambre nuptiale. Une vraie course contre la montre. Julien avait l'impression d'être là en spectateur. Cela le laissait rêveur. La présence de cette fille dans la maison changeait tout. Jusqu'à maintenant, il n'avait pratiquement connu que l'univers des hommes. Vaguement, loin, très loin dans ses souvenirs, ce visage d'ange apparaissait parfois dans ses rêves, mais s'estompait dès qu'il se réveillait.

Tout ce qu'il connaissait sur le sexe, il l'avait appris dans sa grammaire: le masculin et le féminin. Le masculin l'emportait sur le féminin, le féminin se formait en ajoutant un «e» au masculin: ami-amie, fin-fine!

Julien souriait. La table était mise, Rhéa allait partir. Ses yeux étaient si brillants qu'elle les gardait baissés par pudeur, pour ne pas laisser trop paraître sa joie débordante.

— Vous êtes radieuse, Rhéa, lui fit remarquer Julien.

— Merci, monsieur Julien.

Il aurait voulu lui demander de laisser tomber le «monsieur», mais il n'osait pas. Il avait peur des familiarités.

Après le départ de Rhéa, Julien demanda:

— Où as-tu appris à parler aux femmes? Certainement pas dans la geôle dont tu m'as aidé à me libérer, non?

— Ne t'en fais pas, ce n'est pas une question de savoir-faire. L'amour, ça surgit comme ça au moment où on s'y attend le moins. L'amour est un dieu malin, tu pourrais le croiser sur la route! Il s'agit de savoir le reconnaître. Rhéa et moi, ça aurait pu être Rhéa et quelqu'un d'autre. C'est comme ça, ça ne s'explique pas! Tu sais, je ne m'y attendais pas. Je n'aurais jamais osé espérer aimer, avoir un jour une femme, une vie normale. C'est à toi que je le dois, à toi tout seul.

— Eh! doucement, pas de pensées tristes! Le jour est à la joie. Va dormir, fais de beaux rêves. C'est ton dernier soir, seul, dans ton grand lit…

Serge se leva, haussa les épaules, s'éloigna.
— Bonne nuit, Serge.
— Bonne nuit.

***

Rhéa Lacroix rayonnait au bras de son père. Elle s'avançait, majestueuse, rose de timidité, vêtue de ses chiffons, un bouquet de marguerites des champs à la main, du bonheur plein les yeux.

Rhéa et Serge prononcèrent leurs vœux et se jurèrent fidélité pour la vie. Les cloches du village tintèrent. La vie des époux prenait son essor.

Maman Lacroix, la mère de Rhéa, servit un repas succulent. Les invités étaient en verve. On rendit hommage à Odilon qui s'était envolé vers le ciel, lui qui avait permis ce beau roman d'amour! Le repas terminé, Julien se leva, remercia les hôtes, s'excusa, après un baiser à la nouvelle épouse, chuchota à l'oreille de son ami:

— Toi, prends un soin jaloux de cette chère Rhéa.

Et il fila, bouleversé, troublé, réfléchissant au fait que la vie pouvait tout changer en quelques heures. Ainsi, la sienne, en ce jour maudit où un homme était mort par sa faute, et, ensuite, lorsqu'il avait découvert Odilon sans vie. Serge, lui, venait de faire bifurquer sa destinée. Il s'était lié à une femme, à la vie, à la mort.

Julien avait le cœur lourd. Tout lui échappait, rien de merveilleux et de tendre ne venait illuminer son existence. Les larmes embuaient ses yeux.

«Et moi, qu'ai-je fait pour autrui? À Serge, je dois le bonheur, à Odilon, l'aisance. Moi, j'ai privé une enfant de son père. Ses yeux, ce regard affolé qu'elle a plongé dans le mien… Qu'a-t-elle vu dans mon âme, cette innocente petite fille? Qu'est-ce que j'ai, à ne jamais trouver mon équilibre? Est-ce qu'un jour je connaîtrai une vie normale? Mes meilleurs moments, je les ai connus grâce à Serge, ce bedeau clairvoyant, équilibré. Le chanceux, il a trouvé l'amour. Mon souvenir le plus doux est celui qui sommeille là, en moi, mais il est si imprécis! Parfois il se réveille pour se volatiliser avant que je puisse le saisir, que je puisse reconnaître les traits de ce visage flou. Des bribes, rien que des bribes. Trouverai-je un jour? Je ne demande qu'un bonheur simple et doux… »

Une fois dans la métropole, il repéra le collège qu'il fréquenterait. À partir de là, il erra d'une rue à l'autre, sillonna les environs et dénicha un de ces logements improvisés pour la durée de la saison scolaire, au sous-sol, en tout point semblable à celui de son ami où il avait vécu ses premières heures de liberté.

Il entra ses bagages, les défit. Un paquet retint son attention. « Étrange, ce n'est pas à moi, pensa-t-il. Il n'est pas arrivé dans mes affaires par miracle. »

Rhéa avait eu une pensée délicate, elle avait emballé des sandwiches, une tranche du gâteau de noce, quelques autres gâteries, avait glissé le tout au milieu de ses choses qu'il avait déposées dans sa voiture.

Ce geste l'émut, lui fit réaliser qu'il lui faudrait s'acheter des victuailles, qu'il ne dépendait plus que de lui-même.

Dans deux jours débuteraient les cours qu'il entendait suivre. Il s'allongea sur le lit, le sommier grinça sous son poids. Lentement, il sombra dans le sommeil. Mais, tout à coup, un bruit infernal se fit entendre : les percussions d'une batterie, de tambours et de cymbales. Julien sursauta, s'assit sur son grabat, affolé, le visage en feu, car il était justement en train de rêver qu'il se faisait attaquer par-derrière. Il se leva, se précipita vers le lavabo, se lava le visage à l'eau froide, resta là, abasourdi. « Merde! Quel enfer! Jamais je ne pourrai étudier dans un tel vacarme. » Demain il irait là-haut, essaierait de faire comprendre le bon sens au propriétaire. Et dire qu'il avait payé d'avance le coût du semestre…

N'en pouvant plus, il sortit, se frotta les oreilles. « Ma foi du bon Dieu… On cherche à me perforer les tympans! »

Il pensa à la douceur de sa maison, au silence qui y régnait. Cela lui manquait déjà.

Lorsqu'il revint de sa promenade, la porte d'entrée de l'étage s'ouvrit avec fracas. Un groupe de jeunes sortait.

— Hé! Tu es le nouveau locataire? lui lança l'un d'entre eux. On ne t'a pas trop assommé avec notre musique? Excuse-nous.

— Non, ça va, les jeunes.

— Viens donc te joindre à nous demain. On répète une

demi-heure par soir. Il faut être alerte afin de garder le tempo. *Ciao!*

Julien rentra chez lui le sourire aux lèvres. Oui, il irait. « Sympathiques, ces jeunes. Je ne perds rien à me joindre à eux. »

Le lendemain, il s'empressa de traverser rejoindre les chanteurs. Le sérieux qu'affichait le groupe l'impressionna. On s'arrêtait sur une note, on l'étudiait, on la modifiait.

Julien ne comprenait rien à leurs discours, mais enviait leur camaraderie.

— Vos études, Luc, doivent beaucoup vous occuper? demanda-t-il.

— Bah! Chaque chose en son temps. Étude et détente ne sont pas nécessairement des adversaires.

— Hé! Mais tu philosophes! s'exclama Julien.

— Pourquoi pas?

C'est ainsi qu'il prit l'habitude de venir se mêler au groupe de temps à autre. Il prenait place en retrait et restait discret. Certains soirs, on jouait des partitions complètes, sans interruption. Julien se surprit à suivre les accords, à battre au rythme de la musique, respectant bien le tempo.

— Dis, Julien, je ne sais pas si tu le sais, mais tu es drôlement doué, remarqua l'un d'entre eux. Tu sais apprécier l'harmonie. Tu as de l'oreille, comme on dit communément. Il y a des musiciens dans ta famille?

— Je l'ignore.

— Ah! Dis donc, la semaine prochaine, c'est la relâche pour notre groupe. Ce sont des filles qui viendront. Je t'invite. Si tu veux, viens me rejoindre. Tu sais, il y en a qui sont bien *cutes*...

Il fit un clin d'œil.

— Je ne sais pas si j'aurai le temps. Je fais de la révision. Je dois passer mes examens d'admission au collège.

— Prends-le, le temps. Sinon, mon vieux, que tu le veuilles ou pas, c'est lui, le temps, qui va te prendre!

Ils se séparèrent en riant.

***.

Julien avait l'espoir de s'être classé, car l'examen lui avait paru assez facile. Sauf pour l'anglais, sujet qu'il avait à peine effleuré.

Il se dirigeait vers le collège pour se faire remettre ses résultats, mais, plus il approchait du but, plus la bibitte du doute rongeait sa confiance.

Il revint chez lui le cœur en fête. Oui ses notes étaient bonnes! Mais dès qu'il se retrouva entre les quatre murs de son appartement, sa gaieté tomba et une grande tristesse l'envahit. Il n'avait personne avec qui partager sa joie. Il se rendait compte que sa solitude lui était de plus en plus pénible. Pleurer de bonheur sans pouvoir le partager lui était tout simplement insupportable.

Ses malheurs comme ses bonheurs étaient là, enfouis au plus profond de lui-même, stagnants. Ah! cette maudite solitude! Cette maudite monotonie!

Puis il sursauta. On frappait bruyamment à sa porte. Du revers de sa main, Julien s'essuya les yeux, sauta sur ses pieds et ouvrit.

C'était Luc, qui leva le pouce en signe de victoire. Julien écarquilla les yeux, ne comprenait pas. Son compagnon avait le bonheur écrit sur le visage.

— Ben mon vieux, ça y est! s'exclama Luc.

— Quoi donc?

— J'ai réussi.

— Quoi?

— Les examens, voyons!

— Tiens, moi aussi!

— C'est vrai?

— Oui.

— Ben, prends ta main droite et tape dans la mienne. C'est pour attirer la chance, tu comprends? Mon père va être fou de joie. Il m'avait prévenu: «Fiston, rate ton test et finie la musique!» Tu parles! Si ça motive un gars. Ton père, tu l'as prévenu que tu as réussi?

— Non, dit tristement Julien. Pour la bonne raison que je n'ai pas de père.

— Ta mère, alors?

— Non, je n'ai pas de mère non plus…

— Qu'est-ce que tu racontes?

— Je suis seul au monde, mais j'ai un ami qui m'a aidé.

C'est une longue histoire. La tendresse, je ne la connais pas non plus. Un vague souvenir auquel je veux m'accrocher, mais qui m'échappe. C'était un ange, un ange de bonté, une religieuse… Pour le reste… Ah… Luc, je t'emmerde à brailler ainsi comme un veau. Mais des jours comme aujourd'hui, ça fait doublement mal!

—Écoute, ce soir on célèbre une première victoire avant de fêter le triomphe. Viens avec nous, viens rencontrer tous les membres de l'orchestre. On s'en va au party de l'initiation des étudiants. Suis-nous. Tu sais, le but de ma visite était de t'inviter. Je n'ai pu m'empêcher de te communiquer la joie de ma réussite. Allez, on part pour la guerre!

Luc mit sa main sur l'épaule de Julien.

—Je ne sais pas si je me trompe, dit-il encore, mais je crois que c'est la joie qui t'a incité à passer aux confidences. C'est bien, Julien, je ne te trahirai pas, je garderai tes secrets, je serai muet comme une tombe. Considère-moi comme un ami. Suis-moi, allons fêter ça et, s'il y avait du grabuge, même si notre groupe est relativement sage, restons ensemble.

Le rendez-vous avait lieu au Mont-Royal. Là se trouvaient des pneus. Chacun devait en rouler un et s'il l'échappait, pour sa punition, il devait enlever un de ses vêtements qu'un étudiant de l'année précédente récupérait. Tout y passait, même le pantalon. Luc avait prévenu Julien:

—Enlève d'abord ta cravate, puis ton blouson. Sois sur tes gardes, on fera tout pour faire dévier ton pneu.

Le perdant devrait se présenter aux cours du lendemain vêtu d'une robe rouge, avec un maquillage assorti!

Jamais encore Julien n'avait autant ri! Ce soir-là, il se laissa tomber sur son lit et, pour la première fois de sa vie, c'est la gaieté qui le garda éveillé.

***

La première session des cours prit fin. Julien s'apprêtait à retourner chez lui. Luc lui fit l'accolade et lui suggéra:

—Tu sais, Julien, si le cafard te prend, reviens ici. On s'amuse ferme dans le temps des Fêtes.

Il arriva chez lui en plein après-midi. Rhéa préparait les pâtisseries pour la fête de Noël.

— Bonjour, Rhéa, vous allez bien? Le bonheur…

Le bonheur de Rhéa, fallait-il le questionner? Il se lisait sur son visage. Un fumet divin se répandait dans la cuisine, chatouillait les papilles de Julien, qui était heureux, si heureux d'être chez lui.

— Où est Serge?

— À l'étable.

— Je vais aller le surprendre.

— Ne tardez pas; le repas sera bientôt prêt.

Julien marchait vers les bâtiments, humait l'air pur de la campagne. Les champs étaient vidés de leur récolte, des feuilles rouillées par le froid crépitaient sous ses pieds.

Il entendit Serge qui marmonnait, tenait un discours au cheval.

— Viens, tasse-toi, vieux sorcier, allez, tasse-toi.

— Non, je ne me tasserai pas! ne put s'empêcher de répondre Julien.

Serge s'arrêta pile, tourna la tête:

— Je croyais bien, aussi, avoir entendu une voix qui n'était pas celle d'un cheval! Salut, jeune homme! Qu'est-ce que tu as à raconter? L'école, ça va?

Il avança, la main prête à serrer celle de Julien. Mais il se ressaisit, l'essuya sur sa salopette, la tendit, attira son grand ami vers lui.

— Tu es entré dans la maison? T'as vu ma femme? C'est-y propre à ton goût? Elle t'attendait.

— Je… j'ai comme l'impression que je t'ai manqué… Je me trompe?

— Non, mon vieux snoreau! Je suis si content que tu sois là! Écoute, pendant qu'on est seuls, imagine-toi donc que Rhéa…

— Oui, alors?

— Ben…

— Malade?

— Non. Mais, elle est « comme ça »…

— Je ne comprends pas.

Serge se pencha à son oreille et il chuchota le mot « pleine ».

— Tu veux dire que… Tu vas être père! Saperlipopette! Il faut fêter ça!

— Chut! Pas un mot. Attends qu'elle te le dise elle-même! C'est pas tout. Viens voir.

— Non! Deux cochonnets. Eh bien! D'après ce que je peux voir, on s'est amusé dans la paroisse pendant mon absence!

Assis sur une pile de planches, l'un près de l'autre, ils bavardèrent. Serge raconta les derniers potins de la paroisse, il parla de l'abondance de la récolte, de la température extraordinaire.

— Les finances, pas de problèmes? demanda Julien.

— Pas encore. J'ai refait un bout de clôture au sud de l'enclos, et il faudra acheter du bardeau pour réparer le toit de la grange.

Julien tourna la tête, regarda l'endroit qui avait besoin de réparation. C'était là, exactement, qu'il avait subi la colère d'Odilon le jour de son arrivée. Il grimaça.

— Tu ne m'écoutes pas, dit Serge.

— Je revis de vieilles choses, un souvenir...

— Bon sang de bon sang! Prends le temps d'ôter ton chapeau avant de retomber dans la déprime. Secoue-toi! Parle-moi de ce qui se passe là-bas. En ramènes-tu, des souvenirs? Disons, une jolie fille à l'horizon?

— Non, mais attends que je te raconte...

Julien fit le récit de l'initiation du collège et ne se gêna pas pour en rajouter. Serge riait aux larmes.

— Tu as changé, Julien, dit-il tout à coup.

— Qu'est-ce qui te fait dire ça?

— Tu es, disons, désinvolte, plus ouvert, épanoui, je ne sais pas... Mieux dans ta peau.

— Ça, c'est vrai. Là-bas, j'ai des amis formidables, du bon monde, sans histoire.

— Et l'amour? Ton cœur dans tout ça?

— Je me laisse mûrir. J'attends l'élue de mes rêves!

— Bon, allons à la maison, ma femme va croire qu'on l'a oubliée.

— Arrête!

— Quoi?

— Sens, renifle, hume! Son ragoût, j'en rêvais là-bas. Allons-y, courons...

Tout allait donc pour le mieux dans le meilleur des mondes. Le repas était délicieux; la joie était aussi au menu.

— C'est bon de vous voir tous les deux, dit Julien. Vous êtes si heureux. Est-ce dû à cette future maternité?

Il crut avoir fait une gaffe, mais Rhéa sembla tout heureuse d'en parler.

— Ça ne peut pas nuire, dit-elle. Vous y participerez peut-être, monsieur Julien. Car si c'était un garçon, vous seriez le parrain, mais, si c'était une fille, l'honneur irait au grand-papa Lacroix.

— Alors souhaitons que ce soit un garçon.

— Priez fort, car mon père supplie le ciel pour que ce soit le contraire.

— *Ora pro nobis!*

— Vous ne vous ennuyez pas de la campagne, là où vous êtes? Vous semblez, je ne sais pas, disons heureux, content, épanoui. Amoureux, peut-être?

— Décidément, l'amour se retrouve en tête de liste du bonheur humain! Eh non! Je vous décevrai peut-être, mais je me repais d'amitié.

On bavarda jusque très tard. Il fut question d'Odilon, « ce vieil acariâtre », comme le nommait Julien, qui avait donné du fil à retordre aux Lacroix également.

— Mais, avança Serge, c'est grâce à lui si nous sommes tous réunis, ici, autour de cette table, sa table, et heureux!

Il y eut un moment de silence. De la conscience de Julien émergea en un éclair l'image d'un homme qui agonisait sur un bout de trottoir. Il frissonna.

— Ça ne va pas, Julien?

— Si, ça va.

Il se leva de table, sortit à l'extérieur, alla marcher. Il pressait le pas, voulait se libérer de cette pensée lugubre qui ne l'avait pas assailli depuis quelque temps.

Oui, c'était certain, il retournerait là-bas.

Julien, étouffé par son secret, refusait d'envisager les choses telles qu'elles s'étaient passées. Dans son âme, il accusait Odilon et sa sévérité. Mais, c'est à lui, et à lui seul, que sa conscience reprochait la mort de l'inconnu. Cette pensée le terrifiait.

Il abrégea son séjour, promit de revenir, d'être là à l'occasion du baptême de l'enfant, fille ou garçon.

À Serge, il remit une somme d'argent, l'assura qu'il devrait accepter un salaire, garder ses économies en réserve, penser au bébé à naître.

— C'est beau tout ça, rétorqua Serge, mais pense un peu à toi aussi. Tu as été sérieusement traumatisé dans ta jeunesse, petit, mais essaie de te réconcilier avec la vie. Elle s'est reprise et t'a donné beaucoup. Pourquoi crois-tu que l'homme vient au monde nu comme un ver? Il lui appartient de se vêtir. Tu dois faire la même chose avec ton âme. Sois heureux, ne boude pas le ciel!

Julien allait riposter: « C'est avec le diable que je devrais négocier! » Mais cette fois encore il se mura dans le silence. C'est sans prévenir qu'il partit, tôt le lendemain, ce qui peina beaucoup Serge.

— Il ne parvient pas à trouver le bonheur, dit-il à Rhéa. Pauvre garçon! Quel dommage! Il est si jeune. Il a été marqué trop profondément.

Si Serge avait su ce qui se cachait derrière les yeux tristes de Julien, il aurait été persuadé que son ami était condamné à ne jamais s'en sortir.

Chapitre 18

En rentrant chez lui, Julien trouva une note qu'on avait glissée sous sa porte : « Viens nous rejoindre à l'Académie de musique ce soir. Nous aurons besoin de toi. Je souhaite que tu sois là. » C'était signé : « Luc ».

Il sourit. L'Académie de musique… « Il n'a pas de complexe, ce garçon ! »

Il se rendit à l'invitation, mais il eut la surprise d'y trouver des filles qui faisaient des vocalises.

— Répétition générale, lui expliqua Luc qui était au piano. Demain, nous chantons à l'église.

Les chants liturgiques, Julien les connaissait tous par cœur, et il possédait bien son latin. C'était en quelque sorte un cadeau de cet endroit où il avait tant souffert autrefois.

Julien tourna sa chaise, fit face aux chanteuses. Sans s'en rendre compte, à voix basse, il suivait les paroles. Puis, petit à petit, sa voix s'éleva, une voix nette, grave, entre ténor et basse. Les chanteuses hésitèrent un instant. Luc donna le coup d'envoi et, en un accord harmonieux, s'éleva un Amen en module d'inflexions variées de la voix. Quel trémolo ! Et ce furent les bravos qui fusèrent.

— Eh ben, Julien ! s'émerveilla Luc. Tu es un excellent baryton. Aurais-tu fait le cours classique ? Car ton latin…

— Non, non, rien de tout ça ! Je m'excuse, je ne me suis pas rendu compte que je chantais ! J'espère que…

— Tu parles ! On a un chanteur hors pair avec nous, et il

s'excuse! Un petit gars d'église à qui j'ai imposé de la musique de jazz, soir après soir! Mais explique-toi. Où es-tu allé chercher tout ça?

— J'ai été enfant de chœur.

— Chantez-vous tout aussi bien la pomme? lança une fille en riant.

— On ne demande pas ça à un petit gars d'église, voyons! fit Luc sur un ton de faux reproche.

— Mon nom est Julien. Ne savez-vous pas que c'est Adam qui a chanté la pomme! Elles sont espiègles, tes amies, Luc.

— Attention à votre cœur, mes amies, s'exclama une autre fille. Lui n'en a qu'un à offrir. Peut-être qu'il est déjà fort endommagé, avec une si belle tête!

— De grâce, fichez-lui la paix! s'écria Luc.

— Tiens, tiens, fit la même fille. Monsieur va à la rescousse des enfants de chœur! Comme c'est touchant! Tu es émue, toi?

Les filles s'éloignèrent en égrenant leur rire derrière elles. Julien était embarrassé.

— Dis-moi, ça t'arrive souvent de briser les cœurs? s'enquit Luc. Ne t'en fais pas, mon Julien, elles badinent, mais ne feraient pas de mal à une mouche.

— Ah non? Quel dommage…

— Tu m'étonnes, toi. C'est comme ça à chaque fois que je te rencontre.

Ils changèrent de sujet et firent des projets pour une pièce de théâtre qu'ils voulaient monter pour le collège. Luc demanda à Julien s'il pouvait espérer qu'il prêterait sa voix à cette œuvre.

— Si le curé de la paroisse t'entendait chanter! poursuivit-il. Messes de mariage, funérailles, grandes fêtes… Tu pourrais sûrement arrondir tes fins de semaine.

— Merci, c'est gentil de ta part, mais ce n'est pas nécessaire.

***

Elle était nouvelle dans le groupe, cette belle grande jeune fille, élancée, à l'œil vif, dont l'abondante chevelure était retenue en chignon campé sur sa nuque. Dès qu'il la vit, Julien se sentit subjugué. Il détourna son regard, craignant de se trahir. Mais il voulait en savoir plus, se rapprocher d'elle, la tenir entre ses bras. Mais elle était trop femme, ça lui faisait peur. Sa grande féminité l'effarouchait.

Il frissonna.

« Ses yeux, de quelle couleur sont-ils? » se demandait-il. Il n'osait la regarder, s'éloignait, tentait de se dissimuler à travers le groupe.

— Hé! Julien, dit Luc, viens ici que je te présente.

Pour cacher son embarras, il regarda derrière son ami, le temps de récupérer sa respiration. Elle était là, plus radieuse encore. Ses yeux violets semblaient lancer des pépites d'or.

— Je te présente Orise, qui a une voix de cantatrice que je verrais mariée à la tienne. Je parle de ta voix…

— Oh! Mais monsieur ne m'a pas encore entendue chanter! dit la jolie fille.

Elle se mit à vocaliser sur les syllabes qu'elle prononçait. Elle amplifiait, modulait, posait, jouait de sa main ouverte comme s'il s'agissait d'un éventail, battait des cils, esquissait des pas de danse. Devant Julien elle s'arrêtait, papillotait des yeux et poursuivait ses arabesques, tout en imitant le son des castagnettes.

Elle s'immobilisa, fit une révérence, le pied pointé à la façon d'une ballerine.

Julien approcha de la jeune fille, lui tendit les mains, la regarda droit dans les yeux:

— Mademoiselle, vous avez la grâce d'un oiseau-mouche, la souplesse d'une libellule, la voix de la divine Sarah!

Un bref mais impressionnant silence fut suivi d'applaudissements.

« Ces deux-là s'aiment », pensa Luc.

On se dispersait maintenant, mais sans le brouhaha habituel. Ce soir-là, un voile de respect, de douceur, peut-être même de tendresse affectueuse couvrait délicatement chaque participant. Le miracle de l'amour avait opéré sous leurs yeux.

Mais il ferait aussi beaucoup pleurer…

***

— Bonsoir, monsieur Julien.

— Allo, Marie.

— Elle est là, votre belle, ajouta la jeune fille avec un sourire malicieux. Dire que nous avons eu peur de la perdre. Grâce à vous, elle est maintenant rivée à notre groupe.

— Vous exagérez!

— Euh! Nous verrons bien.

Le groupe passa la soirée à répéter. On touchait au but. En effet, la chorale mixte était magnifiquement harmonisée.

À la sortie, Orise s'avança vers Julien.

— Vous avez une voix formidable. N'avez-vous jamais pensé devenir chanteur, tout consacrer à la musique, composer vos propres ballades? Quelle belle carrière vous pourriez avoir!

— Je ne me vois pas sur une scène, seul, micro à la main. Non, sûrement pas!

Dans la rue, ils marchèrent sans se presser. Ils décidèrent de s'arrêter pour prendre un café, parlèrent de leurs études et de leurs ambitions futures.

— Orise, j'ai l'impression de vous connaître depuis toujours. Parlez-moi de vous.

— Je viens d'une grande famille, père et mère en or. Papa est décédé dans un accident. J'ai fait des études de chant et de musique. C'est au conservatoire que j'ai rencontré le groupe dont vous faites maintenant partie. Ce sont des gens pleins de tendresse, de joie de vivre.

— Vous avez connu une vie heureuse. Ça paraît dans votre regard limpide.

— Mais, et vous, votre vie? Vous désirez m'en parler?

— Plus tumultueuse que la vôtre, j'en ai bien peur. Je n'ai pas connu mon père. De ma mère, j'ai un vague souvenir qui me hante sans cesse. Une image floue... Je ne suis pas sûr qu'elle soit celle de ma mère. Puis je suis tombé sous la tutelle d'un homme sévère, austère aussi. C'est alors que celui que j'appelle mon parrain est survenu dans ma vie. De tous ces êtres, il ne reste que lui, sa femme et bientôt leur enfant. Ça se résume à peu! Voilà pourquoi, après avoir tant goûté la solitude, je rêve d'avoir une grande famille que je gâterai, que j'aimerai.

Ils sortirent du café, marchèrent, main dans la main.

— Voilà, c'est ici que je vous quitte, dit Orise. Nous nous reverrons demain.

Julien déposa un baiser sur le bout de son index et alla le porter sur la joue d'Orise.

— À demain, fée des étoiles.

Il s'éloigna en vitesse.
Elle rentra chez elle, le cœur chaviré.

***

— C'est toi, Orise?
— Oui, maman. Je peux te parler?
— Bien sûr, entre. Je viens tout juste de me coucher.
— Maman, je crois que je suis en amour.
— Félicitations! Parle-moi de lui!
— Beau, délicat, sain, belle voix, une voix de baryton, il connaît le latin.
— Et le français? interrompit la mère.
— Bien sûr, voyons, maman!
— Gentil, il va sans dire!
— Sois sérieuse, maman.
— Car tu es en amour, le seul, le beau, le grand amour.
— Oui, maman.
— Tu le connais depuis longtemps?
La mère écouta sa fille. Son cœur de maman vibrait.
Orise se prépara à aller dormir, mais elle revint sur ses pas.
— Maman, dit-elle, tu es la plus belle maman du monde.
Et, sentant son visage s'empourprer, elle fila vers sa chambre.
« Oh! pensa Denise, voilà qui est grave. Depuis quand ne m'a-t-elle pas dit des mots tendres? Oui, ma fille est amoureuse! Elle d'habitude si réservée! »
Le lendemain, Orise descendit tôt. Sa mère dressait le couvert.
— Serais-tu amoureuse au point de perdre le sommeil? demanda-t-elle à sa fille.
— Maman!
— Parlons-en, de ton amoureux. Tu le connais depuis longtemps?
— Non, maman, quelques heures seulement. Toutefois, on dirait que je l'attendais depuis toujours.
— Je vois!
Denise se souvenait. Elle aussi n'avait aimé qu'une fois. Un appel irrésistible. Elle avait dit oui à deux reprises. La première fois, le mot s'était étranglé dans le fond de sa gorge

et le célébrant avait dû répéter la question: «Acceptez-vous…» Aujourd'hui, cela la faisait sourire.

— Maman, je te parle, indiqua Orise.

— Excuse-moi. Que disais-tu?

— Dis, je peux l'inviter à dîner, un de ces soirs? J'aimerais avoir ton opinion, que tu le connaisses, que tu me dises ce que toi, tu en penses.

— Préviens-moi d'abord, afin qu'il soit bien accueilli! Je me ferai belle.

— Belle? Toi, maman, tu l'es sans le vouloir.

— Ah bon. Tu n'as pas peur de la concurrence?

— Maman! De toute façon, ce n'est pas pour maintenant, cette invitation. Il a encore des examens à passer et doit étudier.

Denise, une fois seule, se concentra sur les pensées qui continuaient de trotter dans sa tête: «Peut-être que cet engouement ne sera-t-il que passager… Je ne me vois pas encore grand-mère.»

Denise se souvenait de ses soirées assise auprès de son amoureux dans le jardin de sa belle-mère. Il lui semblait que c'était hier. Elle frémit à la pensée qu'un jour ses filles partiraient aussi et qu'elle se retrouverait seule.

Denise eut une pensée pour sa belle-mère. En ce moment, elle ne faisait que l'aimer et l'admirer davantage, elle qui avait élevé son fils sans aide. Denise se réjouissait aussi du fait que, présentement, sa plus jeune, Dominique, était auprès d'elle. Sa belle-mère lui consacrait tout son temps, lui déversait le trop-plein de son amour.

Le bonheur qui se lisait sur le visage de sa fille Orise lui devenait soudain précieux, tout comme le soleil radieux qui vient faire fondre les traces de neige après la dernière tempête de l'hiver.

Mais bientôt, une pensée sombre la traversa. Il y avait eu un temps où ils étaient six à vivre sous le même toit, et, qui sait, avant longtemps, si Doudou restait chez sa belle-mère et si Orise se mariait, ils ne seraient plus que trois. «Quelle tristesse», murmura-t-elle tout haut. De ce point de vue, comment garder le sourire, accepter, se résigner?

Perdre un être cher à la suite d'une longue maladie, après avoir eu le temps de s'y préparer comme étant une réalité inévitable, c'était déjà une épreuve très difficile. Mais badiner avec celui qu'on aime et l'instant d'après le savoir sans vie, le savoir cruellement et désespérément parti à jamais, sans espoir de retour, c'était tout bonnement inhumain. Surtout si cet arrachement cruel était la conséquence d'une absurdité. Il fallait se raisonner, ne pas chercher d'explication et tâcher de survivre pour ceux qui restaient et avaient besoin de nous.

Une odeur de brûlé ramena Denise sur terre. Le fer à repasser venait de griller une serviette de toile et y avait imprégné sa forme. Elle débrancha l'appareil, se laissa tomber sur une chaise et donna libre cours à sa peine qu'elle refoulait depuis si longtemps. Elle ne luttait plus contre ses sanglots qui la secouaient. Elle laissait sa douleur secouer son âme et n'essuyait même pas ses larmes. Sans témoin, seule avec sa peine qui la bouleversait, elle laissait éclater cette amère et profonde affliction.

Ce soir-là, au moment de se mettre à table, sa fille Lucie s'approcha d'elle :

— Maman, dis, maman, pourquoi as-tu tant pleuré?

Un nœud se forma dans la gorge de la mère qui ne sut quoi répondre. Comment sa fille avait-elle deviné? Pourtant, Denise avait refait son maquillage, essayé d'effacer toutes traces sur son visage ravagé!

— Il ne faut pas, maman. Nous t'aimons tant! Que ferions-nous sans toi?

Ne voulant pas mentir, elle s'abstint de répondre, fit une caresse à sa fille, se dirigea vers la cuisine et plongea le nez dans ses casseroles.

Lorsqu'elle fut assise à table, elle demanda à ses filles :

— Avez-vous regardé dans le ciel?

— Pourquoi? Il n'a pas plu, il fait beau.

— Oui, je sais. Alors vous avez vu le firmament paré de cumulus entassés les uns contre les autres, à travers lesquels se faufilait le feu du soleil ardent qui festonnait d'un blanc laiteux les contours des nuages? Le fond du ciel était d'un bleu azur avec, ici et là, des rayons d'un rose soutenu qui chatoyaient et se déplaçaient, lentement, au rythme d'un vent doux qui agitait les feuilles des arbres en un geste nostalgique.

En prononçant ces derniers mots, elle regarda Lucie, lui fit comprendre que c'était la réponse à la question qu'elle lui avait posée.

— Mais, maman, tu es poète!

— Je ne sais pas si papa nous voit de là-haut…

— Moi, j'en doute.

— Supposons, mes enfants, que la vie éternelle soit une invention humaine. Qu'avons-nous à perdre en y croyant? Si on vit en harmonie avec notre conscience, on sera heureux dans l'au-delà. Si, par contre, c'était faux, qu'aurions-nous perdu? La droiture porte en elle-même sa récompense!

Elle fit une pause et poursuivit:

— Je crois, oui, que l'enfer aussi existe. On prétend que, en enfer, il y a une grosse horloge qui dit: « Toujours, jamais. »

Elle fit une pause. Puis, pour égayer la conversation, elle ajouta, amusée:

— Toujours rester, jamais sortir!

— Tout de même, maman, tu exagères! De toute façon, papa, lui, il est au ciel!

— Et il veille sur nous! Mes enfants, soyez-en assurées, souligna la mère.

Denise, depuis ce jour où tout avait basculé dans leur vie familiale, s'efforçait de resserrer les liens entre ses enfants. Elle leur témoignait beaucoup d'amour, un amour attentif. Sous une apparence sereine, gardant ses peines pour elle-même, elle se montrait bonne mais ferme, et s'efforçait de leur inspirer confiance dans la vie.

Auprès de ses enfants, elle jouait à la fois le rôle viril du père et celui, affectueux, de la mère. Le bonheur, qui se lisait sur le visage épanoui de son aînée dont le cœur brûlait d'amour, jouait aussi le jeu de la réconciliation avec la vie.

Le soir même, elle communiquerait la nouvelle du bonheur de sa fille à sa belle-mère. Elle aussi avait perdu un être cher, son fils!

La douceur d'aimer est un baume qui rassérène les cœurs de ceux qui souffrent et apporte joie et réconfort à leur entourage.

Lorsque Denise lui téléphona, belle-maman fut très heureuse d'apprendre cette bonne nouvelle.

— Je présume que nous aurons la joie de le rencontrer bientôt, ce cher oiseau rare?

— Oui, présentement ils sont en préparation d'examens de classement. Ils étudient beaucoup, mais d'ici peu, ils seront en vacances.

— Je me réjouis avec vous, Denise.

— Et notre Doudou?

— Elle aussi semble bénéficier du temps qui finit toujours par cicatriser les douleurs morales.

— Ah, je ne vous remercierai jamais assez, belle-maman. Quelle aide précieuse vous avez été malgré la lourdeur de votre propre peine!

***

« Oui, qu'elles se cicatrisent, les plaies qui ulcèrent mon âme », pensa Denise en se mettant au lit. Ce lit qui, ce soir, lui paraissait si grand, si froid. Alex n'est plus, ne serait jamais plus là! « Il faisait si bon de me rouler en boule près de lui, de poser ma tête dans le creux de son épaule accueillante, de sentir ses mains chaudes qui me caressaient, ses lèvres qui cherchaient les miennes… » À travers ses larmes, elle échappa un frisson. Ses seins se gonflaient. De ses doigts, elle pinça un mamelon, ce qui éveilla son appétit sensuel. L'ardeur de son désir l'étreignait, ses yeux se voilaient. Elle murmura: « Alex… Ô, Alex… »

Elle étouffa ses pleurs dans son couvre-lit. Elle ne voulait pas alerter ses filles, les inquiéter. Elle cacherait sa peine, sa grande soif d'amour physique.

***

Ce fut un mois d'études sérieuses de part et d'autre. Orise et Julien semblaient viser le même but. Ils avaient la même volonté de réussir. Rien n'avait été dit, aucune promesse faite; seuls leurs regards parlaient. De temps à autre, la tentation était grande. Le teint de rose de sa belle éveillait les ardeurs de Julien. Comme Orise était son premier amour, il était un peu maladroit. Parfois, le temps d'une seule seconde, il aurait aimé pouvoir retenir l'image floue de cet ange qui, dans son enfance, s'était penché sur son berceau. Les visages de ces deux femmes se confondaient, ce qui le laissait haletant.

Ce soir-là, ils étaient convoqués au « conservatoire », comme ils appelaient leur local de musique.

— Il faut reprendre nos répétitions, décréta Luc. Par groupes autant que possible.

— Et nos examens? demanda quelqu'un.

— Je sais, il faudra mettre les bouchées doubles, car j'ai le grand honneur de…

— De?

— Vous informer que…

— Cesse de nous faire languir!

— Que nous avons la permission de nous produire à l'église Notre-Dame. L'organiste sera là pour la première répétition, lundi soir. Les absences ne seront pas tolérées, aucune excuse ne sera valable.

Luc avait les yeux pétillants de fierté. Tout le monde applaudit avec enthousiasme et on se félicita mutuellement.

— Toi, Julien, tu m'attends à la fin de la répétition. J'ai à te parler.

Julien regarda en direction de sa flamme, Orise. Elle haussa les épaules et baissa candidement les yeux. Le fait qu'elle manifestait ainsi sa déception l'émerveillait.

Orise raconta à sa mère les événements de la journée.

— Tu imagines, maman! Nous, nous chanterons à l'église!

— Ton amoureux, dans tout ça?

— Il a une voix d'or.

Et Orise de vanter son idole.

— Ce qui signifie, conclut Denise, que notre espoir de le connaître sera encore une fois déçu.

Au fond de son cœur, Denise se réjouissait. « Ma fille a de bons amis, des jeunes qui se vouent à la musique, surtout au chant grégorien! » L'attitude rayonnante de sa fille apportait du bonheur au foyer.

— Patience, maman.

— Tu oublies, mon ange, que j'ai hâte de connaître l'homme que tu aimes, mon futur gendre.

— Ne t'en fais pas, il sera dans la famille longtemps, longtemps. Il aura bien l'occasion, tour à tour, de te faire perdre patience et de t'apporter des joies.

La mère s'arrêta, regarda intensément sa fille qui, elle le sentait, se rapprochait d'elle, lui témoignait une affection toute particulière. Orise devenait une femme.

Aujourd'hui, elle remerciait le ciel de lui avoir donné tant de filles à aimer.

Évidemment, Orise n'échapperait pas à la malice et aux

moqueries que l'aînée d'une famille doit subir de la part de ses jeunes sœurs. Un premier soupirant qui traverse la porte d'entrée est un grand événement! On le juge, on le jauge, on l'observe, on se plaît à l'embarrasser. Et tant pis pour sa dulcinée! Dans cette situation, les jeunes sont sans pitié.

— Il est beau?

— Un Adonis!

— Grand? Frisé naturel? Charmant?

— Vous jugerez vous-mêmes!

— C'est pour ça que tu le caches, tu es égoïste.

Fernande, jusqu'alors muette, en vint à ce qui l'intéressait passionnément:

— Dis-moi, Orise, est-ce qu'il conduit une moto?

— Non, plutôt un vieux tacot.

— Bah! Tu peux le garder, ton bonhomme. Un garçon vraiment à la mode a une moto.

— Qu'est-ce que tu connais, toi, à l'amour?

— Qu'est-ce que ça a à faire avec l'amour? Tu n'es pas très gentille avec ta sœur, dit Denise.

— Ma sœur? répliqua Orise. Tu en es sûre, maman? N'est-elle pas plutôt un garçon déguisé en jupon?

— Les enfants, soyez polies entre vous.

— Elle ne sait pas encore, maman, que la taquinerie est la fleur de l'amitié, dit Fernande. Elle se prend trop au sérieux.

Fernande sortit la langue et s'éloigna en riant.

— Maman, combien de temps t'a-t-il fallu avant que tu saches que tu étais vraiment en amour avec papa? s'enquit Orise.

— Au premier regard!

— Voilà!

***

Le concert eut lieu comme prévu à l'église. Lucie et Fernande accompagnèrent leur mère. Le beau chanteur leur plut. On aimerait bien ce garçon qui avait conquis le cœur d'Orise. Il avait une voix magnifique, il fallait l'admettre. Impressionnant aussi le fait qu'il mêlait sa voix de baryton en doublant en langue latine les cantiques interprétés en français par le chœur des jeunes filles! Un religieux touchait l'orgue. De la nef, des têtes se retournaient vers les chantres. Tous étaient charmés par l'harmonie des divers arrangements musicaux.

— Elle n'aurait pas pu nous le dire qu'il s'agissait de liturgique servi à la moderne? marmonna Fernande. J'avais peur de m'emmerder.

— Chut! dit Denise en posant l'index sur ses lèvres, ne pouvant réprimer un sourire en entendant les mots « liturgique servi à la moderne ».

Les profits du concert devaient être versés aux œuvres de charité de la paroisse.

« Nos jeunes sont bons, songeait Denise. Ce sont ceux dont on ne parle pas, car ils sont sans histoire. »

Enfin, les examens de classement eurent lieu.

Suivirent dix jours de franche concentration, d'études et d'inquiétudes. Les silences étaient impressionnants. Les jeunes prenaient leur avenir au sérieux et faisaient tout pour réussir.

Denise était loin de s'imaginer qu'elle aurait à plonger tête première dans ce qu'elle appellerait « la grande farandole ». Le temps passait, les amoureux se découvraient, la présence mâle du jeune homme faisait chaud au cœur de la maman.

***

La mère s'était levée tôt, car c'était jour de relâche. Les filles faisaient la grasse matinée. Denise irait dresser le couvert et, comme le voulait la tradition, elle préparerait un petit déjeuner aux crêpes fourrées de friandises variées.

« Tiens, la porte de la cuisine est fermée? » remarqua-t-elle.

— Bonjour, dit Orise en voyant entrer sa mère.

— Bonjour, tu es levée, si tôt?

— J'avais à te parler, maman, à toi seule.

— Et ce café qui me chatouille si agréablement les narines!

— Assieds-toi, maman, je nous le verse.

— Un problème?

— Oui et non, tu jugeras. Maman, tu le sais, je suis amoureuse. C'est à ce point que je veux me marier. Ne dites rien.

— « Dites »? s'étonna Denise. Depuis quand me vouvoies-tu?

— Oh! Maman, ne dis rien, écoute-moi... Si tu refuses, maman, je vais en mourir de chagrin.

Denise, moqueuse, fit la moue, simula une peine amère,

s'essuya les yeux. Mais Orise n'avait pas le cœur à rire. Toutes ses pensées convergeaient vers les sentiments qu'elle éprouvait pour Julien.

— Maman! S'il te plaît!

— Bon. Si c'est ce que tu veux. Est-ce que je peux au moins te féliciter?

— Maman chérie... Je savais que tu comprendrais, que tu approuverais mon choix.

— Alors tu as pensé à tout, tu as tout calculé, tout décidé?

— Oui. Je veux porter une robe coquille d'œuf, avec un bibi assorti. Pas de blanc, ce n'est plus à la mode. Julien et moi, nous n'avons qu'effleuré le sujet, mais rien n'est décidé pour notre voyage de noces. Il achètera une voiture neuve, car celle-ci lui a servi à apprendre à conduire et, et, et...

Orise se perdit dans des détails que sa mère ne parvint pas à suivre. Mais elle souriait d'indulgence.

— Ce serait quand? finit-elle par demander, lorsque l'amoureuse éperdue lui en donna l'occasion.

— Au plus tôt. Ce serait une cérémonie intime. Julien veut partager les dépenses. On inviterait le club de chant, quelques amis, sa famille...

— Bon! Il est riche comme Crésus, à ce que je vois?

— Non, mais disons assez fortuné. Il a hérité.

— Tu me l'avais déjà dit. Tu ne trouves pas que tu es jeune, très jeune pour prendre une telle décision?

— Qu'en dirais-tu, maman, si je demandais à grand-mère de me servir de témoin? demanda Orise tout en balayant de la main le doute exprimé par sa mère.

Orise avait tellement tourné et retourné la question en tous sens qu'elle avait fini par banaliser ce grand projet qui devint vite un événement dont il ne restait plus qu'à observer le déroulement.

C'est ainsi que l'organisation se mit fébrilement en branle. Toilettes, coiffeur, manucure, invitations, menu, réservations et ainsi de suite. Un véritable ouragan.

La grand-mère était tenue scrupuleusement au courant. On lui téléphonait chaque soir pour lui raconter les étapes de la journée. C'était pour la mère une occasion de récapituler, de vérifier.

Le grand jour approchait, les adultes s'amusaient plus

follement que les futurs époux, car l'inquiétude les gagnait tant il y avait à faire!

— Il ne faut pas oublier les fleurs. Et le centre de table. Enfin, l'église est réservée. Et surtout, il faudrait rappeler à Julien de ne pas oublier les alliances.

— Qu'est-ce que tu dis? jeta l'imperturbable Fernande. Qui irait se marier sans jonc? Tu es coucou ou quoi?

— Fernande! Sois polie, dit sa mère.

— Non, mais tu l'as entendue?

— Tu ne feras pas mieux quand ton tour sera venu! s'offusqua Orise.

— Ah! Tu crois?

— Je suppose qu'avec ton âme d'élite tu feras une religieuse!

— Mesdemoiselles!

Fernande était «l'homme à tout faire» de la maison. Aussi, c'est sur ses épaules que reposait le roulis quotidien de la maisonnée.

C'est en assistant son père qu'elle était devenue experte dans les travaux de plomberie, dans la vérification du système de chauffage. C'est elle qui tondait le gazon, pelletait après les tempêtes. Bref, rien ne la rebutait. Alex l'avait baptisée son petit homme.

Ses aptitudes en mécanique, talent qu'admirait le papa, lui avaient valu l'achat de cette «bécane motorisée», comme Fernande se plaisait à l'appeler.

C'est surtout maintenant qu'on l'appréciait. On pouvait être sûr qu'en cas de pépin Fernande serait là pour trouver une solution.

Sur le réfrigérateur, elle avait affiché une liste des choses à faire et le nom de la responsable pour chaque tâche. On biffait à mesure que la mission était accomplie.

— Maman, dites-moi, est-ce toujours autant de branle-bas, un mariage?

— Ça dépend des ambitions de chacun. Mais je crois qu'on s'inquiète inutilement. Un mariage, c'est surtout très excitant, c'est la joie de vivre, une occasion de célébrer au maximum. J'ai hâte de voir la réaction de Dominique quand on va lui montrer la toilette qu'on a choisie pour elle. Elle va être enchantée.

— Elle aurait fait une jolie bouquetière.

— Un peu grande pour ça, non?

Tout convergeait vers le grand événement: pensées, réflexions, conversations. On s'affairait, discutait toilettes et invités. C'était devenu cette grande et nécessaire bouffée d'air frais qui allégeait l'épreuve morbide que l'on venait de vivre.

C'est demain qu'arrivaient la grand-mère et Dominique. Il fallait tout repenser, revoir les listes, ne rien laisser au hasard, car, en moins de soixante-douze heures, tout serait terminé. Pour les époux, ce serait le départ pour la grande randonnée.

Ce soir-là, l'effervescence était à son comble.

Denise s'était appliquée à faire briller la maison, à préparer des petits plats. Elle s'en donnait à cœur joie, voulant faire de ce jour un jour inoubliable.

On avait un peu retardé la célébration, car la grand-mère avait souffert d'une terrible grippe.

Doudou, la fillette devenue grande, dont les blessures du cœur s'étaient peu à peu cicatrisées, arriva enfin avec sa grand-mère. Denise, qui attendait sa belle-mère et sa fillette, jetait des coups d'œil à la fenêtre. Quand elle les vit arriver, elle s'empressa d'aller à leur rencontre. Doudou se précipita dans les bras de sa mère.

— Maman, ma belle maman d'amour.

Les yeux de la mère s'étaient embués. Elle étreignait sa fille dans ses bras.

— Comme tu es jolie, ma fille, si épanouie! s'exclama Denise.

— Tu m'as négligée depuis quelque temps, maman.

— Eh! Il y a eu tant à faire! Enfin nous voilà réunies. Dès que ton année scolaire sera terminée, j'aimerais que tu nous reviennes, avec grand-maman. Les époux auront leur chez-eux; ici la maison sera devenue très grande.

— Ah ça, seulement si grand-maman acceptait, ce qui m'étonnerait beaucoup. Elle dit que sa maison et son église paroissiale là-bas, à Coteau, sont sa vie.

— Tu as peut-être raison. Ses racines sont là-bas.

— Aussi, il ne faudrait pas te fâcher si je devais rester encore avec elle!

— Un cœur de maman sait comprendre.

— Tu sais, maman, que je t'aime, et grand-mère est si seule!

Denise ne put s'empêcher de réaliser que ses enfants avaient atteint une grande maturité depuis le décès de son mari, surtout cette chère Doudou.

Chapitre 19

Il était formellement interdit d'entrer au salon, car c'est là qu'on avait caché la toilette de la mariée. On avait mis bien de l'emphase sur l'obligation de garder la robe de mariée loin des yeux de tous.

— Ça pourrait porter malheur, disait Denise, qui s'amusait à exciter la curiosité de Dominique.

Mais la cadette n'avait que faire des superstitions. Son impatience était plus forte que tout.

Sa mère et sa grand-mère étaient à l'étage. Dominique luttait avec sa conscience. Obéir ou satisfaire sa curiosité? La main sur la poignée de la porte, elle hésita un instant et finalement ouvrit. Au moment où elle allait entrer dans la pièce, elle entendit le bruit des cailloux qui crissent sous les pneus d'une automobile. Dominique se troubla, car elle avait presque désobéi. Elle se glissa derrière une draperie. « Si c'était Orise! » se disait-elle. Elle risqua un œil vers l'extérieur. Orise sortait de la voiture. Elle tenait des boîtes de fleurs qu'elle venait confier au froid du réfrigérateur. L'amoureux s'avança vers sa sœur. Julien passa près de la fenêtre, se dirigea vers sa belle pour l'aider. Seule l'épaisseur d'une vitre séparait Dominique et Julien. Voilà qu'il passait près, si près qu'elle aurait pu le toucher. Dominique l'observa, plissa les yeux, les ferma et les ouvrit à nouveau. Était-ce un rêve? Ou son imagination? Elle porta la main à sa bouche. Mais c'était trop évident, une trop terrible réalité : ce visage, oui, ce visage, elle le connaissait. C'était lui, c'était bien lui. En une fraction de seconde, Dominique fut brutalement ramenée dans le passé. Elle le revit, comme si c'était hier. Il n'y avait aucun doute possible. C'était ce visage-là, c'était celui que sa mémoire avait photographié, ce visage maudit qui resterait gravé à jamais au fond d'elle!

Elle se retourna, regarda encore le couple qui s'éloignait. Elle sortit de la pièce en courant, grimpa à l'étage, entra dans la chambre de sa mère, s'appuya au mur, tremblotante, incapable d'articuler un son. Ses yeux étaient exorbités. Elle se frappa le thorax à deux mains, se roula sur le tapis et se mit à râler.

Denise et sa belle-mère furent tellement prises de court qu'elles furent incapables de réagir. L'enfant hurla. C'est cette voix terrifiée qui secoua la torpeur de Denise. Elle se leva, s'approcha de sa fille qui avait caché son visage dans ses mains. Elle semblait pétrifiée!

— Dominique, mon bébé Dominique. Pour l'amour du ciel! Qu'est-ce qui t'arrive? Parle-moi, Dominique!

La grand-mère s'approcha de la petite, l'attira vers elle, la serra tendrement mais fermement dans ses bras.

— Mon petit bébé, doucement, tout doux, doucement, petit bébé!

Dominique se débattait, voulait s'échapper. Denise se souvint tout à coup : ces spasmes, c'étaient les mêmes que ceux d'autrefois. Les mêmes qui l'avaient secouée ce jour maudit. « Mais quelle peut bien être cette douleur qui, aujourd'hui, la remue aussi brutalement? »

Elles l'allongèrent sur le lit. Denise se coucha près d'elle, la serra dans ses bras, son visage collé contre le sien. Elle devait déployer toute son énergie pour ne pas que la fillette lui échappe. Ses forces semblaient s'être quintuplées. Il fallait la calmer, l'apaiser. Elle risquait de se blesser.

Les traits de l'enfant restaient crispés. Elle haleta. Ses souffrances semblaient émaner directement de son âme.

Mais pourquoi, grand Dieu, pourquoi? Qu'est-ce qui la torture ainsi? Sa frayeur s'amenuisa peu à peu. Elle commença à pleurer. Sa grand-mère demanda, à voix basse :

— Est-ce que ça va?

Tout en continuant de murmurer une ballade douce à l'oreille de sa fille, d'un geste de la tête, Denise fit signe que oui.

—Je vous la confie, surveillez-la, je vais téléphoner. Je reviens.

La mère n'avait qu'une pensée: faire intervenir l'ami de l'enfant, ce policier qui était présent le jour du drame. Dominique avait une confiance inébranlable en lui. Elle composa nerveusement le numéro. L'attente lui parut interminable. Hélas, l'officier était à la cour. On promit à Denise que le message serait acheminé dans les plus brefs délais.

Lorsqu'elle remonta là-haut, Dominique s'était assoupie. Mais dans son demi-sommeil, elle continuait d'être secouée de spasmes.

— Allez, reposez-vous, belle-maman, dit Denise. Je vais descendre. Si j'ai besoin de vous, je vous réveillerai. D'ailleurs, mes filles arrivent bientôt.

Délicatement, elle couvrit sa fille et s'assit dans un fauteuil. Pendant de longues minutes, elle l'observa. Les plus noires pensées lui traversèrent l'esprit. Mais aucune d'elles n'était aussi cruelle que la vérité.

Fernande arriva à la maison au moment même où le policier entrait dans la cour.

— Votre mère est ici?

— Oui, je suppose.

Ils entrèrent. Ne voyant personne, la jeune fille s'approcha de la cage de l'escalier et appela:

— Maman, maman, quelqu'un veut te voir!

Denise s'approcha de l'escalier.

— Chut! Venez.

Le policier grimpa les marches quatre à quatre. Dominique sursauta, se dressa sur le lit. Ses yeux hagards laissaient prévoir une autre crise.

— Qu'est-ce qui se passe, mon bébé d'amour? demanda le policier qui entrait dans la chambre.

— Oh!

— Merci d'être venu si vite, Jocelyn, fit Denise, reconnaissante. Descendons.

Dominique s'était levée et précipitée dans les bras de l'homme. Cette fois encore, elle ne parvenait pas à exprimer ce qui l'accablait.

—J'ai vu, je l'ai vu!

Denise les précédait dans l'escalier. Jocelyn se dirigea vers la cuisine, fit asseoir Dominique sur le rebord de la table, prit ses deux petites mains dans les siennes et la regarda dans les yeux. Peu à peu elle se calmait.

— Alors, Dominique, peux-tu me dire ce que tu as vu?

Il caressa doucement les cheveux de la fillette.

— Lui, murmura Dominique.

— Qui, lui?

— J'ai pas voulu... Non, maman, j'ai pas voulu...

Dominique pleura à chaudes larmes.

— Qu'est-ce que tu n'as pas voulu?

— Désobéir, désobéir à maman.

Elle hoquetait.

— Je l'ai vu, derrière le rideau, reprit-elle avec courage. Je me suis cachée, parce que maman avait dit qu'il ne fallait pas voir la robe de la mariée. Mais je ne l'ai pas vue.

— Vu quoi, tu n'as pas vu quoi, Doudou?

— La robe, la robe d'Orise!

— Pourquoi as-tu eu peur, alors?

— Lui, je l'ai vu, lui.

— Qui, lui?

— Celui qui...

Les mots s'étranglèrent encore dans la gorge de l'enfant. Ses mains tremblaient et les larmes inondaient son visage.

— Je vous en prie, laissez-la respirer! dit Denise. Elle est surexcitée et ne trouve plus sa respiration.

— Une dernière question, madame, si vous permettez, dit Jocelyn. Il faut extirper ce mal.

Le policier semblait avoir déjà compris. Mais il voulait entendre la confirmation de ce qu'il redoutait.

— Dis-le-moi, ma Doudou. Il faut que je sache. Tu as vu quelqu'un?

— Oui.

— Un monsieur?

— Oui.

— Tu as parlé avec un monsieur que tu connais?

— Non, mais je l'ai vu.

— Tu l'as vu où, ce monsieur?

— Je l'ai vu quand papa est tombé. Je l'ai reconnu, je l'ai vu!

— Si je comprends bien, tu parles du monsieur qui était près de ton papa?

— Oui, je l'ai vu dans les yeux. Et là, je l'ai vu avec Orise. Il avait des choses dans les mains. Des fleurs. Là, c'est là que je l'ai vu. Il a ouvert la porte, est parti avec Orise. Tous les deux, ils riaient.

— Attends-moi, je reviens, dit Jocelyn.

Le policier sortit, marcha jusqu'à sa voiture, contacta le poste de police, demanda qu'on vienne faire un barrage discret, donna les instructions afin qu'on puisse vérifier les affirmations de l'enfant et revint vers la mère :

— Madame, savez-vous de qui parle votre enfant?

— Du futur époux de ma fille. C'est ce que je crois comprendre… C'est aussi ce qui m'effraie, dit-elle dans un souffle.

Le policier fronça les sourcils.

Denise, sentant ses jambes fléchir, s'était laissée tomber sur une chaise.

— Orise aurait pu épouser l'assassin de son père… Orise aurait…, répétait-elle, incrédule et désespérée.

— L'irréparable ne s'est pas produit, dit le policier.

— Elle aurait pu… Ah! Grand Dieu! Orise…

Jocelyn hocha la tête. La mère ne l'entendait même pas. Elle regardait fixement, droit devant elle, abasourdie. « Dominique est trop pure, trop innocente pour avoir inventé une telle histoire », songeait Jocelyn.

Il se souvenait de ce qu'il avait lui-même ressenti en ce jour fatidique, alors que cette toute petite fille s'était agrippée solidement au corps de son père, étendu sur le sol. Le rapprochement qui se faisait aujourd'hui dans sa tête et dans son cœur d'enfant n'avait pu germer, tout à coup, comme ça, subitement. Non! La petite n'avait pu imaginer tout ça!

Denise regardait Jocelyn. Elle aurait aimé pouvoir lire dans ses pensées. Il semblait réfléchir.

— Dites-moi, supplia-t-elle. Que dois-je faire?

— Rien. Pour le moment, il faut garder le secret, vérifier d'abord. Cette dame, là-haut, est votre belle-mère? C'est chez elle que vit Dominique, n'est-ce pas? Je lui ai déjà parlé.

— Oui. Je remercie le ciel qu'elle soit là-haut et qu'elle n'ait pas entendu ces mots que ma fille vient de prononcer. Elle se repose présentement.

— Il faut éviter à tout prix de faire fausse route. Pensons

aux priorités. Je crois que la petite devrait voir un médecin. Elle a subi un choc effroyable. Il faut se méfier comme de la peste des conséquences néfastes que ça pourrait entraîner.

Fernande restait à l'écart. Elle observait sans comprendre ce qui bouleversait tant sa mère.

— Mademoiselle, l'appela Jocelyn. Venez. J'aurais besoin de votre aide.

Le policier entra au salon avec Fernande et ferma la porte derrière lui.

***

Denise, assise près de la table sur laquelle se trouvait la tasse de café qu'elle avait oublié de toucher, avait la tête appuyée sur ses mains et ruminait les derniers événements. Ce concert! Tous ces jeunes, simples, beaux, s'adonnant à des loisirs si sains. La voix mélodieuse de ce garçon, interprétant en latin des chants grégoriens. Julien n'avait rien d'un aventurier, d'un garçon vulgaire et encore moins d'un assassin. Peut-être que Doudou se trompait et le prenait pour quelqu'un d'autre. Une ressemblance et rien de plus. « Que faire? Grand Dieu, que faire? »

— Penses-tu, maman, que je devrais demander à Jocelyn de m'accompagner au mariage d'Orise? avait demandé Dominique à son arrivée.

— Oui, bien sûr, il serait honoré, avait-elle répondu en jetant un regard moqueur à sa belle-mère.

Elle s'était éloignée, et on l'avait entendue, au téléphone, lancer une invitation en bonne et due forme au policier.

— Tes filles, Denise! s'était exclamée la grand-mère. Tes filles sont du vif-argent!

Jocelyn avait été témoin de la souffrance vive de cette enfant. Il s'était attaché à ce petit bout de chou et s'était réjoui à la nouvelle qu'elle s'éloignerait des lieux du drame. Depuis, les liens d'affection avaient continué de s'affirmer entre l'homme et l'enfant.

Denise se remémorait ces divers événements. Ses yeux s'embuaient de larmes. Même les occasions heureuses prenaient des tournures tragiques! S'en serait-il donc fait à jamais de leur bonheur?

Pendant qu'elle méditait ainsi, derrière la porte fermée,

Jocelyn expliquait la situation à Fernande. Il admit avoir peu d'espoir que Dominique se soit trompée.

— Vous connaissez le nom de votre médecin de famille?

— Bien sûr.

— Allez avec votre petite sœur à son bureau. Je vais lui téléphoner. Soyez forte. À moins que je me trompe, votre mère et votre grand-mère, sans oublier votre sœur aînée, auront besoin de votre présence et de votre appui.

Il hésita, puis ajouta:

— Dites-moi, Fernande, votre sœur Lucie, je ne l'ai pas vue ici aujourd'hui.

— Elle est chez une amie.

— Bon. C'est mieux ainsi.

— Jocelyn... Merci! Je ne sais pas pourquoi, mais j'ai le sentiment très vif que...

— Ça va, j'ai compris.

Il lui donna une tape amicale sur l'épaule et s'éloigna.

Le timbre de l'horloge indiquait une heure. Le policier allait quitter, lorsqu'il croisa Lucie qui arrivait à bicyclette.

— Lucie, l'interpella-t-il. Il faudra aider Fernande, la seconder.

— Que se passe-t-il?

— Elle vous expliquera.

— Maman?

— Non.

Lucie entra, regarda sa sœur.

— As-tu vu un fantôme? Tu es pâle à faire peur.

— Chut! Entre là, dit Fernande.

— Qu'est-ce que Jocelyn fait ici à cette heure?

— Chut! Baisse la voix.

— Qu'est-ce qui te prend, toi, aujourd'hui?

— Tu as dîné?

— Non.

— Alors dîne en vitesse. Tu me remplaceras ici. Je dois aller chez le docteur avec Doudou.

— Pourquoi? Que lui est-il arrivé?

— Occupe-toi de maman et de grand-mère. C'est sérieux.

— Seigneur! Tu me fais peur!

— Je reviens le plus vite possible.

Lucie vit sortir Fernande et la petite, trouva sa mère assise près de la table de la cuisine, la tête posée sur un cercle qu'elle avait formé avec ses bras. Elle dormait.

Lucie recula, ferma la porte derrière elle, mais resta là, la main sur la poignée. Le silence était lugubre. On eût dit que la vie avait suspendu son cours! Lucie eut un frisson. « Mais que s'est-il donc passé? »

Elle se rendit à l'étage. Sa grand-mère dormait, elle aussi, d'un sommeil agité.

« Qu'est-ce que Jocelyn a à faire avec tout ça? Est-ce que ça a un rapport avec Orise? C'est ça, Orise a eu un accident! Non! Mon Dieu, non! »

Lucie redescendit, vit une voiture qui sortait de la cour, s'approcha de la fenêtre. Orise entrait. Le cœur en fête, elle tenait des paquets. Soulagée, Lucie se précipita dans ses bras:

— Oh! Orise, que j'ai eu peur!

— Qu'est-ce qui t'arrive?

— Merci, mon Dieu! Merci!

— Pour l'amour, qu'est-ce que tu as?

— Chut! Suis-moi. Maman et grand-maman dorment. Elles semblent épuisées. Doudou est chez le médecin avec Fernande.

— Tu délires, ma foi!

— Viens, je te dis. Suis-moi.

Posant l'index sur ses lèvres, elle ouvrit la porte de la cuisine, désigna sa mère endormie. Puis elles s'éloignèrent.

— Qu'est-il arrivé? demanda Orise, intriguée.

— Je ne sais pas, j'arrive. J'ai vu l'ami de Doudou, tu sais, le policier. Il était ici. Il est sorti.

— À quoi ça rime, toutes ces histoires abracadabrantes?

— Je n'en sais pas plus que toi.

— Je suis venue ici, il n'y a pas deux heures. Tout était paisible. J'ai placé les fleurs au réfrigérateur et je suis repartie.

— Écoute, Orise, ne reste pas ici à perdre ton temps inutilement. Tu n'as pas à te casser la tête. Peut-être que Doudou a une grippe, je ne sais pas. Mais toi, tu te maries dans quelques heures. Fais ce que tu as à faire et file! Ici tout est sous contrôle. Ne te tracasse pas, je suis là.

— Tu as raison. Je vais aller chez Luce. Elle m'en veut. Imagine-toi qu'elle souhaitait organiser un shower en mon honneur, mais je ne le lui en ai pas laissé le temps.

Orise éclata d'un grand rire.

— Ah! Amour, quand tu nous tiens! fredonnait-elle.

— Va retrouver ton ami, dit Lucie. Donne-moi son numéro de téléphone. Dès que j'en saurai plus, je te donnerai un coup de fil.

— Tu es un amour de petite sœur!

— Allez. Et ne fais pas de bruit avec la porte.

Lucie demeurait inquiète devant toutes ces questions qui restaient sans réponse. Elle blâmait secrètement sa sœur Orise qui leur avait donné un délai trop court, ce qui ne leur avait pas laissé le temps nécessaire pour tout organiser adéquatement. Les filles avaient dû confier le plus gros du travail à leur mère. «Fasse au moins que le ciel, ce matin-là, soit ensoleillé!» se dit-elle. Présentement, la température était maussade, comme depuis les derniers jours, ce qui lui donnait des inquiétudes. Lucie sourit en songeant à la tradition qui voulait qu'un chapelet placé sur la corde à linge, le matin du mariage, avait le pouvoir d'éloigner la pluie.

Lucie devenait malgré elle une fervente des superstitions qui aidaient à donner le bonheur. Elle constatait qu'elle avait la faculté de s'attendrir, elle aussi.

Elle était confortablement assise dans un fauteuil placé près de la fenêtre, quand elle vit entrer dans la cour son futur beau-frère au volant d'une automobile flambant neuve. Un autre véhicule le suivait. Lucie sortit sur le balcon et émit un long sifflement d'admiration.

— À qui est-ce, futur beau-frère, cette jolie bagnole?

— Qu'est-ce que tu en dis, hein? Elle te plaît?

— La couleur est fade. Un rouge rutilant serait plutôt mon choix!

— Euh… Oui, mais celle-ci est pour elle, pour mon Orise.

— C'est vrai?

— Mon cadeau de noce! J'avais sondé ses pensées et elle m'a désigné ce *golden mist* comme étant sa couleur préférée. Mais chut! pas un mot. C'est une surprise. Excuse-moi, je dois partir, j'ai tant à faire!

Il monta dans l'autre voiture qui l'attendait et on s'éloigna en saluant de la main.

— Tiens! Non, mais! s'étonnait Lucie.

Elle plissa les yeux. Une voiture, avec à son bord deux

policiers en uniforme, semblait prendre en filature celle dans laquelle s'éloignait Julien. Lucie secoua la tête: «J'ai la berlue ou quoi? Décidément le mariage et tout le cérémonial qui l'entoure ont des exigences qui m'étonnent!»

***

De fait, une voiture de police banalisée s'était préalablement présentée au garage. Les policiers voulaient en savoir plus long sur le client qui venait de faire l'acquisition d'une voiture neuve.

— Y a-t-il un problème? demanda le directeur des ventes.

— Non, c'est une simple vérification.

— L'auto a été achetée pour être donnée en cadeau de noce à la future épouse. Le client a payé rubis sur l'ongle!

— Parfait!

— C'est un bon garçon, ce Julien, ajouta le directeur. Il a même choisi la couleur au goût de sa fiancée!

— Bon, pouvez-vous me remettre les coordonnées de l'acheteur?

***

Lucie vit une autre voiture qui s'avançait dans l'entrée.

— Non, mais c'est la gare centrale, ici, aujourd'hui! lança-t-elle à voix haute.

Elle ouvrit avant que l'on sonne. Un homme lui tendit un paquet joliment enrubanné.

— Vous êtes sûr que c'est pour nous?

— C'est bien l'adresse qu'on m'a donnée. C'est l'emballage d'un cadeau de mariage. Vous avez des noces bientôt?

— Dieu! Que je suis bête! s'exclama Lucie en signant le récépissé. C'est que je n'ai pas l'habitude! dit-elle en riant.

Elle alla déposer le présent sur la table de la salle à manger. Sa mère y avait aussi déposé une liste des choses à faire avant le grand jour, de même que celle des noms des invités. S'y trouvaient aussi les titres des pièces musicales qui seraient interprétées lors de la cérémonie nuptiale.

« L'*Ave Maria* de Schubert, se dit Lucie avec un mépris mal contenu. Peut-être ai-je tort, mais ça m'ennuie, ces histoires à n'en plus finir. Du chichi inutile tout ça! Je ferai figure de parfaite étrangère au milieu des miens! J'aurais sans doute dû me choisir une toilette plus habillée. On ne se mouche pas avec des pelures d'oignon dans cette famille! »

— Qui est là? demanda Denise.

— C'est moi, maman, dit Lucie en s'avançant vers sa mère. Avec tout ce va-et-vient, il n'est pas étonnant qu'on ait réussi à te réveiller. Je n'aurais pas osé te déranger, tu dormais si bien! Mais tu trembles!

— J'ai froid!

— Tiens, maman, enfile ma veste. Tu aurais dû voir et entendre ce qui s'est passé depuis une heure ici. Je te jure, maman, un peu plus et je me serais crue à la gare centrale. Maman, mais, maman... Ma petite maman d'amour, qu'est-ce que tu as? Ça t'attriste tant que ça de perdre une de tes filles? Mais elle reviendra, en double, car si on perd une fille par le mariage, du coup on gagne un fils! C'est pas si mal, hein? Dis, maman?

Lucie jouait volontiers les bouffonnes. Mais, dans des circonstances tristes, c'est toujours vers elle qu'on se tournait. On avait besoin de son aide, de sa compréhension, de son appui. Elle avait un grand cœur plein de petits compartiments qu'elle savait ouvrir au besoin.

Tout en réconfortant sa mère, elle essuyait doucement les larmes qui s'échappaient de ses yeux.

— Orise n'aimerait pas te voir ainsi pleurer! Tu sais, maman, que Julien est venu ici et...

— Quoi?

Denise avait hurlé.

— Oui, et il est reparti après avoir laissé son cadeau de mariage. Imagine: une belle, une très belle automobile.

— Quoi? Il est venu ici et a laissé une voiture?

— Oui. Pourquoi? Qu'as-tu, maman?

— C'est pas vrai, c'est pas vrai! Dis-moi que ce n'est pas vrai! Où est grand-maman? Ai-je donc dormi si longtemps? Où sont les autres? Doudou... Où est Doudou?

— Maman!

Lucie, très inquiète, prit sa mère par les épaules, la secoua, essaya de la faire sortir de sa torpeur.

La grand-mère, attirée par les cris de sa belle-fille, s'était précipitée dans l'escalier.

— Denise, demanda-t-elle, haletante. Qu'est-ce qui n'est pas vrai? Pourquoi êtes-vous aussi bouleversée?

— Imaginez, belle-maman, qu'il est venu ici. Il a osé! Y comprenez-vous quelque chose?

— Et où est Doudou, Lucie?

— Je ne sais pas.

— Comment tu ne sais pas?

— En fait, elle est allée chez le médecin avec Fernande. Elles devraient bientôt revenir. Enfin, allez-vous me dire ce qui se passe?

Plus on essayait de s'expliquer, plus tout se brouillait, un véritable coq-à-l'âne.

— J'ai cru voir deux policiers en faction devant la porte, déclara Lucie. Je me suis peut-être trompée. J'ai parlé à Julien.

— Quoi?

D'abord la surprise, un choc, l'étonnement. Si bien qu'on n'avançait à rien. Une véritable tour de Babel où régnait la confusion la plus totale.

— Maman! hurla finalement Lucie, exaspérée. Explique-toi clairement, pour l'amour du ciel! Si vous continuez, je fais venir un médecin.

Lucie se tourna vers sa grand-mère:

— Vous savez, vous, ce qui trouble ainsi maman?

— Va, fillette, va, laisse-nous en tête-à-tête.

Lucie sortit précipitamment en marmonnant:

— Si c'était nous, les enfants, qui agissions de façon aussi absurde, on se ferait punir!

La question toute simple qu'avait posée Lucie avait ramené Denise sur terre. De fait, elle prenait maintenant conscience que sa belle-mère ne savait rien du drame, qu'elle ignorait encore le rôle qu'avait tenu Julien dans la mort de son fils. Sa belle-mère avait beau se faire tendre, essayer de lui faire expliquer ce qui la mettait maintenant dans cet état de léthargie, pas un son ne s'échappait des lèvres de Denise, qui cherchait désespérément une solution. Mais ses pensées s'égaraient. Où était Orise? Et Doudou? Qui l'aiderait, elle, à...

— Mais... Oh! laissa-t-elle tout à coup échapper. Dites, belle-maman, vous avez le numéro de téléphone de l'ami de Doudou? Vous savez, ce sergent...

— Qui, Jocelyn? Pourquoi?

— J'aimerais lui demander un grand service.

— Écoutez, Denise, c'est d'un bon repas dont vous avez surtout besoin. Le grand jour approche! Oubliez tout le reste.

Denise alla retrouver sa fille et la supplia:

— Lucie, va tenir compagnie à grand-maman. Ne la quitte pas d'une semelle, c'est important.

— Oui, maman.

La mère se souviendrait plus tard, beaucoup plus tard, de l'empressement que sa fille avait mis à lui obéir. Ce qui l'avait étonnée, car jamais elle n'obéissait spontanément; il lui fallait d'abord discuter et s'opposer!

Si seulement Denise avait pu imaginer l'expression de désespoir qui se lisait sur son visage défait, elle aurait compris que sa fille avait jugé à propos d'obtempérer sur-le-champ.

Hélas, Denise ne put joindre Jocelyn. Il était dans le bureau de son patron afin d'obtenir l'autorisation de reprendre l'enquête, ce qu'il croyait justifié, espérant ainsi élucider cette nébuleuse affaire dont le dossier était demeuré pendant.

Ailleurs avait lieu la répétition des chants pour la cérémonie du mariage.

***

Enfin une accalmie suivit ce tumulte. « Ouf! pensait Lucie. Ce silence subit devient, lui aussi, obsédant! Je crois que je vais m'occuper de mes oiseaux! »

Lucie se rendit à la cuisine, fit provision de pain et de graines que ses amis de la gent ailée aiment gober, et sortit dans la cour arrière. Elle s'arrêta, aspira une bouffée d'air pur et, machinalement, dispersa ses graines, ce qui la fit basculer dans le passé alors qu'autour d'elle les bruissements des ailes des oiseaux gourmands battaient l'air. Lucie, pensive, se souvint qu'un jour, il y a bien longtemps, elle avait demandé à son père:

— Qu'est-ce qu'ils font, les oiseaux, papa, quand c'est l'hiver?

— Leur maman leur enseigne à faire des provisions.

— Mais s'ils sont à la campagne, là où il n'y a pas de nourriture jetée?

— Ils mangent ce qui reste dans les champs. Ils glanent les graines de semence, picorent les excréments des animaux.

— Qu'est-ce c'est que les excréments?

— C'est ce qui tombe en ruine des délices de la cuisine.

— Pourquoi tu ris, papa?

— Pour rien, chaton.

Elle avait regardé dans le gros livre, le dictionnaire que possédaient ses grandes sœurs. Ce soir-là, au souper, l'œil moqueur, elle avait répété à l'oreille de son père la définition qu'elle avait mémorisée : « Excrément, c'est de la merde! » Elle pouffa de rire et plongea la tête dans son assiette.

— Tu n'as pas honte?

Plantée debout, immobile, alors qu'à ses pieds picoraient les oiseaux qui, après s'être emparés d'une becquée, s'enfuyaient à tire-d'aile, ses yeux s'embuaient de larmes.

Le voisin était là. Il vociférait, mais Lucie ne l'entendait pas. Il piaffait, pointait vers sa maison, vomissait des insultes. Elle ne le voyait pas, ne l'entendait pas.

— *Hey, lady!* Vous vous prenez pour qui?

Elle sursauta, se retourna vers l'homme.

— Vous pleurez? s'étonna le voisin. Vous voulez m'attendrir, ou quoi? Vous ne devez pas nourrir ces bestioles. Leurs excréments font pourrir mes corniches!

— Les excréments des oiseaux!

Narquoise, elle ajouta avec un pâle sourire :

— Quoi? La merde de si belles, si gentilles et inoffensives petites bêtes? C'est mon père qui m'a appris à les aimer. C'est en l'honneur de mon père maintenant décédé que je suis là à m'occuper d'eux. Ils comblent son absence.

Elle s'arrêta, puis, dans un sanglot :

— C'est à lui, laissa-t-elle tomber. C'est à lui que je pense, pas à vous. Fichez-moi la paix, et que le diable emporte vos corniches! Et vous avec!

Elle se laissa glisser sur le sol, prit sa tête dans ses mains, et le trop-plein de sa peine se mit à déborder.

Le voisin, un instant déboussolé, cessa ses jérémiades. Du bout des lèvres, il murmura une excuse et rentra chez lui, la laissant là, noyée dans son chagrin.

Chapitre 20

Les événements se précipitèrent.

Jocelyn eut carte blanche de son supérieur. Tout se passa dans le plus grand des secrets, car le policier se méfiait de cet oiseau qui lui avait autrefois filé entre les doigts. Il se renseigna sur l'emploi du temps de Julien, ne perdit pas de vue que le coupable pût de nouveau disparaître si la situation se corsait.

Jocelyn s'assura d'obtenir la collaboration des membres de la famille. Il arrêta son choix principalement sur Lucie, car il la trouvait déterminée, en plus d'être la moins sentimentale de toutes les sœurs. Avenante, parfois brusque, mais jamais hautaine ni dédaigneuse et surtout très discrète, elle était une très bonne collaboratrice.

— Lucie, vous m'êtes d'une aide précieuse.

— Je le fais, car je souffre de voir ma mère aussi traumatisée et aussi parce qu'il y a un mystère qui pèse lourd dans l'atmosphère.

— Que croyez-vous qu'il se passe réellement?

— Que ma sœur aînée est vraiment dans le pétrin.

— Qu'est-ce qui vous le fait croire?

— Rien de précis. Ma mère, habituellement, est une femme forte, très forte. Maintenant, elle flanche. Ça surtout, ça m'effraie!

— Voulez-vous m'aider?

— Non.

— Pourquoi?

— Je ne trahirai jamais personne. N'insistez pas.

— Coopérer serait plus...

— Non!

— J'ai besoin de la liste des invités au mariage de votre sœur.

— Vous en faites partie.

— C'est vrai. Vous ne pensez tout de même pas que je la rendrais publique, cette liste. Je ne veux que la consulter.

Il vit qu'elle baissait les yeux et hésitait:

— Et ça presse! ajouta-t-il avec énergie.

— Je ne suis pas sourde!

Elle soupira, haussa les épaules.

— O.K. Si ça peut aider. Mais ne croyez pas que vous m'impressionnez avec votre uniforme.

Elle entra dans la salle à manger, prit la liste qu'elle avait vue là plus tôt et la lui remit.

— Mademoiselle, quand vous saurez, vous vous féliciterez! Je vous demande de me faire confiance.

***

C'est ainsi que le policier découvrit l'adresse antérieure de Julien, quel avait été son passé, comment il avait pu s'acheter une automobile et la payer comptant. Tout pouvait s'expliquer par le décès de son protecteur Odilon qui avait testé en sa faveur.

Petit à petit les pions prenaient leur place sur l'échiquier. On était remonté dans le passé, on avait vérifié ce qui avait entouré le décès d'Odilon, on avait recueilli des témoignages. Tout coïncidait et semblait normal. Il alla même jusqu'à vérifier celui qui lui servirait de témoin le jour prochain de son mariage.

Jocelyn eut beau s'appliquer à scruter tous les détails à la loupe, il ne trouva rien de suspect, aucune anomalie flagrante.

Il songea à Dominique, une toute petite fille, une enfant! Quel poids pourrait avoir son témoignage? Quand enfin toutes ces informations auraient été compilées de façon discrète, on inviterait Julien à venir au poste de police où il serait interrogé.

***

Ce soir-là avait lieu la dernière répétition de chant avant le jour du mariage. Orise ne sut quoi répondre aux questions qu'on lui posa concernant l'absence de son fiancé. Elle s'inquiétait, même si Luc avait suggéré que Julien pouvait s'être abstenu de venir par discrétion. Pourquoi serait-il là? Il ne ferait pas partie du chœur de chant le matin du mariage puisqu'il se trouverait lui-même au pied de l'autel. Pour Julien, cette répétition aurait donc été superflue! «Il avait sans doute autre chose à faire», pensa Luc.

***

Doudou était de retour à la maison. Sa mère la conduisit à sa chambre, la coucha, la borda. L'enfant avait reçu un calmant. Elle était somnolente.

—Dis bonsoir à ton bon ange, mon bébé.

—Mon bon ange, c'est papa!

Et l'enfant sombra dans le sommeil. Sa mère dit à haute voix:

—Tu l'entends, Alex, du haut de ton ciel. Je t'en prie, protège-la! Je te la confie. Prends soin de ce petit bébé frêle et de sa grande sœur. Aide-moi, seconde-moi, comme autrefois, quand tu étais parmi nous! Tant d'années heureuses! Voilà que tout semble s'effondrer! Tu n'es plus, mon aînée est menacée, notre petite dernière est malheureuse. Je t'en prie, ne nous abandonne pas. Écoute ma prière.

Les larmes tombaient sur le couvre-lit de l'enfant sans qu'elle pense à les essuyer.

Fernande, émue, s'était arrêtée sur le seuil en entendant la voix de sa mère qui adressait une supplique à son époux. Elle s'approcha, lentement, chercha à réconforter sa mère.

—Maman, il ne faut pas t'inquiéter. Le médecin lui a fait avaler un médicament. Elle l'a pris gentiment. «Ça goûtait méchant», m'a-t-elle simplement dit plus tard en faisant la grimace. Elle n'est pas malade physiquement, mais le docteur veut la revoir. Il va te téléphoner.

—Toi, ma fille, pense à manger, c'est plein de bonnes choses en bas. Avec toutes ces émotions, on perd l'appétit! Il faut que tu refasses tes forces. J'aurai besoin de toi plus tard.

—Je mange et je reviens prendre ta place auprès d'elle.

***

L'enquêteur prit la route vers le nord. Au bout d'un certain temps, à tout hasard il s'arrêta à un restaurant. Il commanda un café, sortit une photo de sa poche.

— Connaîtriez-vous ce garçon? demanda-t-il à la serveuse.

— Je connais ce visage, en effet. Mais c'est flou.

— Ça fait déjà quelque temps...

La dame fit un geste pour signifier qu'elle n'aurait pu le dire.

Jocelyn remit la photo dans son carnet. Il allait sortir, quand la dame s'écria:

— Attendez! Oui, j'ai trouvé. En plus jeune... C'est ça, il cherchait du travail, il était affamé. Je l'ai fait manger. Dites-moi pas qu'il aurait fait un mauvais coup? Si jeune et déjà gaspillé... C'est-y pas triste!

« Voilà, ça prend forme, la piste semble bonne! » se félicita le policier en remontant dans sa voiture.

***

Il s'arrêta une autre fois dans une épicerie à l'entrée d'un rang. Il montra la même photographie, posa la même question.

— Oh! bien sûr, c'est Dimanche, lui répondit-on. Il a hérité du vieil haïssable, un bonhomme qui ne pouvait tolérer d'entendre pleurer un enfant. Prenez la route, là devant, et filez au bout du rang.

À la maison, la contre-porte était ouverte, la radio était allumée. Jocelyn attendit. Il n'y avait aucun signe de vie. N'ayant trouvé personne à la maison, il décida de filer vers la grange près de laquelle se trouvait un homme qui s'arrêta de travailler, s'essuya le front, mit sa main en visière pour voir venir le visiteur. Jocelyn se présenta.

— Vous connaissez Julien Dimanche? demanda-t-il aussitôt.

— Oui, bien sûr. Vous êtes ici chez lui.

— Le père de Julien Dimanche est décédé?

— Non, pas son père. Julien n'a pas de père, c'est Odilon Dastous.

— Qui est cet Odilon Dastous?

— Le bienfaiteur de Julien. C'est de lui que Julien a hérité.

Il le méritait. J'étais content pour lui. C'est un bon garçon. Pourquoi la police s'intéresse à lui? J'espère qu'il n'a pas eu un accident?

— Non, nous vérifions simplement certaines choses.

— J'espère qu'il ne lui est rien arrivé de fâcheux.

— Et vous, dans tout ça? Vous êtes un parent? Quel est votre rôle dans sa vie?

— Moi, rien. Je l'ai aidé quand est venu pour lui le temps de prendre son envol.

— Je ne comprends pas.

— Ben, c'est au moment de sortir de l'orphelinat, j'étais bedeau dans le temps. Puis je me suis marié. Lui aussi, le petit, se mariera bientôt.

— Ça sent bon, l'air pur de la campagne.

— Je ne connais rien de mieux.

— Ça vous ennuierait que je fasse quelques pas dans les champs?

— Pas du tout. Ma femme devrait être là bientôt. Si vous voulez lui parler…

— Une autre fois, peut-être.

— Revenez nous voir, lui dit Serge. Ma femme se fera un plaisir de vous recevoir. Elle cuisine très bien. Elle est allée chez sa mère, pour ajuster sa robe. Elle veut être belle pour la noce de Julien.

Jocelyn remercia Serge et s'éloigna tout en se disant qu'il n'avait plus qu'à rentrer en ville. Il ouvrit son calepin de notes et inscrivit le nom d'Odilon Dastous.

Sur le chemin du retour, Jocelyn consulta sa montre. La distance lui parut longue, trop longue. Le temps pressait.

***

En présence d'un collègue, le policier se présenta à l'adresse où habitait maintenant Julien.

— Julien Dimanche habite ici?

— Oui, en sous-location.

— Il est là présentement?

— Hé! Luc, ton copain est en bas?

— Oui, je pense.

— On peut s'y rendre?

— C'est la porte, là.

— Merci.

— Un problème?

— Pour le moment, non.

— Tant mieux, parce que c'est un bon petit gars.

Julien venait à peine de rentrer. Un colis enrubanné trônait sur la table. Il allait le prendre, lorsqu'on frappa à sa porte. Croyant qu'il s'agissait de Luc, il alla ouvrir en lançant des blagues d'une voix gaillarde.

Mais la vue des deux colosses en uniforme le figea sur place.

Là-haut, le père de Luc, intrigué par cette visite, resta sur le palier.

«Je ne dirai rien à Luc, se promit-il. Il saura bien assez vite. Dommage! Il avait pourtant l'air d'un bon petit gars! C'était un bon locataire pour moi. On ne pouvait demander mieux.»

La porte claqua. L'homme retint son souffle. Il vit Julien qui quittait les lieux, la tête basse, encadré par les deux policiers. Il prit place sur la banquette arrière, dûment escorté.

«J'espère que sa famille sera informée, pensa encore le propriétaire. Ah! ces pauvres enfants. C'est trop jeune pour être laissé seul, sans aucune directive! Pourtant...» Il hochait la tête, incrédule. «Pourtant, se répétait-il, je lui aurais donné la communion sans confession.»

Chapitre 21

La salle d'audience, bourdonnante, était déjà pleine. Le silence se fit à l'entrée de l'accusé.

La porte s'ouvrit, et une dame âgée se présenta. Elle avança lentement, la main posée sur la pomme d'une canne. Elle s'engagea dans la descente au bas de laquelle se trouvait le tribunal.

— La cour!

La dame âgée s'immobilisa.

Le juge, digne et noble, fit son entrée, imposant dans sa toge de soie noire. L'audience se leva respectueusement. Un brouhaha provoqué par le mouvement s'éleva dans la salle.

La mère d'Alex venait assister à ce procès, voir de ses propres yeux le meurtrier de son fils. Derrière elle, on avait fermé la porte du tribunal.

Elle n'avait eu le temps de descendre que quelques marches lorsqu'était entré le magistrat. Elle s'était arrêtée pile et dès qu'il eut pris siège on entendit: pan! pan!

Le juge leva les yeux, et, en grand de ce monde, il cessa de lire ses notes, enleva ses lunettes, croisa les mains sur le dossier ouvert devant lui et attendit que la dame soit assise avant de poursuivre sa lecture.

L'accusé fut assermenté.

La dame ramenait le pan de son manteau sur ses genoux. À ses pieds, elle avait posé délicatement son bâton d'appui. Elle leva les yeux. Elle ne voulait pas croire ce qu'elle voyait!

Ses mains se mirent à trembler, elle était brisée par l'émotion et faisait des efforts surhumains pour se ressaisir. Elle aurait voulu hurler qu'elle n'aurait pas pu, car sa gorge se nouait, son cœur palpitait. Elle porta une main à sa bouche et étouffa un « ha » !

Les regards se tournèrent vers la vieille dame qui avait blêmi.

C'était bien lui, ce Julien, qui allait épouser sa petite-fille. Elle ne le connaissait pas, ne l'avait jamais vu, mais elle savait qui il était. Il était non seulement le fiancé de sa petite-fille, mais il était aussi, hors de tout doute, le meurtrier de son fils.

Elle ouvrit son sac à main, en sortit un mouchoir. Elle essuya ses larmes tout en tentant de refouler sa peine qui se mêlait à sa rage.

Oui, elle, la grand-mère et la mère, savait! Elle leva les yeux, observa encore ce jeune homme. Elle s'appuya au dossier de son fauteuil. Elle craignait de défaillir. Pas l'ombre d'un doute n'effleurait son esprit. Elle ferma les yeux, s'efforça de se calmer. Puis, elle se leva, fit signe à un des avocats en présence sans même se soucier qu'il soit procureur ou non.

— Demandez à monsieur le juge de bien vouloir m'accorder seulement trois minutes d'audience privée, dit-elle.

Elle avait parlé pour être entendue de ceux qui les entouraient.

La cour ajourna.

Dans l'antichambre, la vieille dame déclara :

— Je possède la preuve, votre Honneur, que cet homme est l'assassin de mon fils. Je suis la mère de la victime. Il faut m'entendre.

Elle s'expliqua :

— Ma petite-fille, qui a été témoin du crime, est restée longtemps chez moi après la mort de son père. Les premiers temps, je ne comprenais pas quelle était cette manie qu'elle avait de se dessiner une tache sur la joue gauche. Le dessin était toujours net, toujours pareil, au même endroit. Elle utilisait n'importe quoi : du rouge à lèvres, du noir à chaussures, du ketchup. Elle a fait ça chaque jour pendant des mois. Aujourd'hui je sais pourquoi. Ce garçon qui est à la barre a cette tache. Elle a la même forme! La même grosseur! J'observais ma petite-fille, je me sentais impuissante, je n'osais intervenir, je réfléchissais. Était-ce une façon que l'enfant, en son cœur naïf, avait trouvée de vivre son drame? D'être fidèle à la pensée de son père? Je ne parvenais pas à comprendre! Peut-être qu'inconsciemment la petite cherchait à me signaler, en la reproduisant sur son visage, la signature de l'assassin?

La vieille dame s'était tue, avait incliné la tête, épongé ses yeux ruisselants et, d'une voix brisée par l'émotion, avait poursuivi :

— Chaque détail du visage de cet homme s'était incrusté dans la mémoire de la petite, d'où cette hantise à reproduire sur son propre visage, avec des moyens astucieux, pendant longtemps, si longtemps, avec une précision incroyable, au même endroit, de la même circonférence, cette tache. Cette tache témoin, qui est la signature de son crime.

La colère, le chagrin, l'indignation de la grand-mère se traduisaient par des tremblements convulsifs de la voix :

— Quand je pense que cet ignoble individu devait cette semaine épouser la fille de sa victime…, dit-elle avec dégoût.

La dame inspira profondément, ajusta son chapeau, reprit sa canne, se leva avec dignité. Pan! pan! La canne tambourinait le sol. Lentement, la vieille dame, la mort dans l'âme, s'éloignait.

— Madame…

La mère d'Alex s'arrêta, attendit sans se retourner.

— J'aimerais parler à votre petite-fille.

— Bien!

Pan! pan! pan! La vieille dame s'éloignait.

L'audience fut suspendue.

C'est Jocelyn qui avait été désigné pour accompagner Dominique.

La justice suivrait son cours.

***

Un mois s'était écoulé, pénible, sombre, amer. Le visage triste, les yeux rougis, Orise faisait peine à voir. En un si bref laps de temps, elle avait connu des chagrins qu'habituellement un être humain prend toute une vie à expérimenter : une famille heureuse qui cesse de l'être, la perte de son père, un amour fou, la féerie qui entoure les épousailles, la trahison, et ce drame qu'elle avait dû affronter en voyant incarcérer celui qu'elle aimait. Elle pensait à ce chagrin qu'elle avait causé à cette aïeule qu'elle chérissait tant, mais ne parvenait pas à surmonter les sentiments de froideur et de gêne qui s'étaient glissés entre elles, en ces tragiques et cruelles circonstances.

Des silences embarrassants pesaient, parfois, si lourds qu'on n'osait les briser!

***

On en était au dessert. Cette fois encore, c'est Doudou qui, grâce à sa grande candeur, faisait les frais de la conversation. Elle amusait par ses questions, ce qui meublait les silences désagréables.

— Qu'est-ce que c'est, un cœur-saignant? demanda-t-elle de sa voix naïve.

— C'est une jolie fleur rose, en forme de cœur, au bout de laquelle se trouve une larme.

— Non, et non!

La fillette assena un coup de poing sur la table:

— Non, c'est pas vrai!

— Explique-nous, toi, Doudou, ce que c'est, l'invita sa mère.

— Un cœur, c'est pas rose, c'est rouge. Et il n'a pas de larmes, il a du sang!

Orise recula brutalement sa chaise! Fernande sursauta:

— Hé, toi, assieds-toi, ordonna-t-elle à Orise. Vas-tu nous incriminer à notre tour? Nous obliger à nous taire encore longtemps? Ici, dans cette pièce, il n'y a pas de coupable et pas de victime. Seul papa a été une victime.

Denise allait enjoindre à Fernande de se taire et de laisser de côté «sa froide logique», ainsi qu'avait l'habitude de dire son père. Mais la grand-mère posa la main sur la cuisse de sa belle-fille, fit une douce pression jusqu'à ce qu'elle comprenne qu'elle lui donnait un ordre muet de se taire, de laisser tomber. D'une voix douce elle dit:

— Mes enfants, qu'un cœur pleure ou qu'un cœur saigne, ce ne sont là que des mots! Seul l'amour qui nous unit a une valeur réelle. Avec le temps, vous comprendrez. L'épreuve aura réuni notre famille, nous aura donné des liens nouveaux, et plus forts, car elle fait toujours grandir celui qui sait l'affronter. Ne l'oublions pas!

***

Ce soir-là, la grand-mère était couchée, mais ne parvenait pas à trouver le sommeil. Ses pensées allaient vers sa petite-fille, Orise, qui devait sans doute être triste. «J'ai connu, moi aussi, la trahison, la désertion.»

La plus affreuse, elle l'avait vécue un soir qui n'en était pas un comme tous les autres. C'était en février. Le ciel avait paré le sol d'une nappe de neige neuve, la lune vagabondait là-haut, perçait à travers les flocons, éclairait la voûte céleste. C'était un soir de février que, pour la première fois, elle avait senti dans son sein une vie qui jouait sur ses flancs. Elle s'était confiée à son amoureux, lui qui disait tant l'aimer!

Et l'homme avait pris peur, il avait fui!

L'embryon avait alors tambouriné plus fort!

Elle l'aima, cet enfant de sa chair, de son sang.

Elle l'aima comme elle avait aimé son Alexandre! Mais il n'était plus! Elle plaignait sa bru, connaissait ses souffrances, les partageait, mais ne saurait pleurer. Ses larmes s'étaient taries, autrefois!

Chapitre 22

Quelque part à l'autre bout de la ville, le père de Luc demandait à son fils:

— Dis-moi, fiston, qu'est-ce qui arrive à ton club de chant?

— On a tout arrêté.

— Comment ça?

— Tu sais bien, papa, alors pourquoi me demander ça? Tu connais le drame!

— Quoi! Bonguienne de bonguienne, mais t'es fou? À cause de ce maniaque, de ce détraqué, tu vas tout laisser tomber? T'as pas plus d'épine dorsale que ça? Et tu joues au chef de groupe? Ressaisis-toi, reprends-toi en mains, rappelle ton monde, réunissez-vous, consultez-vous. Et cette pauvre fille, que vous avez laissée lâchement tomber! Elle est seule à se morfondre, seule avec sa peine, à cause d'un traître, d'un grand fada, d'un fainéant! T'as pas de couilles, mon gars! Retrousse-toi le génie! Quand je pense qu'on paye des études avancées à ça!

Et le père d'assener un coup de poing sur la table.

— Grouille-toi, bon Dieu! Voilà que tu te laves les mains, comme l'a fait Ponce Pilate!

Luc bondit comme mû par un ressort et s'éloigna d'un pas déterminé. Le père sourit alors qu'il l'entendit jaser au téléphone avec ses copains.

Luc était un garçon doux, docile, discipliné. Son père avait saisi l'occasion pour lui donner une leçon d'humanisme et de civisme envers ses amis.

Moins de douze heures plus tard se tenait une autre rencontre au studio de musique, sauf que cette fois Orise n'y fut pas convoquée.

On avait discuté, analysé, parlé ouvertement de ce qu'on connaissait sur le sujet, puis on s'était attardé à tirer des conclusions.

Le groupe continuerait ses rencontres, comme à l'habitude, et Orise y serait invitée.

— Dis, Victor, pourquoi ne participes-tu pas à la conversation? Il y a des choses qui te concernent, qui devraient t'intéresser, que tu connais mieux que nous en tant qu'étudiant en droit. Par exemple, à qui va l'automobile qu'il a achetée pour celle dont il voulait faire sa femme, mais qui ne l'était pas encore?

On se sépara très tard, ce soir-là.

Il fut entendu que Luc, Victor et Luce, cette amie intime d'Orise qui l'avait attirée dans le cercle, seraient du groupe. Ils iraient visiter Orise chez ses parents.

Quelle joie Denise ressentit quand elle vit arriver cette délégation de jeunes gens, qu'elle avait rencontrés lors de leur concert public!

Elle les fit passer au salon, appela Orise qui se trouvait là-haut, se dirigea vers la cuisine, versa des jus de fruits qu'elle vint ensuite leur offrir.

La discussion semblait animée. Chacun prit la boisson en remerciant, mais l'esprit semblait ailleurs. Denise s'éloigna et ferma discrètement la porte derrière elle.

— Les cadeaux, n'est-ce pas propriété commune? Qu'en dit le code civil? Et cette automobile achetée et immatriculée au nom d'Orise, en cadeau de noce...

Victor n'eut pas le loisir de se pencher sur les questions. Orise trancha:

— Je ne veux rien de ce qui lui a appartenu, rien qui me rappellerait d'aussi cruels souvenirs.

— Que suggérez-vous, Orise? demanda Victor. Ainsi, l'auto, pour en changer le propriétaire, il vous faudra endosser l'enregistrement. La loi a des exigences qu'il faut respecter.

— M'aiderez-vous, Victor? Acceptez-vous de me conseiller, de me guider?

— Avec joie, répondit-il d'une voix à peine audible.

Luc crut entrevoir une lueur de joie qui brillait dans le regard de son ami Victor. « Oh! » pensa-t-il.

Pendant un instant tournait dans sa tête la harangue que son père lui avait servie. Il s'adossa à sa chaise. Il n'avait plus à se faire du souci, Orise était sauvée, Victor y veillerait. « Papa avait raison, nous sommes tous solidaires. Mais à condition d'être attentifs et vigilants. »

— Oui, Victor, je crois que je pourrais retracer les siens, son père adoptif ou un parrain dont il m'a vaguement parlé. Je connais un policier qui détient les informations. Ça ne serait que juste et équitable que la voiture et les cadeaux soient remis.

— Vous deux, continuez de régler les problèmes du genre humain; nous, Orise, nous irons jaser avec cette gentille dame qu'est votre mère! Apporte ton verre, Luc, allons lui demander de le remplir.

Orise ne le savait pas encore, mais son cœur venait de se faire transpercer par un courant d'air pur et frais.

Orise et Victor discutèrent longtemps, s'arrêtant à chaque détail. On élucidait chaque question, point par point.

Ces deux-là avaient un sentiment presque conscient de se connaître depuis toujours. Pourtant, dans le souvenir de la fille, ce Victor était d'une nature effacée, discrète, silencieuse, même s'il semblait s'intéresser à tout. Déformation professionnelle, avait-elle alors pensé.

À la fin de leur sérieuse conversation, Victor incita Orise à revenir à l'Académie de musique.

— Nous avons tout laissé tomber pendant un laps de temps, mais nous y sommes de retour, vous nous manquez.

Elle avait souri; ce qui avait donné une certaine hardiesse à Victor. Après une pause, il enchaîna :

— Orise, dites-moi... Si je vous demandais de laisser tomber, sur cette pénible histoire du passé, un rideau si opaque que rien ne pourrait le transpercer, ni la lumière ni les mauvais souvenirs, croyez-vous, Orise, que vous le pourriez?

N'attendant pas de réponse, il s'était levé, avait consulté sa montre, s'était excusé :

— J'ai abusé de votre temps. Si quelque chose devait vous inquiéter, n'hésitez pas à m'en parler.

Après leur départ, Denise félicita Orise :

— Tu as là des amis sincères, honnêtes et bons, ma fille. Cultive cette amitié. Ainsi, tu leur as remis tous ces cadeaux?

— Que saurais-je en faire? Tout sera transmis aux siens. On viendra aussi reprendre cette satanée bagnole!

— Et toi, Orise, qu'as-tu l'intention de faire de cette jolie robe de mariée?

— La garder, maman.

— Ah, oui?

— Oui, maman. C'est grâce à cette robe si ma vie ne fut pas toute chambardée.

— Je ne comprends pas, explique-moi le sens de tes paroles.

— C'est simple, maman. N'eût été la curiosité de Doudou qui s'est faufilée au salon pour aller l'admirer, elle n'aurait pas vu, sur le visage de Julien, cette tache témoin. Essaye un instant, maman, d'imaginer ce qui autrement aurait pu arriver! J'en tremble rien qu'à y penser!

— Je crois, ma fille, que là-haut ton père nous protège.

Épilogue

Les portes se sont fermées, la tornade a cessé, les retombées de la poussière obligeaient chacun à relever l'échine et à continuer de vivre. Ce passé plein de souffrances aura été, pour chacun, selon son implication dans l'épreuve, une surdose d'expérience. Mais ils en sortaient plus unis, plus forts, mieux armés que jamais.

Peu à peu le temps fera son œuvre. Un seul être portera le joug de la culpabilité: Julien, ce garçon qui n'a connu de l'amour que le visage estompé d'une religieuse qui a enchanté son plus jeune âge et cette autre, à laquelle il ne peut penser sans crever de remords, cette femme, cette Orise qui lui a fait goûter l'amour, un amour palpable, le vrai, le beau.

Julien serait-il donc un de ces êtres à qui le bonheur serait à jamais refusé?

Denise, à la suite de l'accident qui lui enleva son mari, perdit son bébé. Cet enfant qui, sans être né, avait tellement bouleversé l'existence de toutes ces personnes. Ce bébé qu'on avait aimé sans le connaître!

Le manoir, de petit qu'il était, est devenu trop grand. Le père, l'âme du foyer, n'est plus.

Orise aura le soutien moral de sa famille. Là encore il lui faudra le mériter, le comprendre et le recevoir avec humilité.

L'espoir serait donc une vertu capitale!

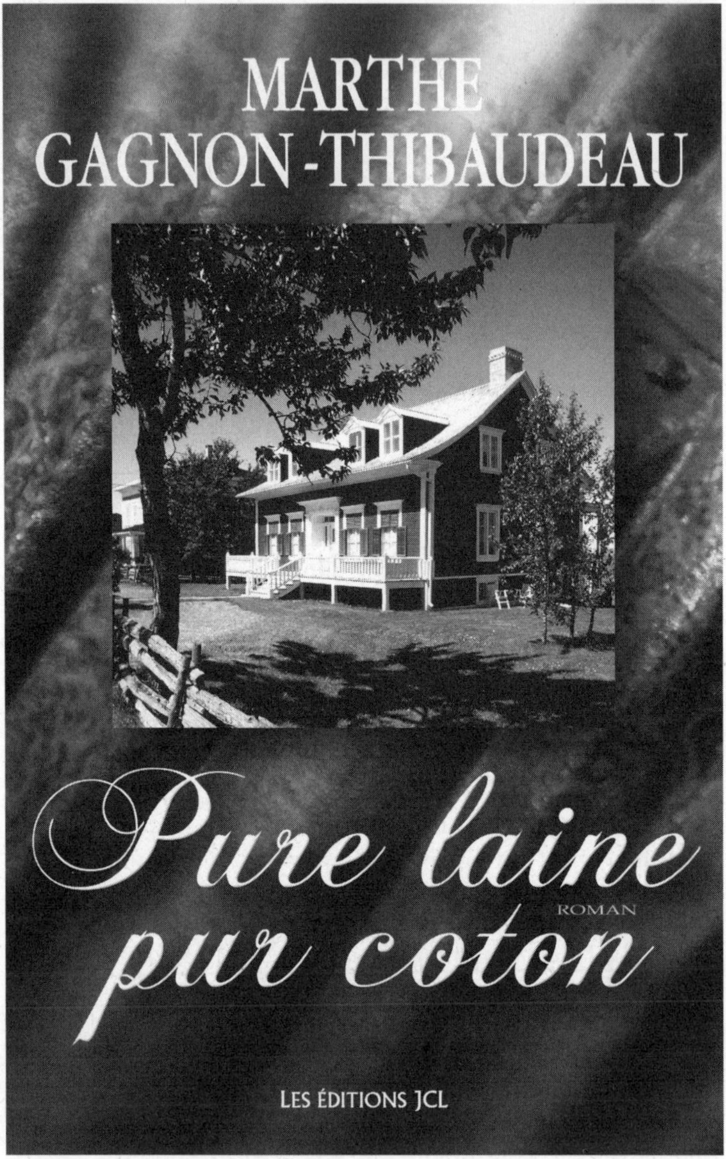

Tome I

396 pages; 14,95 $

Tome II
408 pages; 14,95 $

DISTRIBUTEURS EXCLUSIFS

Distributeur pour le Canada et les États-Unis
LES MESSAGERIES ADP
MONTRÉAL (Canada)
Téléphone : (450) 640-1234 ou 1 800 771-3022
Télécopieur : (450) 640-1251 ou 1 800 603-0433
www.messageries-adp.com

Distributeur pour la France et autres pays européens
DISTRIBUTION DU NOUVEAU MONDE (DNM)
PARIS (France)
Téléphone : 01 43 54 49 02
Télécopieur : 01 43 54 39 15
Courriel : libraires@librairieduquebec.fr

Distributeur pour la Suisse
(À l'usage exclusif des librairies)
SERVIDIS / TRANSAT
GENÈVE (Suisse)
Téléphone : 022/342 77 40
Télécopieur : 022/343 46 46
Courriel : transat-diff@slatkine.com

◆◆◆

Dépôts légaux
Bibliothèque nationale du Canada
Bibliothèque et Archives nationales du Québec, 2010
Imprimé au Canada

◆◆◆

Imprimé sur Rolland Enviro100, contenant 100% de fibres recyclées postconsommation, certifié Éco-Logo, Procédé sans chlore, FSC Recyclé et fabriqué à partir d'énergie biogaz.